일장기를 지워라 1

정만진 : 장편소설 〈소설 한인애국단〉·〈소설 의열단〉·〈소설 광복회〉·〈딸아, 울지 마라〉·〈백령도〉·등, 역사 관련서 〈대구 독립운동유적 100곳 답사여행 * 2019년 대구시 선정 '올해의 책'〉·〈대구의 3·1운동과 대한민국임시정부〉·〈신암선열공원〉·〈대한제국 의열 독립운동사〉·〈전국 임진왜란유적 답사여행 총서 * 전 10권〉·〈삼국사기로 떠나는 경주여행〉·〈김유신과 떠나는 삼국여행〉·〈대구 여행의 의미와 재미〉 등을 펴냈다. 최근 저서로는 현진건 평전 겸 소설세계 탐구서 〈현진건, 100년의 오해〉, 현진건의 주요 단편들을 2021~2061년 버전으로 재창작한 연작 장편 〈조선의 얼골·한국의 얼굴〉, 현진건을 주인공으로 한 장편소설 〈일장기를 지워라〉, 정붕과 이순신을 주인공으로 한 청렴 주제 장편소설 〈잣과 꿀, 그리고 오동나무〉, '대구'를 예술로 형상화하는 데에 도움자료로 집필한 〈예술 소재로서의 대구 역사 문화 자연 유산〉이 있다.

일장기를 지워라 1

정만진 장편소설

"현진건은 '참 작가'였다. 한국 근대소설의 기틀을 나름의 소설미학으로 자리매기는 데 기여했을 뿐만 아니라, 피압박 민족의 지식인으로서 민족적 양심을 끝까지 지켜나간 몇 안 되는 문인 중의 한 사람이었다." - 현길언, 《문학과 사랑과 이데올로기》

"현진건은 식민지 시대 최고의 단편 작가로 종종 불렸다. 그는 한국근대문학사의 한 페이지를 장식한 근대문인으로 먼저 독자들에게 기억된다. 그리고 그는 작품에 비견될 만한 선물을 후세들에게 전해주었으니 그게 바로 자신의 '삶'이다. 현진건의 매력은 문학에서만 오는 게 아니라는 말이다. 현진건의 삶을 현진건 문학의 원천적인 매력으로 봐야 한다는 것이다." - 양진오, 《조선혼의 발견과 민족의 상상》

'참 작가' 현진건을 기리는 마음으로

현진건은 〈빈처〉, 〈술 권하는 사회〉, 〈운수 좋은 날〉, 〈고향〉, 〈B사감과 러브레터〉, 〈신문지와 철창〉 등의 단편과 〈적도〉, 〈무영탑〉 등의 장편을 남긴 소설가입니다. 그의 창작집 《조선의 얼골》도 많이 알려진 책명이고, 일제가 중단시킨 장편 〈흑치상지〉도 현대의 독자들에게 기억되고 있는 작품명입니다.

현진건은 베를린 올림픽 마라톤 손기정 우승 쾌거를 '일장기 말소 의거'로 재점화하여 직접 일제와 싸운 독립유공자이기도 합니다. 대한민국임시정부 외교위원과 임시의정원 경상도 의원을 역임한 그의 형 현정건도 일제에 피체되어 4년 3개월의 옥고를 치른 뒤 고문과 장기간 영어 생활의 후유증으로 끝내 세상을 떠난 독립지사입니다. 현정건의 유명한 정인 현계옥은 유일한 여성 의열단원으로 이름이 높습니다. 또 재종형 현상건은 고종황제의 명을 받아 러시아와 프랑스를 순방하며 대한제국의 중립화를 도모한 후 상해로 망명한 지사입니다. 아버지 현경운은 대구전보사 사장을 지낸 후 대구에서 노동야학교를 열었던 개화기 교육운동가였습니다.

그런가 하면, 숙부 현영운은 한 시대를 풍미한 친일파였고, 한때 숙모였던 배정자는 이토 히로부미의 애첩이라는 소문이 돌았을 만큼 이름난 반민족 행위자였습니다.

그의 벗도 이야기하지 않을 수 없습니다. 〈빼앗긴 들에도 봄은 오는가〉의 이상화는 어릴 적부터 같이 뛰어놀며 자랐는데, 나이는 한 살 차이였지만 1943년 4월 25일 같은 날에 세상을 떠났습니다. 〈봄은 고양이로다〉를 쓴 이장희, 《상화와 고월》을 펴낸 백기만, 그와 사돈을 맺은 역사소설가 박종화, 이웃사촌이었던 의열단 부단장 이종암 지사도 있습니다.

이렇듯이, 소설가 현진건의 생애는 매우 소설적입니다. 단순한 소설가에 그치지 않고 스스로 독립운동을 펼쳤고, 집안에 대단한 독립지사와 친일파가 뒤섞여 있다는 점도 그렇습니다. 일장기 말소 의거 이후 일제 탄압으로 《조선의 얼굴》이 판매 불가 도서가 되고, 일간신문에 연재소설을 집필하는 일이 강제로 중단되고, 동아일보 사회부장 경력자임에도 언론계 종사가 금지되어 매우 어렵게 지내다가 43세 한창 나이에 가난과 질병으로 타계했다는 사실도 그렇습니다.

하지만 유명한 이름과 역사에 기록될 업적에도 불구하고 우리나라에는 현진건을 기릴 수 있는 자취가 아무 것도 없습니다. 대구의 생가는 번지가 멸실되어 어디인지도 모르게 되었고, 신혼 살림을 살았던 처가는 불과 몇 년 전에 파괴되었습니다.

서울의 고택 또한 몇 년 전에 사라졌습니다. 생가로 여겨지는 대구 계산동 골목 입구와 서울 집터 앞에 안내판이 하나씩 있는 것, 그리고 대구 두류공원에 '현진건 문학비' 빗돌이 전부입니다. 물론 기념관도 문학관도 없습니다. 대한민국의 정신사가 의심스럽게 느껴질 정도입니다.

선생을 기리는 일은 후대를 사는 사람의 도리가 아닌가 생각합니다. 그런 뜻에서, 선생의 삶을 이야기하는 장편소설 《일장기를 지워라》를 펴냅니다. 또 선생의 주요 단편을 21세기 버전으로 재창작한 《조선의 얼골·한국의 얼굴》과, 평전 겸 문학세계 해설서 《현진건, 100년의 오해》도 펴냅니다. 부족한 3종 5권의 책이 불씨로 타올라 선생의 가르침을 우리 모두의 가슴속에 뜨거운 꽃 한 송이로 피워낼 수 있기를 바랍니다. 그렇게 됨으로써 앞으로는 더 이상 '술 권하는 사회'가 아니라, 정신적 물질적으로 황폐한 '고향'이 아니라, 날마다 '운수 좋은 날'이 우리 모두에게 펼쳐지기를 간절히 소망합니다.

〈빈처〉와 〈술 권하는 사회〉 발표 100주년
2021년을 보내며
정만진 삼가 씀

정만진 장편소설

일장기를 지워라

차례

1권   I. 압록강을 건너는 현진건 · 9
      II. 백마를 타고 달리는 초일류 기생 · 32
      III. 강남 갔던 제비는 박씨도 물어 오건만 · 88
      IV. 나를 여인으로 말고 동지로 여겨주오 · 124
      V. 영사관 마차를 타고 바라본 위화도 풍경 · 163
      VI. 푸른 강물을 휘젓는 두 여인 · 199

2권   VII. 마음에 병을 얻어 죽고 마는 S · 9
      VIII. 그 잘난 사내의 아내는 누구인가? · 62
      IX. S를 죽인 내가 죄인입니다 · 94
      X. 이렇게 환한 웃음은 10년 만에 처음 · 118
      XI. 설렁탕 한 그릇, 막걸리 한 사발 · 142
      XII. 현진건이 알지 못하는 후일담 · 151

1. 압록강을 건너는 현진건

　1918년 6월 어느 날, 열 살쯤 될 성부른 남자아이 하나가 책보를 둘러맨 채 압록강 인근 좁다란 들길을 뛰어가고 있다. 때와 차림새로 미루어 학교를 파한 후 집으로 돌아가는 낌새다.
　'어린 녀석이 무에 급한 일이 있어서 날씨도 이토록 무더운데 달음박질을 하고 있을까?'
　아이에게 손을 흔들어주고 싶어서 현진건은 공연히 애가 탄다. 작년에 태어난 이복동생 성건이보다는 일곱여덟 살 많겠지만 그래도 어린 아이임은 분명하고, 그래서 애처로운 감상이 일어난 것이다. 그 마음이 얼굴에 진솔하게 나타났는지, 맞은편 좌석에 앉아 진건을 바라보는 젊은 일본 여성의 눈길도 공감하는 빛깔로 가득 채워진다. 하지만 진건은 그녀의 시선을 아는지 모르는지 차창이 뚫어져라 아이 쪽에만 몰두해 있다.
　'아이가 기차 쪽을 쳐다보면 눈길이 마주칠 수도 있으련만….'

진건의 기대에 부응할 의무가 없는 아이는 조금도 좌고우면하지 않고 그저 전진, 또 전진할 뿐이다. 자세히 보니, 가끔 손등으로 땀을 닦기는 해도 별로 지친 기색은 아니다.

'예사 아이가 아니군……. 아무리 시골에서 태어나 걷고 뛰는 일에 이골이 났다 해도 저 나이에 저 정도 뛰는 건 특출한 천부의 능력을 타고 났다고 할밖에…….'

이때 젊은 일본 여성이,

"이치지칸니 도레쿠라이 이쿠카 ……? (한 시간에 얼마나 갈까 ……?)"

하고 진건에게 묻는지, 혼잣말로 중얼거리는지 모호한 말투로 기차의 시속을 궁금해 한다. 창 밖 아이의 이마에 맺힌 땀방울을 승객이 육안으로 확인할 수 있을 만큼 기차가 완행이라는 뜻이다. 물론 지금은 신의주역 정차를 앞두고 있는 탓에 운행 속도가 유난히 느려진 순간이기도 하다.

"도오데쇼오 ……, 지소쿠와 도노쿠라이다로오카……. (글쎄요 ……, 시속이 얼마나 되려나…….)"

진건이 고개를 갸우뚱거리며 엉거주춤한 대답을 내놓자 그녀는,

"니주우 키로메에토루 쿠라이니와 나루카나 ……? (20km 정도는 되려나 ……?)"

하고 자문자답한다. 진건이 또 엉거주춤한 말로 화답을 한다.

"소레요리와 하야이자 나이데쇼오카? (그보다는 빠르지 않을까요?)"

이렇게 말을 주고받느라 시간이 흘렀으니, 아무리 기차가 늦다 해도 아이가 같은 자리에 변함없이 머물러 있을 리는 없다. 아이는 어느샌가 기차 뒤쪽으로 아스라이 사라져버렸다. 아쉬운 느낌을 애틋하게 다스리던 진건은 아이가 무엇 때문에 그리 부지런히 달린 것일까, 그 까닭을 짐짓 헤아려본다.

'조금이라도 빨리 엄마가 보고 싶어서 그런 겔까?'
아마도 지금 이상화가 옆에 있으면 틀림없이 '소설가 지망생은 뭐가 달라도 다르다니까! 그건 알아서 무엇에 쓰려나?' 하고 놀려먹었을 것이다.

상화와는 작년에 《거화》라는 프린트물 습작 동인지를 함께 간행한 바 있다. 당시 일본 유학 중이던 진건은 잠시 귀국해서 대구 계산동 집에 머무르고 있었다. 이상화와 백기만이 앞장서서 펴낸 《거화》에는 이상화의 동생 이상백도 동인으로 참여했었다. 진건은 상해에서 만날 막내형 정건에게 자랑하려고 《거화》도 한 권 가방에 챙겨 넣었는데, 막내형수 윤덕경이 '검문당할 때 불리하게 작용할 수도 있으니 가져가지 마세요' 하고 말리는 바람에 지참물에서 제외했었다.

기차가 덜컹덜컹 소리를 내며 요란하게 흔들린다. 그 순간, 진건의 머릿속에는 기차의 통상 속도가 얼마인지 알려주는 사건 하나가 떠오른다. 3년 전 서울 보성고보에 다닐 때 학우들로부터 들은 내용이다.

"이토가 안중근 선생에게 처단되었지."
"그 사실을 모른다면 우리나라 사람도 아니지! 그런데 새삼스럽게 그 이야기는 왜 꺼내나?"
"하얼빈 거사 이전에 이토를 죽이려다 성공 못한 지사가 계시는데 그 분도 아는가?"
"그런가? 처음 듣는 이야길세."

1905년 11월 22일, 을사늑약 체결을 완료한 이토는 상쾌한 기분을 한껏 즐기기 위해 수원 일대로 사냥을 나섰다. 돌을 만지는 일이 직업인 23세 청년 원태우가 그 소식을 들었다.

원태우는 수소문 끝에 이토의 귀경 기차 시각을 알아내었다. 그는 오르막인데다 길이 굽어 있어서 기차 속도가 최대한 늦춰지는 서리재를 공격 지점으로 잡았다. 시속 20~30km로 전진하는 것이 1900년대 중기 기차의 보통 속력이니 서리재 오르막에서는 더 느리게 운행될 것이다. 원태우는 돌을 던져 이토의 얼굴을 정확하게 가격할 자신이 있었다.

예상대로 이토를 태운 기차는 정해진 시각에 서리재로 올라 왔다. 원태우는 둥글고 단단한 짱돌을 세차게 던져 이토의 얼굴을 피투성이로 만들었다. 이토는 망신살이 뻗쳤고, 현장에서 체포된 원태우 지사는 무지막지한 고문을 당한 뒤 일제의 탄압과 감시 탓에 직장도 구하지 못한 채 어렵게 살아가게 되었다. [1]

그렇다고 기차의 통상 시속을 일본 여성에게 설명하기 위해 원 지사의 의거를 예로 들 수는 없는 일이다.

'그렇고말고…!'

혼잣말을 하듯 현진건은 몇 차례 고개를 끄덕인다. 조금 전 아이의 이마에 흐르는 땀이 생생하게 보였듯이, 원태우 지사에게는 이토의 얼굴도 그처럼 분명하게 확인이 되었을 터이다.

어느덧 차창 밖은 사람 하나 없고, 어수선한 신의주 주변부 풍경이 연속으로 펼쳐지고 있다. 하염없이 유리창 바깥을 응시하던 현진건은 자신도 모르는 사이에 아득한 그리움 속으로 잦아든다.

'아이는 가족이 기다리는 집으로 돌아가는 중이었겠지만, 나는 오늘 아버지와 아내를 떠나 상해로 향하고 있다. 8년 전 6월 13일에 세상을 떠난 어머니는 내가 형을 만나고, 또 유학을 위해 중국으로 가고 있는 줄 아실 턱이 없다. 어머니가 돌아가신 지도 어언 그렇게 세월이 흘렀구나. 당신이 세상을 떠나고 두 달가량 지나 나라가 아주 망하고, 셋째아들인 형이 중국으로 망명하고…. 1900년 9월 2일생인 나는 그때 겨우 열한 살이었어.'

현진건은 누군가가 그 점을 짚으면서 위로 아닌 위로를 해왔던 일을 떠올린다. 그때 속으로 짜증이 났던 것까지 기억난다.

"만 나이로 치면 열 살도 채 못 되었을 때에……."

현진건은 그때 입 밖으로 말소리를 내지 않는 채로 '만 나이는 무슨 만 나이?' 하고 그에게 내심 항의했었다.

'반만년 문화민족인 우리가 왜 일본놈들한테서 유래한 개념을 쓴단 말입니까! 만 나이는 일본말 만연령滿年齡을 우리말 방식으로 옮긴 신조어입니다. 본래 동양에서는 태어난 해를 한 살로 치고, 그 다음해부터 한 살씩 보태는 나이 셈법을 써왔습니다. 어머니 뱃속에서 지낸 기간을 한 살로 인정해 왔던 것이지요. 그러니까 태어난 이듬해에 두 살이 됩니다. 그것이 우주의 이치에 맞지요. 서양은 그렇지 않습니다.'
생각뿐이면서도 진건은 마치 실제 발화를 하는 양 상대를 힐끗 쳐다보았다. 그만큼 진심이었다. 진건의 눈길이 느껴졌는지 상대도 '응?' 하는 표정을 지었다. 진건이 소리 없는 말을 이어갔다.
'서양에서는 출생 이후 365일을 지나면 그제야 1세로 칩니다. 태어나서 1년을 생존해 있었다는 인식이지요. 셈법이 그러니까 출생 후 6개월 된 아이의 나이를 0.5세로 봅니다. 그렇다면 어머니 뱃속에서 살아 있었던 10개월은 어떤 의미로 해석해야 할까요? 살아있는 기간으로 인정하지 않는다는 뜻입니다. 아주 비인간적이지요. 만 나이 셈법은 생명을 존중하는 사상이 못 됩니다!'
진건의 얼굴이 점점 상기되어간다.
'만 나이? 말도 되지 않는 발상입니다. 단기 아닌 서기를 쓰는 것이야 어쩔 수 없다 치더라도 우리 나이를 버리고 만 나이로 사람 연령을 셈해서는 안 됩니다. 우리보다 일찍 서양문물을 받아들인 일본은 서기 1902년부터 만 나이를 썼습니다. 1895년 11월 17일을 갑자기 1896년 1월 1일로 바꾸면서 양력을 도입한 것으로도 모자라 나이 셈법까지 일본놈들 시키는 대로 한다는 것은 어불성설이지요!'

진건의 속마음이 그러고 있는 줄 모르는 채 상대는 저 하고 싶던 말을 마저 했다.

"만으로 열 살도 아직 못 되었을 때에 어머니께서 별세를 하셨군요……. 이걸 어쩌나!"

마지못해 진건은,

"예…….."

하고 대답했었다.

진건은, 인자한 표정으로 한참 자신을 지켜보던 어머니가 사라진 유리창을 아내가 대신 채워오는 환상을 바라본다. 그가 아내 이순득과 부부의 연을 맺은 일도 어느덧 3년 전의 과거사가 되었다. 결혼할 때 이순득은 열아홉, 현진건은 열여섯이었다. 그런데 대구 인교동 처가에서 신혼살림을 시작한 진건은 화촉 촛농이 채 마르기도 전에 서울 보성고보 유학길에 올랐다. 1915년 11월 23일이었다. 2)

이듬해 7월 대구로 돌아온 그는 다시 집을 떠나 일본 동경 세이소쿠正則 예비학교와 세이죠오城成 중학교에 다녔고, 올봄에 영구 귀국하는가 싶었지만 겨우 석 달도 지나지 않아 이번에는 중국으로 가고 있다.

'나보다 스무 살 많은 맏형은 러시아 유학, 열여섯 살 많은 둘째형은 일본 유학, 여덟 살 많은 막내형은 중국 유학…. 아버지의 자식들에 대한 기대는 참으로 하늘을 찌를 지경이야. 나도 막내라고 해서 집에 가만히 놔두실 양반이 아니시지. 처음에는 서당에 보내어 한학을 깨우치게 하고, 다음에는 당신이 직접 운영하신 대구노동학교에서 수학하게 하고,3) 이어 서울 유학에 일본까지…. 내가 세이죠오 중학의 군사교육 분위기를 견뎌내지 못하고 집으로 돌아와 버리자 실망하신 눈치가 보통이 아니었는데, 정건 형한테서 중국으로 보내라는 연통이 오자 얼씨구나 신이 나셨지. 어린 막내며느리한테 미안하지도 않으신가…?'

현진건의 맏형 홍건은 러시아 유학 후 조정에서 이름을 날리고 있고, 일본 명치대 졸업 뒤 1908년 진주지방법원 부산재판소 판사로 임용되었던 둘째형 석건은 진주에서 변호사로 활동하고 있으며, 일본놈들에게 삼천리 강토가 유린된 경술국치 직후 뜻한 바 있어 열아홉 나이에 중국 유학을 떠났던 막내형 정건은 그때부터 줄곧 상하이 소재 서양인 회사에 다니면서 항일운동에 전념하고 있다.

진건은 스무 살·열여섯 살 연상이라 거의 아버지 지경의 나이인 백형·중형과는 친밀감이 없고, 여덟 살 차이인 막내형 정건과만 피붙이다운 정을 애틋하게 쌓으면 자랐다. 하지만 1910년에 결혼식을 마치자마자 곧장 중국으로 가버린 막내형 탓에 막내형수는 벌써 8년째 혼자 살고 있다. 그 사실이 현진건은 너무나 안타깝다. 그래서 자기 자신도 3년째 아내와 거의 헤어지다시피 지내고 있는 점을 자격지심으로 돌이켜보고 있다.
'그렇다고 공부를 아니 할 수도 없고….'
누가 생각해도 근래는 격변의 시대이다. 독립운동에 투신을 하든 그저 소시민으로 살아가든, 신학문을 하지 않고는 우물 안 개구리를 벗어날 수 없는 것이 시대상황이다. 조선에 태어난 지식 청년인 이상 아내와 몇 년 떨어져 사는 정도는 감수할 수밖에 없다.
'그래도 신혼의 아내를 8년째 독수공방시키고 있는 막내형은 너무한 것 아닌가! 게다가 갓 시집 온 어린 며느리가 시어머니 별세 이래 몇 년 동안 혼자서 홀시아버지를 모셨으니 그 어려움을 누가 알아줄까? … 우리 막내형수님 속은 시커멓게 다 타버렸을 게야.'
현진건의 아버지 현경운은 어느덧 환갑을 바라보는 나이가 되었다. 1860년에 출생했으니 막내아들 진건이 기차에 몸을 싣고 압록강을 건너려고 하는 지금 59세나 되는 고령이다. 그는 마흔하나에 막둥이 진건을 얻었다. 손자를 볼 나이에 막내아들을 낳은 것이다. 사실 차남 석건의 아들인 손자 한주가 사남 진건보다 불과 4년 늦게 태어났다.
현경운으로서는 진건이 얼마나 귀여울까! 하지만 현경운은 그런 내색은 내비치지도 못했다. 그는 아내 이정효의 삼년상이 끝난 1914년 새 아내를 얻었고, 작년에 진건의 이복동생 성건이 태어났다. 58세나 되는 노인네가 또 자식을 생산한 것이다. 그러니까 진건과 성건은 열일곱 살 차이가 났다. 본 막둥이 진건은 19세, 새 막둥이 성건은 2세, 아버지 현경운은 누가 더 귀여울까!

아버지 현경운의 재혼은 당시로는 막내아들이었던 진건의 장가 보내기가 명분이었다. 위로 시아주버니들이 층층시하인데다 시아버지까지 홀로 된 막막한 집에 귀하게 키운 딸을 시집보낼 양반가는 없을 터이다. 아무튼 현경운의 세상 보는 눈이 정확했던지, 그런 우여곡절 끝에 진건은 대구에서 손가락에 꼽히는 부호인 경주이씨 집안 40세 장년 이길우의 사위가 되었다. [4)]

또 기차가 '덜컹' 소리를 내면서 승객들의 오장육부를 뒤흔든다. 진건의 머릿속도 지금으로 돌아온다. 차창 밖의 아이가 사라진 지는 이미 한참 되었고, 유리창에 뽀얀 김처럼 서렸던 아내의 얼굴도 봄날 아지랑이인 양 종적을 감추었다. 두 손으로 상기된 얼굴을 살며시 누르던 진건은 짐짓 목을 뒤로 젖히면서 마음의 긴장을 풀어본다. 기적소리 탓이다. 신의주역이 그리 멀지 않았다는 신호로 요란한 굉음이 울려 퍼진 것이다.

다른 역도 아니고 신의주역이다. 1906년에 경의선 종착역이 설치된 이래 의주를 대신하여 중국과 대한제국의 관문으로 우뚝 선 곳이 바로 신의주다. 압록강철교가 개통되면서 세관, 우정국, 영림청 등의 관공서들이 세워졌고, 급기야 1910년에는 의주에 있던 도청까지 옮겨왔다.

1910년대 최대의 항일 무장독립운동단체 광복회가 강 건너 중국 단둥과 이곳 신의주에 비밀 연락소를 설치하고,5) 또 대구의 독립지사 송두환이 사비로 이곳에 집 한 채를 사서 항일운동 거점으로 삼은 것도 그만큼 압록강 철교를 마주보고 있는 단둥과 신의주가 교통망의 요지이기 때문이었다. 당연히, 중국으로 넘어가는 신의주역에서 일제 경찰이 엄중한 검문검색을 실시할 것이야 물어보지 않아도 자명했다.

"작은서방님, 조심 또 조심을 해야 합니다. 아시겠지요?"

"부디 무사하셔야 해예. 아시겠어예?"

다섯 살 많은 막내형수 윤덕경과 세 살 연상의 아내 이순득이 두 손을 맞잡은 채 눈물을 흘리면서 배웅하던 일이 생각난다.

진건이 집을 떠나 외국으로 출발하는 경우가 오늘이 처음인 것도 아니다. 그런데도 두 여인이 유난히 슬퍼하는 것은 종전처럼 단순한 유학이 아닌 탓이다.

지금까지는 서울과 일본을 드나들었는데 이번은 중국으로 간다는 점부터 다르다. 그것도 형 정건이 불러서 상하이 호강滬江대학 유학길에 오르는 만큼 사실상 독립운동에 투신하러 가는 길이나 진배없다. 그런즉 위험 정도가 말로 표현할 수 있을 수준이 아니다. 언제 어디서 생명이 끝날지 알 수 없는 것이 중국 망명 독립운동가의 삶 아니던가.

게다가 윤덕경은 시동생 진건을 떠나보내는 순간에

남편 정건의 모습까지 더불어서 보고 있었다. 남편은 결혼한 지 사흘 만에 중국으로 떠나버렸다. 그 원망스러움이야 어찌 필설로 형용할 수 있으랴만, 그녀는 그날 아무 말도 하지 못했다. 뒷날 대한민국임시정부 재정차장으로 활약하게 되는 자신의 둘째오빠 윤현진이 정건에게 '큰 결심을 했네!'라고 극력 격려까지 하였으니 ….

윤덕경은 1910년 결혼 이래 시동생 진건과 함께 살아왔다. 아니, 키워왔다고 하는 것이 더 적절한 말일 듯하다. 형 정건이 사라지고 없는 집에 남은 진건은 열한 살 아이였고, 그해에 어머니를 잃었다. 나이 많은 첫째·둘째 두 형은 진건이 태어난 이래 대구의 같은 집에서 동거한 적이 없고, 아버지는 쉰을 넘긴 중늙은이라 어린 막내아들과 따스한 교감을 나누기에 이미 늦은 나이였다. 다섯 살 많은 막내형수 윤덕경은 진건에게 친구이자 누나이기도 했고, 때로는 어머니처럼 느껴지기도 했다. 그렇게 5년을 지내다가 진건이 결혼을 했다. 윤덕경이,

"작은서방님, 조심 또 조심을 해야 합니다. 아시겠지요?"

하고 배웅을 하면서 눈물을 흘리는 것도 그런 이력 때문이었다. 남편도 중국으로 가버리고 없는 상황에 친동생처럼 여겨온 시동생마저 또 상해로 떠난다니 그저 가슴이 먹먹하고 심장이 서늘하게 식어버리는 것만 같았다.

이제 두 살 아래의 22세 동서와 둘이서 이 집을 지켜야 한다. 그런 심사 중에도 윤덕경은 진건에게 신신당부를 거듭한다.

"요즘은 예전보다도 훨씬 더 각별히 조심을 해야 한다는 것, 잘 아시죠, 작은서방님?"

대구은행 사건을 말하는 줄 진건도 익히 짐작한다. 작년 12월 어느 토요일, 대구은행 출납계 주임 이종암이 공금 1만500원을 불법 인출하여 종적을 감추었다. 이 일은 두 가지 측면에서 대구 사회를 뒤집어 놓았는데, 하나는 독립운동 군자금으로 돈을 가져갔다는 점 때문이었고, 다른 하나는 이종암이 은행두취 정재학의 처조카라는 점에서였다. 6)

"항상 일본인 행세를 해야 됩니다. 불가피하게 우리나라 사람이라는 사실을 밝혀야 하는 경우에도 절대 대구 사람이라고 해서는 안 되어요. 이종암 지사가 군자금을 들고 대구를 벗어날 때 대구역으로 가서 기차를 타지 않고, 일제가 예상하지 못하는 어디론가 종적을 감추었다고 해요. 이종암 지사가 일제 경찰보다 한 수 위였던 것이지요. 결국 일제는 이종암 지사를 아직도 체포하지 못했고, 그 바람에 국경 일대는 물론 방방곡곡에서 대구 말을 쓰는 청년이면 조금만 수상해도 무조건 끌고 가서 고문을 한답니다. 그러니 조심, 또 조심하셔야 해요. 아시겠지요? 보성고보 다닌 이력도 있으니 서울말투도 조금은 흉내낼 줄 아시잖아요?"

진건은 본래 이종암을 알았다. 부산상업학교를 중퇴한 후 대구은행에 취직한 이종암은 형 정건보다 네 살 연하로, 현경운이 셋째 · 넷째 두 아들을 취학시켰던 북재서당7)에도 다녔는데, 그 서당으로 치면 정건의 4년 후배이자 진건의 4년 선배였다. 게다가 대구은행 본점 건물은 현진건의 계산동 집과 이상정 · 상화 · 상백 형제의 서문로 집 중간쯤에 있어서 매우 가까웠다. 이종암의 서상동 집도 친일파 대구부사 박중양이 대구읍성을 철거하기 직전까지는 성벽에 붙어 있었던 까닭에 이상화네 집과 지척이었다.

진건과 상화는 대구은행 앞을 지나치는 일이 많았다. 작년 여름 《거화》를 만드는 일로 한창 그 일대를 오가고 있던 중에 이종암이 길 가는 진건을 불렀다. 진건이 눈을 동그랗게 뜨고 다가가니 종암이 봉투에 싼 무슨 책을 한 권 주었다.

"이게 무엇인가요?"

"내가 부산상업학교 다닐 때 한두 해 선배들이 '구세단'이라는 비밀결사를 조직해 독립운동을 하면서 교육자료로 활용했던 《동국역사》야. 1899년에 학부에서 발간한 소학교용 국사 교과서인데, 왜놈들이 모두 압수해서 불태웠기 때문에 복제를 해서 썼지. 요즘은 구하기가 무척 힘들지."

'그랬던 이종암 형인데 … 무사히 만주로 건너간 걸까? 그 형을 붙잡으려고 대구에서 신의주까지 역마다 어마어마한 검문검색이 한참 동안 계속되었다던데

…. 무소식이 희소식이라고 했으니, 피체 소식이 없는 것을 다행으로 여길 수밖에…. '

다시 기적소리가 울린다.

정차를 하면 일제 경찰이 탑승해 검문을 할 것이다. 물론 이 순간을 잘 넘기기 위해 철저한 준비를 해온 만큼 불안 속을 헤맬 지경은 아니다. 윤덕경의 반짝이는 제안에 따라 진건은 지금 일본 세이죠오 중학 교복 차림으로 좌석에 앉아 있다.

만약의 사태를 염려해 '有島武郎' 명의로 위조한 학생 신분증도 상의 주머니에 넣어 두었다. 나카무라 기치조中村吉藏의 저서 《Ibsen》, 입센 연구 논문들이 게재되어 있는 일본 문학계 동인지 《新思潮》, 역시 입센과 관련해서 키타무라 토코쿠北村透谷가 쓴 글이 실려 있는 일본 동인지 《文學界》 등도 지참했다. 그것들은 진건이 서울 보성고보 유학 이래 일본 도쿄 세이죠오 중학 재학 기간까지 《인형의 집》 등 입센의 작품을 열심히 탐독했었다는 사실을 말해주는 증거들이다.

윤덕경은 정치나 역사 관련 책들이 아니므로 검문을 당할 때 유리하게 작용할 것이고, 옆자리의 여성 승객과 친밀감을 형성하는 데에도 도움을 줄 것이라고 조언했었다. 철저하게 일본 청년으로 위장하라는 도움말이었다.

오늘 새벽 현진건은 대구역에서 차표를 끊을 때 '일본인 여성이 없나'부터 부지런히 살폈었다. 같은 자리에 앉아서 유창한 일본어로 대화를 나누고 있으면 순사가 내지인으로 여기고 그냥 지나칠 것이라는 계산이었다. 하지만 일본인 여성 손님은 없었다. 진건은 실망하지 않고 객실을 샅샅이 배회한 끝에 일본인 할머니 옆의 빈 좌석을 발견했다. 젊고 잘생긴 일본인 청년이 동석하자 할머니는 아주 반가워했고, 남대문역(현 서울역)까지 아무 탈 없이 도착하는 데 큰 도움이 되었다.

그날은 진짜로 '운수 좋은 날'이었던 것 같다. 할머니가 내릴 때 짐을 차 바깥까지 옮겨드렸는데, 갓난 아기를 안은 젊은 일본 여인이 승차를 기다리고 있었다. 이번에는 젊은 여인의 짐을 들고 객실 안으로 들어왔고, 자연스레 자기 옆 자리에 동석하게 인도했다. 그 후 입센 관련 책을 읽고 있으니, 아니나 다를까 진건보다 대여섯 나이가 많아 보이는 일본 여성이 먼저 말을 걸어왔다.

"이푸센니 칸신가 타카이데스네. (입센에 관심이 많군요.)"

여성의 말에 진건이 환한 미소를 머금으면서,

"와타시마 쇼오세츠카 시보오나노데 소레오 욘데 이마스. (제가 소설가 지망생이라 부지런히 읽고 있습니다.)"

라고 대답하자, 젊은 일본 여성은,

"쇼오세츠카시보오노 히토! 스고이 가쿠세에데스네. (소설가 지망생! 대단한 학생이군요.) 와타시노 유우진노 나카니모 코오타츠샤가 이마스요네. (나의 벗

중에도 입센 이야기를 입에 달고 다니는 이가 있지요.)"
하면서 아주 호의적인 눈빛으로 바라보더니, 이윽고 상당히 전문적인 질문을 던져왔다.
"노라와 도오낫타데쇼오카? (노라는 어찌 되었을까요?)"
 진건이 잠시 숙고를 하는 표정을 짓고 있다가 드디어 전문적인 답변을 보냈는데, 평소 입센에 관해 큰 관심을 가지고 많은 공부를 해둔 보람이 있었다.
"로진와 노라가 우에지니스루카 후우조쿠텐니 잇타토 단겐시마시타. (루쉰魯迅은 노라가 굶어죽었거나 사창가로 갔을 거라고 단언을 했지요.) 와타시와 소노 단겐니와 도오이시타쿠 나이노데스가 난센스와마다 소오시타 레베루다토 오모이마스. (저는 그 단언에 동의하고 싶지는 않지만 현실은 아직 그런 수준인 것 같습니다.)"
 일본 여성이 고개를 끄덕이면서 동의를 하였다.
"와타시타치 니혼노 단세에가 한분이조오 가쿠세에토 오나지 레베루노 시소오오 못데이타리 이이사카이니 나루노니 혼토오니 잔넨데스네. (우리 일본 남성들이 반 이상 학생과 같은 수준의 사상을 가지고 있다면 좋은 사회가 될 텐데 정말 아쉽네요.)"
"호메스기데스. (과찬이십니다.)"
"이이에. 와타시노 칸가에데와…, (아니에요. 내가 보기에는…,) 가쿠세에와 세카이타이센모 한타이시소오데스. (학생은 세계대전8)도 반대할 것 같아요.)"
진건이 '일본인 중에도 더러 이런 사람들이 있었지….'라고 유학 시절을 회상하면서 대답한다.
"오나지 진루이도오시데 시니 코로스센소오오 스루 코토와 노조마시쿠 나이데스네. (같은 인류끼리 서로 죽고 죽이는 전쟁을 벌이는 것은 바람직하지 않지요.) 민나가 뵤오도오니 헤에와오 쿄오주시나가라 쿠라세바 이이토 오모이마스. (모두가 평등하게 평화를 누리면서 살면 좋다고 생각합니다.)"
"헤에본나 히토타치가 아마리니모 오오쿠 기세에니 낫테이마스. (평범한 사람들이 너무 많이 희생되고 있어요.) 큐우햐쿠 반닌모 시보오시타토 키키마시타. (900만 명이나 사망했다고 들었어요.) 센소오오 오코시타 히토타치와 베츠니 이마스요. (전쟁을 일으킨 사람들은 따로 있지요.) 카레라노 나카니와 다레모 시니마세. (그들 중에는 아무도 죽지 않아요.)"
진건이 밝은 낯빛으로 다짐말을 했다.
"도오칸데스. 타쿠산 마난데이마스. (동감입니다. 많이 배우고 있습니다.) 와타시모 못토 잇쇼오 켄메에니 벤쿄오시마스. (저도 더욱 열심히 공부를 하겠습니다.)"
이런 식이었으니 일본 순사가 진건을 일본인으로 믿은 것은 당연한 귀결이었다. 게다가 신의주역에서 순사가 다가왔을 때는 아기를 화제로 삼아 "와라우 토키와 토쿠베츠 키레에데스 (웃을 때는 특별히 예뻐요.)",

"아토데 오오키쿠 낫타라 샤카이노 시도오샤니 나루 데요소 (나중에 크면 사회의 지도자가 될 겁니다.) 가이켄가 스데니 카리스마가 야돗테이루 우에니 후츠우카시코쿠 미에나이데쇼오! (외모가 벌써 카리스마가 깃들어 있는데다 보통 똑똑해 보이지 않잖아요!)" 등등의 말로 일본인 여성을 신나게 웃도록 만들었으니, 순사는 검문할 마음도 먹지 않고 지나갔다.

진건이 아무 말도 하지 않고 혼자 상념에 사로잡힌 때는 평양을 지나칠 순간뿐이었다. 그 전후는 내내 일본 여성과 갖은 잡담을 주고받았다. 쉴 새 없이 일본말로 떠듦으로써 한국 사람이 아니라는 점을 온몸으로 증언해야 언제 어디서 지켜보고 있을지 알 수 없는 밀정의 눈을 속일 수 있다. 진건은 다만 기차가 평양을 통과하는 동안만은 자신도 모르게 무슨 생각에 빠져 입을 다물고 있었다.

"둘째가 갑자기 어인 일이냐?"

지난 2월 초사흘 오후의 일이다. 현경운은 자신이 무척이나 좋아하는 홍매화나무 아래에 거름을 주고 있었다. 진건도 마루에서 뜰을 바라보며 '꽃은 언제 피려나?' 하는 생각에 잠깐 잠겼지만, 이내 심드렁해진 탓에 방으로 들어와 소동파의 〈적벽부〉를 읽기 시작했다. 그때 아버지의 음성이 들려왔다.

'둘째라면 진주에서 변호사를 하고 있는 석건 형을 말씀하시는 것 아닌가?'

진건은 '浩浩乎如憑虛御風호호호여빙허어풍 而不知其

所止이부지기소지 飄飄乎遺世獨立표표호유세독립 羽化而登仙우화이등선'9) 부분을 접어놓고 방을 나섰다. 결혼 이후 인교동 처가에서 살아왔는데, 그날은 '저녁 먹고 가거라. 대구지물상사 들러 종이 좀 사 오고…'라는 아버지의 전갈에 아내와 함께 계산동 친가로 와서 식사 준비가 끝나기를 기다리고 있던 중이었다.

진건이 마루로 나와서 보니, 과연 둘째형이 당도해서 이제 막 마루로 올라서려는 참이었다.

"고헌이 일제에 피체돼서 공주 형무소로 압송되어 갔습니다. 대처 방안을 논의하기 위해 오늘 밤에 몇이 모이기로 했습니다."

고헌은 1915년 8월 25일 대구 달성토성에서 창립된 광복회의 총사령 박상진을 말한다. 광복회는 전국도 단위마다 지부를 두었을 뿐만 아니라, 만주에 길림 지부를 설치했을 만큼 조직이 컸고, 일본 헌병 초소 습격에 경상도 관찰사를 지낸 친일파 장승원 처단 등 담대한 활동을 펼쳐왔다. 광복회의 항일투쟁은 총독부 기관지 매일신보가 기사에 "광복회가 반도의 인심을 요란하게 흔든다"라는 제목을 붙일 정도였다. 그만큼 광복회는 1910년대 최고의 항일운동결사이자 당시 한국 민중의 꿈이었다.10) 그런데 박상진 총사령이 이틀 전인 2월 1일 일제에 피체되고 말았다.

"그렇지 않아도 그 일로 사람들 마음이 침울하다."

진건은 그렇게 말하는 아버지를 바라본다. 석건이 대답한다.
　"큰일입니다. 경술국치 이후 망국의 충격과 무자비한 무단통치에 짓눌려 일제에 맞설 엄두를 못낸 것이 1910년 초의 정세였습니다. 그 엄혹한 탄압을 뚫고 광복회가 과감하게 일어나서 우리나라 사람들 마음에 희망의 씨앗을 심어주었습니다. 지부 중 가장 활동이 왕성했던 곳이 충청도 지부라 들었는데, 김한종 지부장 등 간부들이 지난 1월 27일 이래 대거 붙잡혔으니 조직이 와해될 것은 자명한 이치입니다. 머잖아 경상도 지부, 전라도 지부로 체포망이 좁혀져 올 텐데…. 그도 그렇지만, 박상진 총사령은 사형을 면하지 못할 것인데, 이를 어쩌면 좋을지 …! 고헌이 나보다 두 살 아래이니 겨우 서른둘밖에 안 되는데…."
　석건이 한숨을 쉬며 마루에 주저앉는다. 밥상을 차려 내려던 이순득과 안잠자기 할멈이 멈칫 동작을 멈추고 눈치를 살핀다.
　"그것 참, 큰일이로다. 어쩌다 그렇게 되어버렸을꼬? 광복회는 담대한 결사체로 소문난 항일조직이니 내부 배신자가 있지는 않았을 텐데…, 그것 참!"
　현경운의 음성이 점점 잠겨간다.
　"충청도 지역의 대표적 친일파인 박용하를 처단하는 과정에서 단서를 잡힌 모양입니다. 간부들만이 아니라 일반 맹원들까지 대거 피체되었으니 혹독한 고문 끝에 조직이 노출되는 것이야 시간 문제 아니겠습니까."

박상진은 서울 양정고보 졸업 후 대한제국 제 1회 판사 시험에 합격했다. 그러나 1910년 평양 법원 발령을 받아들이지 않고 기차에 탄 채 그대로 압록강을 건너 만주로 망명했다. 11) 독립운동에 투신하기로 결심한 것이었다.

그 후 박상진은 5년에 걸쳐 수많은 지사들을 만났다. 독립운동의 길을 찾기 위한 대화와 토론의 날들이었다. 각고의 노력을 쏟은 보람이 있어 이윽고 1915년 8월 25일 대구 달성토성에서 전국 각지 200여 의사들과 함께 광복회를 창립할 수 있었다.

'스물일곱 나이에 판사 자리를 내던지고 이곳 평양을 지나갈 때 고헌 선생은 무슨 생각을 했을까?'

현진건은 차창 밖으로 비치는 평양 시가를 바라보면서 한참 동안 박상진의 면모를 떠올렸었다. 그러느라 일본 여성과 대화가 일시적으로 중단되었고,

"난오 손나니 무추우니 나리마스카? (무슨 생각을 그리도 골똘하게 하시나요?)"

라는 그녀의 질문을 받고서야,

"아, 치가이마스. (아, 아닙니다.) 타다 무카시노 코토가 오모이다사레테. (그저 옛날 생각이 나서요.)"

하고 얼버무리면서 본래 분위기로 돌아섰다. 그때도 일본 여인은,

"카노조노 오모이데? (그녀의 추억?)"

하며 진득한 호기심으로 진건을 파고들었다. 진건은 그

저 얼굴 붉힘 반 미소 반의 묵묵부답으로 대응했었다.

어느덧 신의주역을 출발한 기차는 압록강 위로 들어선다. 강물에는 잔잔한 파문이 평화롭게 떠 있다. 증기 기관차에 짓눌린 철교 레일이 '우릉우릉' 소리를 내며 울리자 물무늬들은 점점 잔잔하게 여울지는 듯 느껴진다. 일본 여성이 나카무라 기치조의 《Ibsen》을 뒤적이다가 놀란 눈빛으로 현진건을 쳐다본다. 하지만 북쪽 창밖으로 바라보이는 강물 위의 평평한 섬 하나에 온통 마음이 꽂혀버린 진건은 그녀의 표정을 살필 겨를이 없다.

섬이 현진건을 그토록 사로잡은 것은 무엇 때문이었을까. 그리 멀지 않은 강물 위에 두둥실 떠 있는 섬은, 진건이 지금껏 말로만 들어왔을 뿐 일찍이 본 적은 없는, 이성계가 회군을 실행한 '역사의 섬' 위화도였다.

2. 백마를 타고 달리는 초일류 기생

위화도 …! 역사의 섬 위화도에 눈길이 닿는 바로 그 찰나, 현진건의 머릿속은 순식간에 '나는 어떤 일이 발생하면 이 강을 되건너서 국내로 복귀하게 될까?' 하는 생각으로 가득 메워진다. 이성계는 '여름철에는 백성들이 농사를 지어야 하고 활의 아교도 녹는 등 문제가 많기 때문에 군사를 일으켜서는 안 된다, 우리가 대군을 동원해서 북방으로 올라가면 남방에서 왜구가 침입해올 때 대응할 수 없다, 장마철이므로 전염병이 우려된다, 작은 나라가 큰 나라를 거스를 수는 없다' 등을 명분으로 내걸고 보름 동안 머물렀던 위화도에서 발길을 돌렸었다.
'그렇다면 나는…?'
한참 후 현진건이 쓴웃음을 지으며 결론을 내린다.
'현계옥이 상하이에 나타나면 나는 발길을 돌리리라.'
현계옥이라는 이름이 기억나자, 진건은 8년 전 형 정건에게 불쑥 한 마디 했다가 머리를 쥐어 박힌 일이 떠오른다.

그때 진건은 '아야!' 하고 비명을 지르면서도, 무척이나 정겹기만 하던 막내형이 그날따라 어지간히 화가 난 표정이어서 그게 그저 새삼스럽기만 했었다.
"어린 녀석이 뭘 안다고 끼어들어!"
열한 살 주제에 형의 인생대사에 콩 놓아라 팥 놓아라 참견을 했으니 꿀밤을 맞아 쌀 일이긴 했다. 아버지가 형을 혼내는 현장을 목격한 게 사단이 되었다.
"너도 이제 나이가 열아홉이다. 생각이 있다면 어찌 그럴 수가 있단 말이냐?"
형 정건은 묵묵부답 말이 없었다. 말은 아버지 혼자서 다 했다.
"러시아와 일본 유학을 다녀온 네 형들을 봐라. 서울과 진주에서 관리와 변호사로 명성을 떨치고 있다. 그런데 너는 어찌 기생과 혼인할 것이라는 소문으로 세간에 이름이 오르락내리락하느냐? 세상에 이보다 더한 집안 망신은 없을 것이다. 창피해서 내가 대구 부내에 출입을 할 수가 없다!"
"……."
여전히 형은 말이 없었다. 그런데 아버지가 덧붙인 말이 진건의 귀에 쏙 들어왔다.
"그것도 기생이 현가라며? 밀양 태생이고! 밀양이라면 우리 연주 현가들이 집성촌을 이루고 있는 고장 아니더냐? 너도 잘 알다시피 우리나라 현가들은 대부분 연주 현가다. 다른 본관들이 있지만 그들도 모두 연주 현가에서 분파했다. 게다가 현가 셋 중 둘은 임진강 이북에 살고 있다. 그리고 열 중 하나는 제주도에 산다. 나머지만 경기와 삼남에 거주하는데 밀양에 제일 많다. 보학에 조금이라도 관심이 있는 사람이면 너와 그 기생 이야기를 듣자마자 '연주 현가 한 뿌리에서 태어난 것들이 자유연애를 벌이고 있노라' 입방아를 찧어대고 손가락질을 할 게다. 이 무슨 가문의 수치냐? 혼인 상대로 기생을 염두에 두고 있다는 것만 해도 집안 명예에 먹칠을 하는 치욕인데, 그것도 기생이 현가라? 어젯밤에도 그 기생과 영선못 주변을 배회하며 놀았다지?"12)

고개를 숙이고 있는 탓에 보이지는 않지만 정건의 얼굴이 붉게 물든 것은 귓불만으로도 짐작이 된다. 그 순간에도 정건은 어젯밤 계옥과 노닐었던 유쾌한 시간을 회상하고 있었다.

"오빠아~!"

계옥이 그렇게 불렀을 때 정건은,

"오빠라고 부르지 말랬지? 전에도 내가 말했는데!"

하였다. 계옥이 반문했다.

"오빠 아니면 뭐라고 불러요?"

잠깐 뜸을 들이던 정건이,

"암튼…, 오빠라고 부르는 건 마음에 안 들어. 내가 어째서 계옥이 너의 오빠냐? 우리 성씨를 아는 누가 들으면 친오누이나 사촌 오누이로 여길 게다. 그도 아니면 야학 선후배로 알 테고."

하며 못마땅하다는 의사표시를 되풀이했다.

정건이 마뜩찮은 표정을 보이자 갑자기 계옥이 그의 팔짱을 나비처럼 껴안으며 콧소리로 종알거렸다.

"그러니까 호칭을 정해줘야지, 오빠가~! 그럼 내가 그렇게 부를 것이야, 응?"13)

계옥의 손끝이 겨드랑이에 닿자 진건의 온몸은 마치 붉은 꽃이 가득 피어난 계산동 집 뜰의 홍매화나무 가지들처럼 휘영청 굽는다. 얼굴빛 또한 떠오르는 해에 반쯤 녹아 발갛게 물든 뽀얀 양떼구름마냥 홍조로 가득 채워진다.

계옥이 어리지만 정건이 무엇 때문에 이토록 어쩔 줄 몰라 하는지는 밝은 대낮에 정갈한 마당을 지켜보듯 훤히 안다. 무엇이든 너무나 고스란히 눈에 확인되는 그런 풍경 말이다. 그게 재미가 있어 계옥은 계속 정건을 뜨겁게 간질인다.

만월의 빛을 받으며 줄곧 그렇게 장난질을 쳐대니 정건의 낯은 점점 달맞이꽃처럼 노랗게 여려져 간다. 제 마음과 육신의 모든 것이 계옥의 물길 깊은 품 안으로 빨려 들어가는 것만 같다. 정건의 정신이 아득해진다.

정건이 지금 이 모양으로 어젯밤 정취에 젖어서 헤매고 있는 줄을 꿈에도 짐작하지 못하는 아버지 현경운은 아들의 머리 위로 그칠 줄 모르고 꾸지람을 쏟아놓는다.

"러일 전쟁 개전 때 일본이 부산 전보사와 창원 전보사부터 점령한 것 알지? 내가 누구냐? 외부 통신

원 국장을 거쳐 대구전보사장을 역임했다. 얼마 전부터 네 소문이 들려와 '설마' 하면서도 '아니 땐 굴뚝에 연기 나랴' 하는 심정으로 조사를 해봤다. 그 현계옥이란 기생은 밀양에서 악공의 딸로 태어나 어릴 때부터 기생 수업을 받았다. 아비란 자가 관기로 만들려고 했는데 딸이 태어난 이듬해에 관기 제도가 철폐되는 바람에 민간 기생으로 방향을 전환한 것이다. 관에서 악공노릇을 했다면 우리가 대구로 내려온 이듬해에 함경도 단천에서 일어난 사건을 모르지는 않을 텐데, 그걸 아는 자가 딸을 관기로 만들려고 했단 말인가?14) 성재가 들으면 화로를 그 작자에게 던지고 말 것이야!"

성재는 뒷날 대한민국임시정부 국무총리를 역임하는 이동휘를 말한다. 1903년 강화도 최초의 근대적 사립학교인 합일학교를 설립하고, 1905년 윤명삼·유경근 등과 함께 보창학교도 개교한 이동휘는 교육운동에 도움을 얻기 위해 대구 우현서루를 찾은 바 있었다. 그 과정에서 이동휘와 현경운 사이에 친분이 쌓였다.

이동휘는 본래 함경남도 단천 태생으로, 아전 출신 아버지 덕분에 18세 때 군수의 심부름을 하는 통인으로 일했다. 하루는 단천 군수 이계선李啓善의 생일잔치가 펼쳐졌다. 이동휘는 이런저런 막일을 도맡아 분주히 뛰어다니다가 어린 기생이 이계선에게 심하게 학대당하는 광경을 목격했다.

"이런 개돼지를 보았나? 그러고도 네 놈이 나라의

녹을 먹는 목민관 행세를 할 수 있단 말이냐!"
　분개한 이동휘가 불덩이로 가득 채워진 청동화로를 이계선에게 덮어씌우고 도망쳤다. 그 일로 수배령이 떨어져 나라 안의 관리와 기생 중에서 "이동휘" 이름 석 자를 모르는 이가 없게 되었다.
　"성재의 화로 사건은 관기의 삶이 얼마나 고통스러운지 잘 말해주는 사례가 아니냐! 그런데도 관청에서 아전 노릇을 하는 아비가 …. 아무튼 아비가 그런 작자라는 사실도 한심한 일이지만, 그나마 현계옥이가 우리 연주 현가에서 분파한 관향 출신인 것만 해도 천만다행이다."
　이때 진건이 끼어들었던 것이다.
　"아버지, 그카면은(그러면) 그 현계옥이라 카는(하는) 기생이 내 막내형수님이 되는 거라예(것입니까)?"
　현경운이 어이가 없어 '허허허!' 너털웃음을 터뜨리는 사이에 정건이 동생의 머리를 주먹으로 쥐어박았다.
　"어린 녀석이 뭘 안다고 끼어들어!"
　진건의 정수리에는 정건의 목소리와 꿀밤이 일으킨 불꽃이 우수수 떨어져 내렸다. 그때 정건의 겨드랑이 아래에 서 있었던 진건은 아픈 것보다도 형의 얼굴이 몹시 화 난 표정인 데에 훨씬 더 신경이 쓰였다. 여태까지 함께 살아온 10년 동안 그저 다정하기만 했던 형인데, 지금은 왜 이다지도 무서운 낯빛을 짓고 있나 싶어서였다. 그래서 진건은 부랴부랴 자리를 벗어나 아버지 옆에 가서 섰다.

현경운이 막내의 머리를 쓰다듬으면서 호통을 이어갔다.

"그 딸은 기생 수업을 받는 와중에도 일반 공부가 하고 싶었다. 그래서 평복 차림으로 네 동무 이상화의 모친 김신자 교장이 운영하는 달서여학교 부설 부인야학교에 다녔다. 며칠도 지나지 않아 일반 여염집 규수가 아니라는 정체가 탄로났다. 학생들이 현계옥을 야학에서 쫓아냈다."

"……."

"야학 교사이던 너는, 수업에 들어오지 못해 울고 있는 그 아이를 동정하여 과외로 개인지도를 해주었다. 그 기생이 뛰어난 인물에다 다재다능하기가 이루 말할 수 없고, 거기에다가 열다섯 나이임에도 박학다식하기가 보통이 아니어서 웬만한 유식자들과도 심오한 대화가 가능한 경지인데, 특히 영어와 한문에 특출한 능력을 갖춘 것은 네가 거의 두 해에 걸쳐 성심성의껏 가르쳐준 덕분이라는 소문이 파다하더구나. 내가 참, 어이가 없어서 …! 그럴 여가가 있으면 어린 동생을 가르쳐야지!"

진건은 처음부터 끝까지 그 자리에 서서 아버지와 형 사이를 오가는, 아니 아버지 혼자서 풀어놓는 장광설을 모두 들었다.

"그래서 내가 결심을 굳혔다. 첫째, 너는 공부를 더 해야 한다. 나라가 이 지경인데 한문 알고 영어 조금 아는 것 가지고는 안 된다. 우리 집안은 대대로 과거를 통해 벼슬을 해온 가문이기는 하지만 본래가 역관 계통이었기 때문에 높은 관직을 차지하지는 못해왔다. 그런데 대한제국 선포 이래 점점 중흥하게 된 데에는 남의 나라 말에 능통하다는 사실이 큰 장점으로 작용했다. 너의 재종형만 해도 법국어・러시아어・영어에 두루 능통한 덕분에 크게 출세를 하지 않았느냐? 지금은 비록 상해에 머물고 있지만….”

현경운이 말하는 재종형은 현상건이다. 현상건은 촌수와 항렬로는 팔촌형이지만 진건보다 25세나 많아서 오히려 현경운 쪽과 연령이 더 가까웠다. 진건이 월성이씨 가문의 사위가 되는 때를 기준으로 치면 그의 장인 이길우보다도 한 살 더 많았다. 그런 까닭에, 비록 재종형이기는 해도 진건은 아직 그의 얼굴을 한 번도 못 보았다.

1903년 정초, 이른 나이에 벌써 육군 참령・궁내부 번역과장 등을 지낸 현상건이 탁지부(현 기획재정부) 대신 이용익을 찾았다. 나이 쉰의 이용익과 스물아홉 현상건 두 사람은 거의 매일 만날 만큼 가까운 사이였다. 그만큼 현상건은 이용익의 측근 중에서도 최측근이었는데, 이날만은 유난히 진지한 낯빛으로 대화를 나누었다.

"아무래도 일본이 러시아를 상대로 전쟁을 도발할 것 같습니다.”

현상건이 입을 열었다. 고개를 끄덕이며 이용익이,

"그렇다면 우리나라는 어떻게 하는 것이 좋겠는가?”

하고 물었다. 현상건이 입술을 지긋하게 깨물며 말했다.
"아시다시피, 중립국 선언을 하자는 의견들이 많습니다. 그렇게 하면 일본과 러시아 간의 전쟁에도 휘둘리지 않을 수 있습니다."
"알겠네."
이용익은 현상건과 함께 그날 바로 고종을 알현했다.
"러시아와 일본이 전쟁을 하더라도 우리 대한제국은 중립을 지킬 수 있어야 한다. 그대들은 나라와 짐을 위해 노고를 아끼지 말고 세계 각국을 상대로 외교 활동을 펼치도록 하라."
프랑스어·러시아어·영어에 두루 능통한 현상건은 고종의 밀사로서 1903년 8월에 프랑스, 11월에 러시아를 방문했다. 15) 파리에서는 주프랑스 공사 민영찬과 함께 외무대신 델카세를 만나 중립국 문제를 협의했고, 러시아 수도 상트페테르부르크에서는 주러시아 공사 이범진과 더불어 니콜라이 2세를 알현해 고종의 친서를 전달하고 지지를 부탁했다. 그가 돌아온 직후인 1904년 1월 21일 고종은 '전시 국외 중립국 선언'을 세계 만방에 알렸다. 16)
하지만 일본은 2월 6일 러시아와의 국교 단절을 선포함으로써 전쟁 돌입을 예고했다. 주일 한국 공사관 참서관(공사와 서기관 사이 직급) 현보운은 부랴부랴 이 사실을 국내 궁내부로 타전했다. 현보운은 현경운의 사촌동생으로 뒷날(1919년 9월) 현진건의 양아버지가 된다.

현보운의 긴급 연락을 받았지만 대한제국은 그저 속수무책이었다. 대한제국의 중립국 선언을 무시한 일본은 러시아에 선전포고를 한 즉시 인천에 군대를 상륙시켰고, 2월 9일 창원과 부산의 전보사를 무단으로 점령했다. 외부(현 외교부) 대신서리 이지용는 2월 23일 황제의 재가도 받지 않고 일본 공사 하야시 곤스께任權助가 내민 한일 의정서에 도장을 찍었다.

한일 의정서의 핵심은 '제3국의 침해나 혹은 내란으로 인해 대한제국의 황실 안녕과 영토 보전에 위험이 있을 경우 대일본제국 정부는 속히 임기응변의 필요한 조치를 취하며, 목적을 성취하기 위해 군사 전략상 필요한 지점을 때에 맞춰 사용할 수 있다'는 내용이었다. 이는 한국 땅을 일본이 마음대로 점령할 수 있다는 뜻이었다.

반일 친러파 대표 인물 이용익은 일본으로 끌려갔고, 몸을 피한 현상건은 상해로 망명했다. 현경운이 중얼거리듯이 내뱉은 '지금은 비록 상해에 머물고 있지만….'이라는 말에는 그런 사정이 내포되어 있었다.

"어디 그뿐이냐? 네 큰형만 해도 러시아 사관학교를 졸업한 덕분에 나라가 알아주는 인물이 되지 않았느냐? 우선 중국에 가서 덕국과 법국 말을 능통하도록 배운 뒤 그 나라까지 유학을 다녀온다면 크게 쓰일 날이 있을 것이다."

이때까지만 해도 정건은 줄곧 말이 없었다. 그런데 아버지가 다음 내용을 거론하자 갑자기 고개를 들고 대항하는 태세를 취했다.

"우리집이 유력 가문으로 부상한 것은 폐하께서 대한제국을 선포하신 이래 일곱 해 경과한 시점부터다. 그때 무과 출신인 너의 할아버지께서는 왕실 재산을 관리하는 내장원의 최고 책임자 경에 오르셨다. 내장원경은 종2품 벼슬이니 판서 아래 참판급 고관이다. 그리고 너의 네 명 숙부들도 모두 만만찮은 관직을 지냈다.

첫째 숙부는 용궁 군수, 셋째 숙부는 궁내부 예식원 주사, 넷째 숙부는 태복사 주사를 역임했다. 특히 둘째 숙부는 농상공부 대신까지 올랐다. 둘째 숙부의 이력을 알지 않느냐? 관립영어학교 제 1회 출신으로 일본에 관비 유학을 다녀왔다.

그러니까 너도 남들이 어려워하는 외국말에 능통해야 한다. 그것도 흔한 중국말이나 일본말은 기본으로 갖출 영역이고, 이제는 구라파말, 러시아말, 영어 같은 여러 서양말을 꿰뚫어야 한다. 자고로 대망로대어大網撈大魚라 했다. 그물이 커야 큰 고기를 잡는다는 뜻 아니겠느냐. 중국에는 서양 제국 사람들이 들끓고 있다. 그들과 사귀어 지구적으로 인맥을 구축하고, 서양어를 교수하는 대학에 입학하여 공부도 정식으로 하도록 해라."

정건이 불복하는 어투를 내뱉은 것은 이때였다.

"알겠습니다. 다만…, 농상공부 대신을 지낸 둘째 숙부 칭송 말씀은 하지 않으셨으면 합니다."

아들이 불쑥 저항적으로 나오자 현경운도 흠칫 물러서지 않을 수 없었다. 사실 그도 동생 현영운을 가문의 자랑으로 생각해온 것은 아니었다. 비록 그때까지 아무도 읽은 이는 없었지만 황현이 《매천야록》에 '왜에 들어간 영운이 10여 년 만에 귀국한 이래 왜의 정세를 안다고 임금에게까지 소문이 나서 크게 총애를 받았는데, 처와 함께 번갈아 대궐에 출입하니 세력이 일시에 쏠렸다'17)라고 기록하면서 거명한 '영운'이 바로 자신의 네 남동생 중 둘째 현영운인 까닭이다.

정건도 '아버지와 다른 숙부님들도 거물 친일파 동생 덕을 본 게 사실이지 않습니까?'라는 말까지 입에 담지는 않았다. 현경운 본인이 친일 행각을 벌인 바 없었고, 오히려 대구전보사장 퇴임 이후에는 대한협회 대구지회가 1908년에 설립한 대구노동학교 교장을 맡아 청년들의 민족의식 고취와 국민 계몽 운동에 앞장섰다.

그 일로 현경운은 청년 교육 도서관으로 규정할 만한 우현서루 운영자 이일우, 우현서루에 와서 희귀한 중국 전적들을 읽으며 박학다식으로 청년들의 의식을 고양시키던 박은식, 이용익의 소개로 군관학교를 마친 후 연기우 등과 강화도 전등사에서 의병 출범식을 가지려다 유배를 다녀온 이동휘, 달서여학교를 이끌어가고 있던 이상화의 어머니 김신자, 그들의 인척인 2만석 대부호 이장우 등과 예전보다도 더욱 각별한 사이가 되었다. 본래 현경운은 대구전보사장으로서 지역 기관장이었지만 동생 현영운과 달리 성품이 유난히 온화해서 대구 유지들과 돈독하게 지내왔는데, 야학을 계기로 민족 자본가들과 한결 도타운 사이가 된 것이었다. 그리고 그 일은 7년 뒤 자신의 막내아들 진건과 이장우의 질녀 이순득의 혼사가 맺어지는 밑바탕이 되기도 했다.

동생 현영운은 달랐다. 관비 유학생으로 1883년 일본에 간 현영운은 두 해 남짓 만에 게이오 기주쿠 慶應義塾를 졸업했다. 귀국 즉시 박문국 주사에 임명된 현영운은 이듬해 창간된 한성주보 편집 일을 1889년까지 맡았다. 한성주보에는 고종의 전교가 실렸는데, 두 명의 주사가 임금 곁에 격일로 입직하여 기록했다가 신문에 게재했다. 당연히 박문국 주사는 임금과 친근해질 수밖에 없는 관직이었고, 그 자리를 현영운이 19세부터 23세까지 4년 동안 꿰찼던 것이다.

하지만 이틀에 한 번씩 임금을 가까이 할 수 있는 벼슬에 있었다는 것만으로 현영운이 형제들의 출세를 크게 도운 것은 아니었다. 고종의 신임을 얻은 그 시절에도 약간의 보탬이 되기는 했지만, 아직은 품계가 미약하였으므로 대단한 성과를 올리지는 못했다. 결정적 계기는 일본 공사관 조선어 교사로 있던 1895년에 배정자를 알게 된 일이었다.

일본군이 1894년 5월 6일 동학농민혁명을 진압할 목적으로 인천에 상륙할 때 통역관으로 따라왔던 배정자는 녹두장군 전봉준이 처형된 이후로 일본 공사관 출입이 부쩍 많아졌다.

천부적인 사교성 발휘와 진귀한 서양 보석 공세를 통해 그녀는 영친왕의 생모인 엄씨 등 숱한 궁중 여인들과 친교를 넓혔고, 급기야 고종의 시중을 들 만큼 임금으로부터도 귀염을 받았다. 물론 그 무렵에는 어느 누구도 그녀가 이토의 고급 밀정이라는 사실을 알지 못했다.
　그런데 2년 뒤 현영운을 재회한 배정자는 초선·왕소군·양귀비와 더불어 중국 역사상 4대 미인으로 일컬어지는 서시西施인 양 약간 미간을 찌푸리면서 이렇게 말했다.
　"당신은 아직도 말직에 머물러 있군요. 겨우 궁내부 번역관!"
　놀라운 발언이었다. '당신'이라니? 아무리 임금도 다른 벼슬아치들도 주변에 없는, 무인지경의 대궐 구석 자리라 할지라도 이토의 애첩이 자기보다 두 살 연상의 외간남자에게 '당신'이라니?
　"허허, 그렇게 되었소. 당신 보기에 민망하기 짝이 없소."
　게다가 사내 현영운도 배정자을 '당신'이라 부른다. 이토가 알면 그야말로 사육신처럼 팔다리가 찢겨 죽는 거열형車裂刑을 당할 일이다. 그런데도 두 남녀는 스스럼없이 서로를 '당신'이라 호칭한다. 비록 지금 아무도 엿듣는 사람이 없기는 하지만….
　"당신이 이런 모습이면 이 배정자의 위신이 뭐가 되겠어요?"

"허허, 그것 참…. 유구무언이오. 입이 천 개라도 할 말이 없다더니 지금이 바로 그런 경우 같소."

"당신은 똑똑하기로 이름났던 청년이었어요."

"똑똑하다고 출세가 보장된다면 그게 사람 사는 세상일까!"

배정자의 본명은 배분남이었다. 배정자는 이토가 뒷날 지어준 다야마 사다코田山貞子에서 유래된 이름이다. 그녀의 아버지 배지홍은 밀양부 김해현청 소속 아전이었다. 현계옥도 그렇지만 배정자도 밀양과 지연이 닿는 점이 이채롭다. 현계옥의 아버지가 딸을 관기로 키우려고 했던 것과는 사정이 다르지만, 배분남은 한때 실제로 관기 생활을 했다. 갑오개혁 중 관기 제도가 폐지되는 바람에 현계옥의 아버지는 뜻을 이룰 수 없었지만, 배분남은 1870년생이었으니 시간상 충분히 그렇게 될 만했다.

배분남이 관기가 된 것은 그녀의 아버지가 생전에 뜻한 바는 아니었다. 배지홍은 딸이 네 살 때 대원군의 실각 여파에 휩쓸려 대구 아미산 관덕정에서 처형되었다. 대원군 세력의 졸개로 지목을 받아 비명에 목숨을 잃었던 것이다.

그 후 배분남은 어머니·오빠·남동생과 함께 도피 생활을 하다가 붙잡혀 밀양부로 압송되었다. 미모가 남달랐던 어머니는 관기로 뽑혀가고, 오빠와 남동생은 노복으로 내쳐졌다. 배분남은 나이가 어려 우선은 기생으로 팔려갔는데, 멀리 못 가고 같은 밀양 관내를 돌아다니다 보니 결국 관기로 끌려왔다.
"어머니, 이렇게 짐승처럼 평생을 살 수는 없습니다."

열네 살 배분남은 대구 참형 때 받은 충격으로 반맹인이 되어버린 어머니를 붙잡고 울면서 그렇게 말했다. 어머니 또한 쏟아지는 눈물을 그치지 못하는 채로 뿌옇게 보이는 딸의 손을 부여잡고서 울음 반 목소리 반의 가녀린 음성을 토해냈다.

"그럼 어쩌자는 게냐? 나는 봉사 신세이고 너는 어린 딸아이인데 … 어디 가서 무슨 재주로 목숨을 부지하고 살아간단 말이냐?"

배분남이 또록또록한 목소리로 제 엄마를 토닥였다.

"걱정도 팔자시오. 길에서 죽더라도 지금보다야 못할까! 관기 노릇을 하는 중에 양산 통도사 주지스님을 알게 되었는데, 우리 처지를 가련하게 여긴 나머지 여승으로 살 수 있도록 해주겠다 하셨소. 먹여주고 재워주고 숨겨주겠다는 말씀이었지요."

어머니가 심학규처럼 눈을 번쩍 뜰 지경으로 반색을 하였다.

"참말이냐? 주지스님께서 그렇게 약속을 했다고? 극락왕생 성불을 하실 대덕 스님이시로다!"

캄캄한 심야를 틈타 모녀는 양산 통도사로 도주했다. 그것도 폭풍우가 휘몰아치는 그믐밤을 골라 날렵하게 운신하였다. 그런 날씨에는 감시의 눈초리도 소홀해지기 십상이다.

과연 보초들은 비바람을 피해 건물 안으로 들어가 있었고, 동헌 옆을 빠져나올 때에 삽살개가 짖어대기도 했지만 요란한 빗소리는 그것마저 덮어주었다.

모녀는 통도사에 든 이후 요사채 후미에서 행해지는 잡다한 뒷일에 종사했다. 법당이나 종무소 근처로는 거의 접근하지 않았다. 외부 방문자나 일반 신도들과는 아예 접촉을 끊었다.

"이들은 산 아래에서 굶어 죽어가는 몰골로 유랑을 하고 있던 모녀요. 내가 불쌍히 여겨 거두어 왔으니 그리들 알고 요사채 잡역을 맡기도록 하시오."

주지스님은 다른 승려들에게까지 그렇게 말하여 모녀의 신분을 감추어 주었다. 모녀는 떠돌이 생활 중 우연찮게 절 살이로 접어든 불우 중생으로만 여겨졌다. 그렇듯 여러모로 조심성을 보인 덕분이었는지, 지난 이태 동안 모녀를 알아보는 이는 아무도 없었다. 하지만 2년 조금 지났을 무렵 숨이 턱 막히는 사태가 발생했다.

"너는 배지홍의 여식이 아니더냐?"

관내 순찰차 통도사에 들렀던 신임 밀양 부사가 어쩌다 배분남과 마주치는 순간, 한눈에 그녀를 알아본 것이었다. 배분남으로서는 낭패 중에도 이런 낭패가 있을 수 없었다.

그날도 오가는 이 아무도 없는 틈을 타 북쪽으로 3리나 떨어진 금수암에 찻잎을 배달하고 돌아오던 길이었다.

금수암은 수행도량인 까닭에 평상시에도 인적이 끊긴 적막강산 같은 곳이었으니, 그 일대에 갑자기 부사가 나타날 이유가 없었다. 그런데 '정성을 들여야 효험이 있다'고 생각한 부사가 아무에게도 언질을 주지 않고 자장암 뒤쪽 암벽의 석간수를 찾았다. 신라 자장대사가 직접 조성한 바위 틈 샘물인 만큼 자신도 직접 떠서 마시겠노라는 발걸음이었다. 그 결과 금수암과 자장암 갈림길인 세심교에서 여승 배분남과 정면으로 마주쳤다.
　"예, 예에…."
　부사가 단숨에 알아보는 상황인 만큼 뻔대서 될 일도 아니었다. 배분남은 부사의 추궁에 순순히 수긍을 했다.
　"어찌된 일이냐? 네가 왜 거기서 나오느냐?"
　부들부들 떨면서 배분남이 자초지종을 고했다. 시종 참담한 표정을 짓던 부사는 그녀의 자백이 끝나자 이렇게 말했다.
　"내가 너의 아비를 잘 아느니라. 김해 현청에서 겪어보았는데 아주 부지런하고 정직한 아전이었지. ……그것 참, 그렇게 되었구나. 안타까운 일이로고 ……."
　뜻밖의 따스한 말에 배분남은 자기도 모르게 주르륵 눈물을 흘렸다. 이제 맞아죽거나 또 관기로 끌려가려니 싶어서 낙심천만이었는데, 부사의 말투와 표정으로 보아 그것만은 면할 것 같았다.

"네가 아직 열여섯밖에 안 되었는데 평생을 이렇게 살 수는 없다. 언젠가는 잡혀서 봉변을 당하게 될 게 자명하다. 바다 건너 일본으로 가는 것이 상책일 듯싶구나."

부사는 몇 년 전 신사유람단의 일원으로 일본에 다녀온 개화파였다. 그는 법당으로 가서 주지를 만난 후 그 어미는 계속 절에서 거두어주게 하고, 배분남은 무역 상인을 시켜 일본으로 보내주겠다면서 통도사 밖으로 데리고 나왔다.

배분남은 일주문 밖을 벗어나 부도들이 운집해 있는 지점에 닿았을 때 잠깐 걸음을 멈추었다. 그녀는 60여 기의 부도와 50여 기의 비석들이 자신을 마주보는 곳에 반듯하게 서서 합장을 하였다. 아무도 배분남의 이때 마음을 알 수 없었지만, 푸르른 소나무들과 서늘한 바람소리만은 그녀의 기도를 들었으리라.

'어머니, 반드시 돌아와 잘 모실 날이 있을 터인즉 그때까지 꼭 몸 성히 살아 있으시오..'

그녀는 울지 않았다. 조금 전에 어머니와 헤어질 때에도 눈물을 비치지 않았다. 두려움은 전혀 없었다. 아무리 멀고 먼 이역만리에 간다 한들 지금보다야 못할까 싶었다. 각오와 자신도 있었다. 기생과 관기 노릇을 해보니 사내들은 모두 별 게 아니었다. 어린 나이에 벌써, 높고 낮고 나이가 많고 적고 간에 사내란 것들은 하나같이 손아귀에 넣고 좌지우지할 수 있는 하찮은 동물에 지나지 않는다는 사실을 깨달았다.

다만 한 가지 아쉬운 바는 다시는 전재식을 만날 수 없게 되리라는 점이었다. 배분남은 관기 노릇을 할 때 우연히 청년 전재식을 알게 되어 진심으로 마음을 주고받는 사랑을 나누었다. 하지만 그의 부모가 '네가 몇 살인데, 그것도 관기를 만나고 돌아다닌단 말이냐?'며 불호령을 내리고, 게다가 그녀가 통도사에 은거하게 되면서 두 사람은 못 보게 되었다.

배분남은 절에 숨어 사는 중에도 '혹여 그가 온다면 얼굴을 드러내고 만나리라, 우담耦潭이라는 법명도 내던지고 배분남으로서 내놓고 좋아하리라' 하며 학수고대를 했지만 전재식이 심심산중 절간에 나타날 리가 만무했다. 그런 까닭에 그녀는 절을 하면서 '일본으로 떠나는 신세가 되었으니 어찌 그를 다시 만날 수 있겠습니까? 현실에서 이루어질 수 없는 일을 되도록 해달라고 뻔뻔스레 빌지는 않겠습니다. 그저 어머니만 잘 보살펴 주십시오. 만약에 그것마저 아니 들어주신다면 다시는 기도를 올리지 않을 것입니다'라고 주술을 하였다.

부도군 뒤로 커다란 바위들이 줄을 지어 서 있는 광경이 보였다. 그녀의 머리에는 언뜻 '누군가는 앞으로도 저기에 이름을 새기겠지' 하는 생각이 스쳐 지나갔다. 각서刻書된 이름을 보고 후세인들이 자신을 기억해주기를 바라는 인지상정을 보는 느낌이었다.

'나는 바위가 아니라 역사서에 이름을 남기고 말 것이야!'

배분남은 몸을 돌릴 때 그렇게 입술을 깨물면서 다짐했다. 그러나 자신의 이름 석 자가 한국 역사에 새겨질 것을 예측한 그녀도 미처 짐작하지 못한 부분이 있었으니, 9년가량 후인 1904년 자신이 현영운의 아버지 종4품 부호군 현학표를 종2품 창원 감리로 승차시켜주고, 현학표가 명성황후의 친족인 경상남도 관찰사 민영선 등과 더불어 이곳에 와서 놀다가 저 바위에 이름을 새기게 된다는 사실이었다.

"왜 그리 꾸물대느냐? 해가 서산을 넘어가려 하는구나."

마음이 너그러운 부사가 점잖게 그녀를 꾸짖었다.

"아, 예! 송구하옵니다!"

동래에 닿는 길로 배분남은 바다 위에 몸을 실었다.18) 일본에 당도한 그녀는 갑신정변 실패 후 망명생활 중인 개화파 인사들과 만나게 되었다. 이윽고 3년 뒤 김옥균이 그녀를 이토 히로부미 앞에 세웠다. 영리한 두뇌 회전과 습자지 같은 언어 습득력, 그리고 빼어난 외모까지 갖춘 배분남에 홀딱 마음이 넘어간 48세 이토는 19세 그녀를 남들 앞에 양녀로 소개했다.

이토는 그녀의 심장 속에 가득 찬 복수심을 간파했다. 아버지를 죽이고 어머니의 눈을 빼앗은 조국에 대한 끝없는 원한이 배분남의 뼈와 살 속에서 부글부글 끓고 있는 것을 꿰뚫어 보았다. 게다가 지능, 성격, 외모까지 두루 갖추고 있어서 최고의 밀정 재원으로 아주 제격이었다.

이토는 그녀에게 다야마 사다코라는 일본 이름까지 직접 지어준 다음, 9년 동안 승마 · 사격 · 변장술 · 외국어 등등에서부터 방중술에 이르기까지 치밀한 밀정 교육을 시켰다.

동학혁명 봉기 때 처음 귀국한 배정자는 특히 1899년 이래 초대 주한일본공사 하야시의 통역관을 맡으면서 한국 조정을 마음대로 드나들게 되었다. 능숙한 일본어 구사와 해박한 국제정세 분석력을 갖춘 그녀는 눈부신 미모까지 동원해 고종 곁에서 정치 · 외교 · 국제 담화를 나눔은 물론 시중 역할까지 수행했다. 드디어 그녀에게는 다른 사람이 감히 추종할 수 없는 고종의 신임이 찹쌀가루처럼 차곡차곡 쌓였다.

배정자는 명성황후가 일본인들과 '씨 없는 수박' 우장춘의 아버지 우범선 등에게 시해된 을미년에 현영운과 결혼했다. 그녀로서는 재혼이었다. 이토의 애첩이었으니 현영운과의 혼인을 초혼으로 인정할 수 없다는 뜻이 아니다. 배정자는 밀정 교육을 받고 있던 중에 게이오 게주쿠 유학생으로 온 전재식과 재회했다. 헤어진 첫사랑과 이국에서의 조우! 세상에 이처럼 기가 막히는 천지조화가 달리 있을까! 둘은 이토의 허락을 얻어 부부가 되었고, 아이까지 낳았다. 하지만 조물주의 또 다른 천지조화가 배정자에게 일어났다. 전재식이 까닭도 없이 시름시름 앓더니 죽고 말았다. 그런즉, 배정자가 현영운과 결혼한 것은 법적으로 분명히 두 번째 혼인이었다.

일본 공사관에서 현영운을 처음 보았을 때 그의 훤칠한 허우대에 마음이 동한 배정자는,
"전재식을 알아요?"
하고 물으면서 말을 걸었다. 현영운은 '내가 게이오 의숙을 졸업한 사실을 이 여자가 알고 있구나'라고 짐작하면서 대뜸 대답했다.
"압니다. 내가 1883년 8월 16일에 입학을 해서 1885년 8월 15일에 졸업을 했는데, 귀국 배편을 기다리느라 체류 중에 그가 새로운 유학생으로 왔었지요. 그래서 유학생회에서 환송식과 환영식을 성대하게 동시 개최했었지요. 그날 처음 보고 뒤로는 만나지 못했어요. 소문에는 대단한 미인을 만나 가약을 맺었지만 홀연히 병을 얻어 세상을 떠나고 말았다던데 … 사실인지는 모르겠군요."
현영운의 말이 끝나자 배정자가 활짝 웃으면서 이렇게 말했다.
"그 미인이 바로 나랍니다!"
한참 여자를 쳐다보던 현영운이,
"이런 미인을 두고 어떻게 죽을 수가 있나 …? 세상에는 참 불가사의한 일도 많아…."
라고 중얼거렸다. 이 만남이 인연이 되어 남녀는 결혼에 이르렀는데, 외형상 선남선녀처럼 빛났던 신랑신부는 배정자가 현영운의 후배인 박영철과 바람을 피웠는지, 결혼 1년 만에 헤어졌다. 그 후 박영철과 부부의 연을 5년간 이어가던 배정자는 그와도 이혼한

후, 한국 남자와 일본 남자를 번갈아 가며 일곱 차례 결혼과 동거를 되풀이했다. 그녀는 밀정에서 은퇴한 57세 때 마지막 남자와 동거를 했는데, 상대는 25세의 일본인 순사였다. 아무튼 배정자의 생애를 살펴볼 때 그녀가,

"당신이 이런 말직에 있으면 안 되지요."

라고 말한 데에는 현영운이 자신의 두 번째 남편이었다는 역사가 서려 있었다.

배정자와 다시 만난 덕분에 현영운은 벼락치기 승승장구를 거듭했다. 그는 배정자가 뒤를 밀어준 지 불과 10년 만에 주사(7급)에서 농상공부 협찬(차관)까지 출세했다. 이때 배정자는 밀양부에서 종노릇을 하고 있던 오빠를 한성판윤(서울시장), 동생을 경무감독관(경찰청장)에 앉혔다. 19)

현정건이 배정자와 인연을 맺게 된 것은 배재학당 유학 기간에 숙부 영운의 인수동 집에서 기거한 때문이었다. 물론 그 무렵은 현영운과 배정자가 이혼한 지 이미 10년 가까이 지난 때였으므로 정건이 배정자를 직접 대면할 일은 없었다. 다만 숙부 영운으로부터 거의 매일같이 배정자 이야기를 들어야 했다. 두 사람 사이에 태어난 아이 송자가 집에 있으니 현영운이 딸의 어머니인 배정자에 관해 말하는 것은 어쩌면 당연한 일일 수도 있었다. 하지만 10대 중반 사춘기 소년 현정건이 여기저기서 '이토의 정부 배정자', '배정자의 뒷배로 출세한 현영운' 등의 힐난을 듣는 고역

은 사각사각 소리가 나도록 마음과 몸이 갉아 먹히는 죽음의 통증이었다. 심지어 하루는 미국에 유학 중인 형을 둔 학우 하나가 공립신보20) 4월 8일자를 들고 와 떠들어대는 사태마저 발생했다.

"이것 봐라! 태평양 너머 아메리카 샌프란시스코에서 발행되는 신문에까지 보도되었다! 그것도 1면이다!"

"뭐냐? 뭔데 그래?"

"혼자 보기 아까워서 신문을 학교까지 들고 왔다는 것 아닌가! 이 공립신보로 말씀드리면, 영문 제호가 The United Korean이고, 발행 겸 편집인이 정재관鄭在寬, 인쇄인이 전성덕田成德, 주간으로 발행되는데, 주소는 미국 …."

"어허, 쓸데없는 말이 많다. 해당 본문이나 소개하시라!"

주변을 돌아보며 한껏 위세를 부리던 신문 주인이 손가락으로 지면을 퍽 짚으며 소리를 지른다.

"이 큰 글자 다들 보이지? 안 보이는 사람 없지? 이렇게 글자가 대문짝만큼 시커먼데 눈에 안 들어올 리가 없지. 아주 십 리나 떨어졌다면 모를까!"

"앞에 비켜라! 가려서 안 보인다!"

"앉아라, 앉아!"

이윽고 주인이 큰 소리로 읽는다.

"배정자의 위세를 업은 혁혁한 세력가, 그는 바로 현영운이다!"

학우들이 '그렇구나!', '소문이 사실이네!' 하고 떠들어댔다.

"조용! 조용!"

신문 주인이 재차 큰소리를 냈다.

"여러분들! 현영운이 배정자의 뒷배로 벽력출세를 거듭하고 있다는 것보다도 더 큰 소식이 있다. 들어보시라!"

"그래? 그것이야말로 뉴슬세, 뉴스!"

"그렇지 뉴스지, 아암!"

신문 주인이 두 손을 허공으로 솟구쳐 올리면서 웅변 연사처럼 외쳐댔다.

"이 위대한 인물 현영운이 누구신가? 우리들과는 아무런 상관이 없는 자인가? 아니올시다! 우리도 크게 출세할 수 있다는 사실을 예언해 주는 선지자올시다! 왜냐? 우리의 절친한 벗이 바로 현영운의 조카이기 때문이외다. 우리의 촉망받는 정건 군의 숙부가 바로 현영운이시다, 바로 그 점을 이 연사, 소리 높여 외치는 바입니다! 하하하하!"

주먹이 벌겋게 달아오른 정건은 신문 주인을 묵사발로 두들겨 패놓을까 하다가 간신히 참았다. 그렇게 했다가는 뒷일이 어떻게 진행될지 너무나 자명했다. 대구 북재서당에서 정붕《안상도案上圖》의 '구용구사九容九思'를 학습할 때 배운 '분사난憤思難'을 떠올렸다. 화가 솟구칠 때는 뒷일의 어려움을 생각하라는 가르침이다. 21)

그러나 정건도 모든 것을 참아내지는 못했다. 끈질기게 놀려대는 학우들을 구타하고 싶은 마음을 억누르는 것은 수행삼아 감내할 만했지만, 학교에 계속 다녀본들 얻을 수 있는 보람이 없다는 확신은 또 다른 문제였다. 날마다 등교를 해서 교실에 앉아 있어도 도무지 머릿속에 채워지는 것이 없었다. 진리도 학문도 교양도 하나같이 저만치 떨어진 곳을 맴돌다 사라졌다. 중퇴를 작심하지 않을 수 없었다.
 셋째 아들이 배재학당에 자퇴서를 내고 집으로 돌아오자 현경운은 중국 유학을 재촉하기 시작했다.
 "내가 너희들을 어릴 때 서당에 보낸 것은 중국말과 일본말을 쉽게 익히도록 하기 위함이었느니라."
 귀가 첫날부터 출발 시기가 문제일 뿐 중국 유학은 기정사실이 되었다. 어느 대학에 입학해서 어떤 전공을 공부할 것인가만 남았다. 그 결정을 하느라 차일피일 하는 중에 정건과 현계옥 사이의 자유연애 사건이 터졌다. 현경운은 며칠을 고민한 끝에 아내 이정효와 마주 앉았다.
 "풀을 없애려면 뿌리를 뽑아야 한다고 했소. 일이 이렇게 된 김에 서둘러서 중국으로 출발시킵시다."
 현경운이 조심스레 말을 꺼낸 것은 아내의 병색이 눈에 띄게 나빠지고 있기 때문이다. 그래서 현경운이,
 '셋째가 압록강을 건너가고 나면 다시는 이 사람과 만나지 못하게 되는지도 모른다….'
싶은 생각에 은근히 아내의 표정을 살피는데, 뜻밖에

도 이정효가 선선히 좋은 말로 답한다.
"그게 좋을 것 같아요."
그러면서 이정효가 한 마디 덧붙였다.
"나이도 많아요."
열아홉이다. 유학을 보내기 전에 혼인을 시켜야 한다는 뜻이다. 내심 이정효는 자신이 언제 생을 마감하게 될는지 모른다고 판단하고 있다.
'열아홉이면 노총각이라 해도 지나치지 않아…. 배필을 맞는 모습은 보고 죽어야지.'
그녀는 눈물이 흐르려는 것을 간신히 참고 있는 중이다. 현경운이 아내의 속마음을 모를 리 없다.
"장손을 못 본 게 아쉽지만, 그래도 둘째는 벌써 여섯 해 전에 한주를 우리한테 안겨줬지 않소. 막내도 장가를 보내고, 어서어서 손자손녀도 보십시다."
낮은 미소를 머금으며 이정효가 천천히 말을 잇는다.
"진건이 이제 겨우 열한 살인데…."
이정효의 말은 '내가 죽기 전에 막내아들 진건의 혼인은 가능하지 않다'는 의미를 담고 있다. 그래도 현경운은 모르는 척 호언을 늘어놓는다.
"내가 누구요? 막내며느리를 신속히 부인 앞에 대령하리다."
이정효가 이번에는 조금 전보다 더 밝고 크게 웃음기를 띠면서 남편의 장담에 화답을 한다.
"먼 뒷날 일보다도… 정건이 혼사는 어떻게 되어가고 있나요?"

자유연애 사건이 터지기 한참 전부터 준비해오던 일이다. 배재학당을 그만둔 이래 줄곧 혼처를 알아봐왔다. 나이가 열아홉이나 된 아들을 그냥 외국으로 보낼 수는 없는 까닭이다. 생모가 살아있는 중에 혼사를 치러야 한다는 절박감도 있었다. 그래서 사실은 유학 추진보다 그 일에 더 집중을 했었다.

그러던 중 동래 만석꾼 윤홍석 집안과 구체적으로 혼담이 오가게 되었다. 윤홍석의 아들은 동래부사를 지낸 윤필은으로, 동래부청 동헌 뜰에 청덕선정비가 세워져 있다. 그는 7년 전 마흔셋 한창 나이로 세상을 떴다. 그래도 다행은 규수의 위로 대단한 자산가인 오빠가 둘이나 듬직하게 있다는 사실이다. 특히 규수 윤덕경의 둘째오빠 윤현진은 정건과 나이가 같았다.

현경운이 계속해서 정건에게 말한다.

"둘째, 중국 유학을 떠나기 전에 가정을 이루어야 한다. 네가 기생한테 마음을 빼앗겨서 추태를 보이는 것도 백년해로를 할 배우자가 없기 때문이다. 그렇다고 혼사를 막무가내로 추진하지는 않을 것이다. 내가 대구에서는 손가락에 꼽히는 개화 인사 아니냐!

지난 일을 거론해서 뭣하다만, 너는 배재학당에 다니다가 네 마음대로 그만두고 집으로 돌아왔다. 시작과 결과에 유관 인물이 있는 일은 반드시 그 사람과 의논을 거쳐 결정해야 한다. 네가 어느 학교를 다니고, 또 그만두고 하는 일은 단순히 너 개인의 일만은 아니다.

개화가 무엇이냐? 사회를 수직적 구조에서 수평적 구조로 바꾸어가는 일 아니겠느냐? 무릇 개화를 말하려면 반드시 언행일치를 실천해야 한다. 그래야 진정한 개화 인물이라 할 수 있다."

실제로도 현경운은 그로부터 얼마 지나지 않아 아들 정건에게 혼사가 어떻게 되어 가는지 최초의 귀띔을 하였다. 그러나 정건은 가타부타 아무런 말도 하지 않았다. 비록 아버지 현경운은 보기 드문 개화 인물이었지만 아직 사회는 그렇지 않았다.

집안끼리의 대사인 결혼은 어른들 사이에서 의논되고 결정나는 것이 당대 관습이었다. 계옥과 알콩달콩 만나고 있다고 해서 정건이 자유연애를 부르짖으면서 모든 것을 원천 거부할 게재는 아니었다. 다만 현정건은 '혼례 즉시 중국으로 유학을 떠나고, 그곳에서 독립운동에 투신하리라' 결심했다.

정건에게서 전말을 듣고 난 계옥도 눈물을 하염없이 쏟기는 했지만, 진작부터 짐작되어온 일이었기에 별달리 말은 없었다. 다만 계옥은 고이 싼 인삼 한 채를 정건에게 내밀었다.

"네가 무슨 돈이 있어서…?"

정건이 묻자 계옥이 말한다.

"삼 년 동안 모은 돈으로 샀어요. 뭐니뭐니해도 인삼이 최고라고들 해서…. 이역만리 먼 곳이니 부디 조심하시고, 혹여라도 아픈 일이 생기면 이걸 달여 먹고 계옥이 생각하시어요."

정건이 눈물 그렁그렁한 눈으로 계옥을 바라본다. 이윽고 정건이 계옥의 어깨를 안는다. 여전히 계옥은 말이 없다.

"언젠가는 내가 데리러 올 터인즉 그때까지 몸성히 잘 있어라!"

정건이 그렇게 달래지만 계옥은 그저 참담하고 혼이 나간 듯 망연할 뿐이다. 언젠가는 이런 날이 닥쳐오리라 짐작은 했었다. 담담할 줄 알았는데, 막상 현실로 닥치니 정신이 아득하다. 그 탓에 아무 말도 나오지 않는 것이다.

"이렇게 불쑥 중국으로 가버리신단 말씀인가요?"

현계옥의 말이 아니다. 윤덕경의 말이다. 혼례를 치르고 사흘째 되는 날 정건은 상해로 가는 짐을 둘러멨다. 물론 윤덕경이 몰랐던 일은 아니다. 작은오빠로부터 일찌감치 들었다. 혼례가 끝나고 사흘 후면 신랑이 상해로 유학을 떠난다고 했다. '이렇게 불쑥 중국으로 가버리신단 말씀인가요?'라고 운을 떼어본 것은 막상 실제 상황이 닥치니 암담하고 막막해서 속내를 드러내본 쓸쓸한 자기위안일 뿐이다. 결혼을 시킨 후 아들을 외국으로 유학 보내는 집이 어디 보기 드문 사례인가. 성년 아들을 둔 상류 조선의 가문들 열 중 아홉은 흔히 이렇게 하고 있다.

윤덕경에게는 걱정거리가 한 가지 더 있었다. 윤덕경은 작은오빠를 넌지시 외진 곳으로 데려가 아무에게도 말하지 않은 속마음을 털어놓았다.

"오빠, 저 사람을 중국에 가지 못하도록 할 수는 없을까요?"
"그게 무슨 말이냐?"
"……."
"어쩌겠느냐? 다 나라를 왜놈들에게 빼앗긴 탓인데…. 정신 바로 박힌 조선의 지식 청년이라면 왜놈들이 활개를 치는 이 땅에서 죽은 듯 살아갈 수가 없다. 세 살배기 아들이 있는 나도 내년이면 너의 둘째 시아주버님께서 수학하신 동경 명치대학으로 유학을 떠날 예정 아니냐. 작년은 한 해 내내 상해로 북경으로 돌아다니면서 독립지사들을 만나 견문을 넓히고 고견도 들었고…. 어디 집에 가만히 있더냐?"
"그것보다도…."
"……?"
"…… 현계옥이라는 기생이 있어요."
"기생?"
"예…. 오빠는 현계옥에 대해 들은 것이 없기 때문에 천하태평으로 마음을 놓고 있지만…. 예사로운 기생이 아니에요. 아버님께서 강력 차단하신 바람에 두 사람이 일단 헤어지기는 했지만, 앞으로 어떻게 될는지는 아무도 몰라요."
윤현진이 궁색하게 동생을 위로한다.
"네 말을 들으니 … 나도 걱정스럽다는 생각이 드는구나. 하지만 지금 모든 것을 예단하는 것은 성급하다는 생각도 드는구나."

"…… 그리고… 현 서방을 중국에 가지 못 하도록 할 수 있는 묘책도 없지 않느냐? 일단은 현 서방을 믿는 도리밖에….'"

"……."

"나도 일본 유학을 마친 뒤 상해로 망명할 계획이다. 그때면 현 서방 곁에 있으면서 문제 해결을 위해 성심을 다해보마. 그리고… 그 현계옥이라는 기생도 결국 기생이라고 여기자꾸나.'"

"……."

"현 서방이 유학을 성공적으로 마치고, 독립운동에도 큰 성과를 내기를 기원하면서 기다려보자. 아직 장담할 말은 아니다만, 네가 상해로 가는 수도 있지 않겠느냐? 너의 시어머니가 이 집에 들어온 지 얼마 되지 않았다는 점도 네게는 유리하게 작용할 게고….'"

윤덕경이 화들짝 반색하며 가벼운 목소리를 토한다.

"그럴 수도… 있을까요?"

윤현진이 동생의 손을 잡으며,

"그렇지 않고…! 나라 안 최대의 항일 조직이던 신민회가 경술국치 한 해 전에 만주 독립운동 기지 건설을 결의한 이래 수많은 가족들이 남부여대하여 국외로 망명했다는 사실은 너도 알지 않느냐?"

하자, 표정이 한결 편안해진 윤덕경이,

"그렇게만 될 수 있으면 더 이상 소원이 없겠어요.'"

하였다. 윤현진이 누이동생을 보며 다짐한다.

"내가 재작년에 혼인을 해서 동건이가 지금 세 살 아니냐? 평생을 함께 해야 할 반려자가 생기고 자식까지 낳고 보니 나도 앞으로는 자꾸만 혼자서 외국을 돌아다녀서 안 되겠다 하는 생각이 드는구나. 일단 상해에만 가면 기반을 잡고 나서 너까지 그리로 와서 함께 살 수 있도록 조치를 할 테니, 어렵겠지만 마음을 가라앉히고 그때까지만 참아 다오."

오누이가 그러고 있는 중에 사랑채 앞에서는 현경운이 김동천이라는 사내와 말을 나누고 있다. 아무도 엿들을 수 없지만, 김동천은 지금 현상건의 소식을 현경운에게 전하는 중이다. 김동천은 박은식의 제자로, 상하이·베이징·난징·톈진·지린과 같은 중국 곳곳은 물론 서울·개성·금산·풍기를 비롯한 국내 도처를 돌아다니는 인삼 판매상이다. 현경운은 우현서루를 매개로 10세 연하의 이일우·13세 연하의 이동휘와도 친해졌지만, 자신보다 단 한 살 위인 박은식과는 달리 벗이 없을 정도로 가까이 지냈다. 그런 인연으로 박은식은 김동천을 하객으로 보낸 것이다. 박은식 본인은 이미 압록강을 건너 중국으로 망명한 뒤였다.

김동천은 박은식이 우현서루에 머물고 있을 때에도 인삼장수로서 대구에 들렀다. 당시 현경운은 그에게 풍기 인삼을 구입하기도 했다. 그런즉 지금도 현경운과 김동천은 남들 눈에 그저 장사꾼과 고객 사이로 보일 뿐이다. 두 달 전 이정효가 세상을 떠났을 때에도 김동천은 박은식을 대신해 대구행 기차를 탔었다.

'어머니는 셋째형 혼례도 못 보시고 그만….'
기적소리가 들려온다. 가느랗던 소리가 점점 커다랗게 귓속을 울려온다. 진건은 형과 관련되는 긴 회상에 빠졌다가 차차 깨어나고 있다. 그는 자신이 유학을 떠나게 된 전말을 돌이켜보고 있는 중이다.
"첫째와 둘째는 부모가 아무 말도 하지 않아도 알아서 척척 앞날을 개척해가고 있건만, 셋째와 넷째 너희 둘은 어째서 길을 가르쳐 주어도 똑바로 갈 줄을 모르느냐? 네 어미가 살아 있었으면 얼마나 노심초사를 하고 속이 시커멓게 탔을까!"
현경운이 막내아들 진건을 꾸짖으면서 한 말이다. '네 어미가'라는 표현은 마침 진건의 계모가 자리에 없었기에 나온 구절이다. 현경운은 진건의 생모 이정효가 긴 와병 끝에 셋째아들 정건의 혼례를 두 달 앞두고 결국 세상을 뜨자, 삼년상을 치른 후 '홀시아버지로는 막내아들을 장가보내기 어렵다'면서 재취를 했다. 그게 어언 4년 전이고, 작년에는 이복동생 성건도 출생했다.
"정건이가 배재학당 다니다가 제멋대로 그만두고 돌아와 기생과 자유연애를 합네 말썽을 부려 혼인부터 시켜서 중국으로 유학을 보낸 일이 엊그제 같은데, 그 동생이라는 녀석은 아예 혼인을 시킨 후에 서울 보성고보로 유학을 보냈는데도 불쑥 자퇴를 하고 집으로 돌아오니 이를 어쩐단 말이냐? 누가 형제 아니랄까 봐 그러는 것이냐? 아니면, 형만한 동생 없다는 속담을 증명해 보이려고 일부러 더 심하게 일탈을 하는 것이냐? 그리고… 내가 정건이에게도 말을 한 적이 있다만, 어찌 여러 사람과 관계가 되는 일을 혼자서 마음대로 결정을 하느냐? 다른 사람과 관련되는 일은 혼자서 예단하지 마라! 결론을 가지고 상대를 만나서는 진심에 기반을 둔 허심탄회한 논의가 이루어지 않는다! 신식 교육을 받은 사람일수록 그러지 않아야 할 텐데, 어찌 너희들은 그토록 제멋대로냐?"

진건 역시 형 정건처럼 아무 말도 못했고, 아버지 현경운은 이번에도 아들을 외국으로 유학 보내는 조치를 취했다. 그런데 진건은 일본 세이죠오 중학 유학도 견디지 못하고 귀국해 버렸다.

"마음이 지나치게 어질고 자유분방한 청년은 군사 학교 같은 곳에 보내는 것도 한 방법이 아닐는지요?"

약 1년 반쯤 전, 현경운은 사돈 이길우, 이길우의 형 이장우, 이상정·이상화 형제의 큰아버지 이일우를 집으로 초대했었다. 사돈 형제의 의견도 듣고 아들들과 조카들 다수를 외국에 유학보낸 바 있는 이일우의 조언도 들을 겸 마련한 작은 술자리였다. 상차림을 거들기도 해야 하고, 친정의 아버지와 큰아버지도 참석하는 연회인 만큼 이순득도 시댁으로 왔다.

이날 주고받은 대화 중 현실에 적용된 것은 조카 이상정을 세이죠오 중학을 거쳐 고쿠가인國學院대학에 보냈던 이일우의 의견이었다. 도쿄 세이죠오 중학은 육군 유년 학교였다가 일반 학교로 개편된 곳이었다.

그래도 군사학교 교육과정이 그대로 적용되는 경우가 많아 그것을 그 학교의 장점으로 여기는 사람들도 상당수 있었다. 이상정은 장차 독립운동에 도움이 될까 하여 세이죠오 중학에 진학했지만, 유학 경비를 도와주는 큰아버지 이일우에게는 걱정을 끼칠까 싶어 자신의 내심을 토로하지 않았다.

이상정은 문학청년이기도 하고 귀국 후 대구 계성학교에서 미술 교사를 지낸 화가이기도 했으니, 이일우가 진건을 세이죠오 중학에 보내는 것이 어떻겠느냐고 말한 것은 어쩌면 일리가 있는 추천이었다. 그러나 현진건은 견디지 못하고 돌아와 버렸다.

"도대체 너는 어느 학교에 가고 싶으냐? 혼인을 하자마자 보성고보에 다니다가 그만뒀고, 그 후로는 일본 세이죠오 중학을 중퇴했으니, 이제 어쩔 것이냐? 그래서야 부부 간에 얼굴도 서지 않을 텐데, 어쩔 셈이냐?"

진건이 굳게 입을 다물고 있자 현경운이,

"그런 그렇고, 어디 한번 물어나 보자. 네가 세이죠오 중학을 중퇴한 것은 도무지 기질이 맞지 않아서 그런 것으로 이해를 한다. 그렇지만 보성고보를 네 마음대로 그만둔 까닭은 무엇이냐? 어린 나이에 어머니도 잃고, 혼인을 한 지 얼마 되지도 않고… 애처롭게 여겨 그때는 묻지도 않았다만, 이제는 세월이 흘렀으니 말할 만도 하지 않느냐? 어디 이야기해 보아라."

하면서 아들을 바라보았다. 아내 이순득도 궁금해 하는 기색을 감추지 못하는 낯빛으로 남편을 넌지시 지켜보고 있었다.

그러나 진건은 끝내 입을 열지 않았다. 아내가 나타나지 않았다 하더라도 그 사유에 대해서는 발설을 하지 않았을 것이다. 그는 아무에게도 들리지 않는 속말로 '그걸 차마 누구한테 말할 수 있을까!'라고 독백하고 있었다. 소득이 없자 현경운은 자리를 떠버렸고, 이순득도 재미있는 이야깃거리를 듣게 되나 잔뜩 기대를 품었다가 실망한 채 부엌으로 가버렸다.

"난오 손나니 나가쿠 킨가에루노데스카? (무슨 일을 그리도 오랫동안 생각하나요?) 추우고쿠데 스베키 코토오 코오소오시테이루요오데스. (중국에서 할 일을 구상하는 모양이에요.) 후카이 쿠노오니 오치콘다 노오 미루토…. (깊은 고뇌에 빠진 것을 보니….)"

아주 장시간 혼자만의 회상에 잠겼던 모양이다. 일본 여성이 다시 말을 걸어온다. 조금 놀란 듯이 진건이 대답한다.

"아, 치가이마스. (아, 아닙니다.) 후나레나 토코로니 쿠루토 카코노 코토가 코오젠토 오모이다사레루카라데스. (낯선 곳에 오니 지난 일이 공연히 생각나서일 뿐입니다.)"

여인이 웃으면서 말했다.

"문 와캇타. …히토와 이츠모 소오데스. 나레시타

신다 무카시노 코토오 오모이다시나가라…. (그래요. … 사람은 늘 그렇죠. 익숙했던 옛일을 생각하면서 ….)"

말을 하다 말고 여인도 문득 자신의 지난 날로 돌아간 표정이다.

"소노 토키 차가우 센타쿠오 시테이타라 이마 와타시노 진세에와 도오 카왓타노카 후리카엣타리 시마스…. (그때 다른 선택을 했더라면 지금 내 인생은 어떻게 달라졌을까 돌이켜보곤 하죠….)"

사실 그랬다. 진건도 '보성고보를 자퇴하지 않았더라면 지금 어떻게 되었을까……?' 하고 지난날을 돌이켜본 때가 종종 있었다. 보성고보 교복을 벗어던지고 대구로 돌아온 건 현계옥 때문이었다.

현계옥…….

형이 상하이로 간 이후 한동안 현계옥에 관한 말을 들은 적이 없다. 아버지나 누가 굳이 말해준다면 모를까, 현계옥은 애당초 열한 살 아이 진건의 관심사가 될 인물이 아니기도 했다. 그런데 그로부터 5년 세월이 흐른 뒤, 유학을 와 있는 보성고보 교실에서 오랜만에 현계옥의 소식을 들었다. 현계옥은 진건이 보성고보 학생이 되기 두 달 전인 1915년 9월에 대구 기생조합을 떠나 상경했고, 진건은 그 소문을 대구에서 접하였다. 그때는 그저 '잘 되었어! 형이 대구에 오더라도 두 사람이 만날 일은 없겠군!' 하고 단순히 생각했었다. 그리고 그녀의 존재를 잊고 지냈다.

진건이 보성고보에 적을 둔 지 여섯 달 조금 지난 1916년 5월 어느 꽃피는 봄날이었다. 문예부에 들어서 활동을 하고 있었기에 진건은 그날도 일과가 끝난 후 반원들이 모이는 빈 교실로 갔다. 출입문을 여니 '차세대 한국 최고 시인'을 자칭하는 김대준이 시적 감흥으로 가득찬 일장 연설을 펼치고 있었다.

"조물이시여!
이렇게 청명한 날 서책에 파묻혀
분필 가루만 마시고 있다니
우리네 청춘은 왜 이 모양인가요?
전생에 무슨 죄를 지었기에
이같은 현생을 살아야 하나요?
무엇 때문에 이토록
비인간적 학대를 받아야 하나요?
조물이시여!
우리도 인간답게 살고 싶어요.
꽃이 피면
벌이 찾아오고
나비가 춤을 추듯이,
우리네 청춘도
꽃처럼
나비처럼
벌처럼
그렇게 살고 싶어요.

나비처럼 날아서
벌처럼 쏘고 싶어요."

시 낭송 비슷한 연설을 마친 김대준은 주위를 둘러보며 호기롭게 외쳤다.
"우주의 섭리!"
낭송한 것이 시라면, '우주의 섭리'는 제목인 모양이었다.
김대준은 전주 출생으로 진건보다 세 살 아래였다. 현경운이 진건을 처음부터 신교육 기관에 보내지 않고 서당에서 한학을 배우도록 조치한 까닭에 3세 연하의 김대준과 동문수학하는 사이가 된 것이다. 하지만 약간의 만학을 서양 지식 습득만 늦게 하게 된 불리로 한정해서 여길 일은 아니다. 뒤집어 생각하면, 남다른 동양적 인식을 쌓을 수 있는 기회의 시간이었을지도 모른다.
"해강! 현대적이고 감각적이고 좋아! 특히 마지막 문장은 가히 절창이야. 나비처럼 날아서 벌처럼 쏘고 싶다! 정말 참신해!"
진건이 그의 호 '해강'을 부르면서 찬양하였다. 김대준이 '고맙습니다. 형의 격려 말씀에 힘을 얻습니다' 하면서 겸손히 허리를 굽혔다. 22)
당시 문예부에는 무엇 때문에 참여를 하는 것인지 가늠되지 않는 건달 부류가 반쯤 되었다. 그저 낭만적인 척, 지적인 양, 다정 다감한 체하면서 여학생과 교제를 하는 데 도움을 얻으려는 속 검은 것들이었다. 그 중 두목격인 녀석이 가방에서 책을 하나 끄집어내면서 호기롭게 소리를 내질렀다.
"나비처럼 날아서 벌처럼 쏜다! 좋아! 좋고 말고! 그런 뜻에서 우리 오늘 단체로 기생집에 한 번 가면 어떨까?"
그러자 같은 패들이 고공 높이 환호를 내지르면서 화답했다.
"오! 지도자님이시여! 과연 우리와 다르십니다!"
두목이 책을 펼쳐들면서 말했다.
"그렇지? 사람 볼 줄 아는군! 기특도 하여라!"
"하하하, 과찬 말씀에 몸둘 바를 모르겠나이다!"
"기생집에 가기 전에 배경지식부터 습득을 해야 한다. 사자성어에 유비무환이라 했고, 속담에 부지런한 새가 벌레를 잡는다고 했다. 우리가 호랑이굴에 처음 가는데 안 잡아먹히고 잡아먹으려면 뭘 알고 가야 한다, 이 말이다!"
김대준이 화가 난 표정으로 제지를 한다.
"왜 내 표현을 기이하게 해석을 하나? 이건 나의 인격을 모욕하는 몰지각한 행위야!"
그러자 여럿이 김대준을 비방한다.
"절이 싫으면 중이 떠나야지!"
"모난 돌이 정 맞는 것이 세상 이치인데, 그걸 모르다니, 쯧쯧."
"문학은 사람 사는 이야기! 사람은 사회적 동물!"

"우주는 음양의 조화!"

결국 김대준은 구석으로 밀려났다. 누군가가 큰 소리로 말했다.

"그런데, 두목! 그 책이 기생집 방문에 큰 도움이 된다, 그 말이신가?"

"아무렴! 내가 읽어볼 테니 들어보시라!"

모두들 귀를 쫑긋 한다.

"이 책은 조선연구회가 올해 펴낸, 그러니까 따끈따끈한 신상품인데, 책명이 《조선 미인 보감》이라!"

"제목만 들어도 가슴이 벌렁벌렁하고 온몸에 불길이 마구 치솟으면서 눈앞이 노오랗게 달아오르네요!"

"자, 계속 읽습니다!"

"예! 불감청고소원이로소이다!"

"한강 이남의 화류계를 뒤흔드는 기생 조직이 한남기생조합인데, 한남기생조합을 이끌고 있는 현계옥은 용태가 풍만하여 조금도 경박함이 없고, 재주가 민첩하여 조금도 더딤이 없으니 이른바 명기라 할지라. 대구에서 기생으로 살던 중 정인으로 사귀던 명문가 호남아가 양반댁 규수와 혼인 후 혼자 중국으로 가버리자 19세, 즉 서기 1915년에 상경하였다더라. 누가 상경 사유를 물어본즉, '정인이 없는 대구에 더 이상 살 이유가 없지 않으리'라고 답변하였다고 전한다. 아무튼 경성에서도 현계옥은 풍류 가무에서 어깨를 나란히 할 이가 없고, 또한 영어와 한문에도 뛰어난 실력을 갖추고 있어 감히 유식자라 자부하는 자들도 함부로 맞상대를 두려워한다더라. 정칠성 등 여러 동지와 작금에 한남기생조합을 창립할 때 모든 계획을 하고 일을 도모한 공로는 가히 으뜸이라. 그래서 한남기생조합에서 가장 뛰어난 첫 자리를 차지하였느니라."[23]

두목이 읽기를 마치자 후속 발언 요청이 용솟음친다.
"아, 두목! 현계옥에 대해서는 이 몸도 청년 제군들에게 널리 알리고자 하는 지식이 있소이다."
"어서 말하시오. 뜸 들일 시간이 없소! 학습을 마치고 신속히 기생집으로 실습을 가야 하오!"
"요것 또한 따끈따끈한 소식이오. 매일신보 지난 3월 5일치에 보도된 기사요!"
"바로 얼마 전이네! 빨리 소개를 하라!"
"자, 읽습니다!"
"말릴 사람 없으니 속히 낭독하시오!"
"현계옥이 경성 사교계 1번지로 이야기되는 황금정 승마 구락부에서 말타기를 배운 이래 백마를 타고 경성 시내를 돌아다니자 경찰이 이를 금지하려는 방침을 세웠다는 소식이라. 현계옥이 하얀 말등에 올라탄 채 자태를 뽐내며 거리를 질주하면 경성 사내들이 모두 넋을 잃고 쳐다보는 바람에 종종 엉뚱한 충돌 사고가 일어나는 것이 그 사유라 한다. 급기야 경찰이 '기생 기마 금지' 법령 제정을 강구 중이라는데, 이게 모다 현계옥 때문이라 하여 기생 사회에는 이런저런 말이 많다고들 전한다~."

낭독이 끝나자 여기저기서 찬사가 폭발한다.

"현계옥이 백마 타고 돌아다니는 것을 막기 위해 법까지 만든다니, 도대체 궐녀(그녀)는 어떤 여성인가!"

"대단하군, 대단해! 오직 할 말은 그뿐!'

"한번 보고 싶어요, 계옥 님이여!'

누군가가 말을 이었다.

"내가 현계옥에 대해 들은 재밌는 일화가 있으니 귀를 기울여 한번 들어보시라!"

"좋고말고! 다다익선이렷다!"

"실화인데, 현계옥에게 홀딱 마음을 빼앗긴 전田씨, 밭 전자 전씨 전라도 대부호 외아들 청년이 줄기차게 구애를 하던 끝에 '당신과 한 번 살아보면 한이 없겠소' 하고 그녀에게 간절히 청혼을 하였더랬는데, 현계옥은 거들떠보지도 않았다."

"암만! 그래야지! 계옥아, 기다려라, 내가 간다!"

"전씨 청년은 그녀가 현 아무개라는 사내와 사귄다는 사실을 알고 있었기에 은근히 비꼬았다. '현玄씨와 현玄씨가 합치면 자茲가 되오. 검을 자茲, 흐릴 자茲 말이오. 별로 좋은 뜻이 아니니 바람직한 정인 관계라 할 수 없소.' 그 말을 듣고 현계옥이 대뜸 전씨 청년에게 말했다. 뭐라고 대꾸를 했나 하면 '현玄씨와 전田씨가 만나면 가축畜이 되니 그보다는 낫지요!'라고 일축하였다."

"과연 《조선 미인 보감》에 기록된 그대로구먼! 어느 요릿집에 가면 현계옥을 만날 수 있으려나?"

"알아봐야지! 조금 전에 두목께서 말했지 않나! 부지런한 새가 벌레를 잡는다!"

"맞아, 맞아!"

그런데 누가 또 발언을 하겠다고 나섰다. 놀랍게도 김대준이었다. 구석으로 밀려난 채 화가 치솟은 얼굴로 서 있던 그가, 현계옥에 대해 한 마디 하겠노라 자진 신청을 한 것이었다. 다들 뜻밖이라는 표정을 감추지 못하는 채로 그를 쳐다보았다.

"기생에 대해 아무 것도 모르니 그처럼 저열한 법석을 떨어댈 수밖에! 어디 가서 보성고보 문예반이라고 입도 뻥긋 하지 마라. 학교 망신이다!"

김대준이 목소리를 높여 꾸짖는다. 두목을 비롯한 반원들이 듣고만 있을 리가 만무하다.

"뭐가 어째? 저열? 법석? 입도 뻥긋 하지 마라? 학교 망신?"

"혼이 나고 싶어서 환장을 하셨구만!"

현진건이 나서서 좌중을 정리했다.

"자, 말을 들어보자! 공자께서도 삼인행필유아사 三人行必有我師라고 하지 않았나? 듣고 나서 배울 바가 없으면 그때 가서 공박을 하는 것이 문예반 반원들다운 행동이라고 생각한다."

진건이 그렇게 말하자 두목 일행도 마땅히 할 말이 없었다. 김대준이 말을 이어갔다.

"여러분들은 매춘 행위를 하는 삼패기생밖에 모르고 있다. 본래 우리나라 기생에는 세 가지 등급이 있어서 일패기생은 임금 앞에서만 노래와 춤을 하였고, 이패기생은 고위관리들의 연회에만 참석하였다. 일패기생과 이패기생은 매춘을 하지 않았다.

1909년에 결성된 한성기생조합도 구성원이 모두 유부녀들이었고, 일본 박람회에 도일 공연단을 파견해 도쿄와 오사카 등지를 순회하며 공연을 펼친 예술인 집단이었다. 요즘도 매일신보가 날마다 '금일의 연예관'이라고 하여 기생조합의 공연 소식을 보도하고 있지 않느냐?[1]

하물며 현계옥은 진주 논개 사당과 평양 계월향 사당 중수 경비를 부담한 일로 일제 경찰에 체포되어 곤욕을 치른 적이 있는 사상 기생이다. 독립지사로 우러름을 받아도 모자람이 없는 인물이라는 뜻이다. 너희들이 함부로 그 더러운 입을 놀려도 될 사람이 아니야!"

"뭐가 어째? 이 자, 말하는 것 보게! 시 좀 쓴다고 좋게좋게 지내왔더니 아주 예의범절이 바닥일세!"

몸싸움이 벌어지고, 이내 외로운 김대준이 코가 터지면서 얼굴이 피투성이로 변했다. 부랴부랴 진건이 뜯어말려 사단은 끝났지만, 모두들 식식거리면서 흩어졌다.

---

1) 손성진, 〈'광교기생조합' 광고〉, 서울신문 2020년 6월 29일 : 기생조합은 요즘의 연예인을 키우고 관리하는 연예기획사와 유흥업소에 종업원을 공급하는 보도방을 합친 개념과 비슷했다.

사건 이후 진건은 학교 출석에 흥미를 잃었다. 인간들이 보기 싫고, 현계옥이 살고 있는 서울이 싫었다. 어디를 가나 현계옥 이야기가 화제로 떠도는 하늘이 싫었고, 한량들이 현계옥을 태우고 유람하는 듯한 강물도 싫었다.
'왜놈들은 자기들의 소망하는 바를 얻기 위해 우리 민족 모두의 가정을 파괴했다. 그래서 자유가 없어지고 경제가 없어졌다. 우리 민족은 저들의 억압과 감시 속에서 서로 의심하며 살게 되었고, 궁핍에 떨며 고통스럽게 목숨을 이어가야 하는 처지로 내몰렸다. 그것이 바로 우리가 일제에 맞서야 하는 까닭이다. 현계옥은 뭔가? 현계옥은 내 막내형수의 가정을 파괴하려는 자이다. 작은 왜놈이 되려고 하는 파괴의 인물이다.'
문예부 교실에서 현계옥 소문을 들은 이래, 그런 판단이 커다란 바위처럼 가슴을 짓눌러왔다. 현계옥이 서울로 올라온 진정한 이유가 비수처럼 날아와 가슴을 찔러대는 것만 같았다. 지금까지는 《조선 미인보감》에 실려 있는 내용처럼 정인 없는 대구가 싫어서 현계옥이 상경한 것으로만 여겼다. 그런데 깊이 따져보니 그게 아니었다.
'현계옥은 틀림없이 형을 만나려고 서울로 왔다. 독립운동가들이 극비리에 중국과 서울을 오간다는 것은 모두가 다 아는 공개된 비밀 아닌가. 아니, 형이 중국으로 갈 때 이미 둘 사이에는 서울에서 가끔 만나자고 약속을 했는지도 모른다. 대구는 아는 사람도 많고 보는 눈도 부지기수인 고향이다. 중국에서 독립운동을 하는 형과 너무나 유명한 기생이 비밀 연애를 하기에는 절대 적합한 고장이 못 된다.'
 좀 더 적극적인 생각도 떠올랐다.
 '막아야 한다. 그렇지만… 내가 서울에 더 체류한다고 해서 현계옥의 파괴적 심리를 중지시키지는 못한다. 현계옥이 내 말을 들을 이유가 전혀 없다.
 만나려면 하루라도 빨리 형을 만나야 한다. 사실 현계옥보다는 형이 더 문제적 인간 아닌가! 현계옥은 막내형수보다 먼저 형을 만났다. 그는 배우자가 없으니, 죄라면 형이 혼인을 한 이후에도 마음을 접지 못했다는 것이다. 그렇지만 형은 혼인을 했으니 배우자가 있다. 아무리 결혼이 가문끼리의 대사라 하지만 형 본인이 그것을 강력히 거부한 적은 없다. 본인에게 그만큼 책임이 있고, 배우자에 대한 책임 또한 막중하다. 그런즉 형을 저지해야 한다. 중국으로 가야 한다.'
 아버지가 두 사람의 자유연애를 두고 크게 꾸짖을 때만 해도 현진건의 생각은 지금 같지 않았다. 그런데 형 정건이 혼인을 한 이후부터 차차 인식이 바뀌기 시작했고, 보성학교에 재학하는 동안 상전벽해라 할 만큼 아주 돌변을 했다. 진건이 스스로 따져본다.
 '나의 사상이 왜 이렇게 변했을까?'
 곰곰 생각해보니 이유는 크게 세 가지인 것 같다.

'첫째, 열한 살에서 열여섯으로 훨씬 나이가 높아졌다. 열한 살은 아이이지만, 열여섯은 사고 수준이 차원이 다르다. 둘째, 문예부에 들면서 당대의 유행사조인 '노라이즘'에 대해 많은 공부를 하게 되었다. 덕분에 남녀평등 또는 여성의 인권에 관하여 전혀 다른 인식을 가지게 된 것이다. 셋째, 나 본인이 혼인을 하였다. 결혼 생활이며 이혼 문제 등의 당사자가 된 것이다. 어찌 예전과 같을 것인가!'

현진건은 보성학교 무렵 나카무라 기치조의 《Ibsen》, 입센 연구 논문들을 수록한 일본 문학 동인지 《新思潮》 등은 읽어보지 못했다. 그것들은 세이죠오 중학에 다닐 때 비로소 접했다. 다만 《Et dukkehjem》은 읽었다. 파쿼숀 쇠압Farquharson Sharp의 영역판과 시마무라 호케츠島村抱月의 일역판을 나란히 놓고 비교해가면서 읽었다. 한글판은 4년 후인 1921년 들어 처음으로 매일신보에 번역문이 연재되었으므로 원한다고 읽을 수 있는 일도 아니었다.

"서양 희곡이 한글로 번역되어 일간신문에 연재되었다는 것은 우리 사회가 '노라이즘'에 대해 얼마나 뜨거운 관심을 가지고 있었는지를 잘 말해주는 현상이지."

도쿄 유학을 접고 귀국한 백기만이 1923년에 한 말이다. 그 무렵 백기만은 현진건의 서울 관훈동 신혼집에서 약 1년간 무료 숙박객으로 머무르고 있었다.[24]

하루는 현진건의 1920년 11월 등단작 〈희생화〉 이야기가 나오자 백기만이 '노라이즘'을 거론하면서 그렇게 언급을 했었다. 그의 진단에 이어 현진건이,
"1916년 1월, 2월, 3월 내내 파쿼슨 쇼압의 영역판과 시마무라 호게츠의 일역판을 읽었던 기억이 나네. 보성고보에 들어간 게 1915년 11월이었으니 입학하면서 내내 노라에게만 관심이 쏠렸던 게지. 그때 마음먹기를 나중에 꼭 이 주제로 소설을 써야지, 했었지."
라며 회상에 젖고, 백기만이 다시 뒤를 잇는다.
"그 작품이 바로 〈희생화〉 아닌가. 〈빈처〉와 〈술 권하는 사회〉도 직접적이지는 않지만 여성 문제가 거론되었다고 보네."
진건이 가타부타 대답은 하지 않고 그냥 고개만 끄덕인다. 진건의 머릿속을 지난날들이 스치고 지나간다.
'열한 살에 어머니가 돌아가시자 나는 고아가 되었어. 생활을 같이한 유일한 존재였던 작은형이 불쑥 중국으로 망명해 버리자, 세상에서 말을 나누고 마음을 주고받을 수 있는 사람은 단 한 명만 남았어. 막내형수 윤덕경….
새로 부인을 맞이한 아버지도 밉고, 막내형수를 혼자 버려두고 멀리 가버린 형도 원망스러웠어. 막내형수는 나의 누이가 되고, 벗이 되고, 어머니가 되었어. 그렇게 5년을 살다가 나도 혼인을 했지. 열여섯 살….

지아비가 된다는 것이 어떤 사회적 의미를 가지는지 잘 알지 못하는 채로 아버지의 명에 따라 혼례를 치렀는데, 그 이후 대체로 집에 머물지 않고 서울이며 일본에서 유학생 생활을 했었지. 이따금 그런 생각이 들어…. 나도 아버지나 형처럼 살아가고 있는 것은 아닌가….'

점점 그런 인식을 가지게 되자, 현진건의 마음에는 신문에 보도되고 항간에 소문으로 들려오는 일들이 점점 마땅찮고 불유쾌하게 느껴지기 시작했다. 특히 거슬리는 것은 기혼의 개화 남성들이 '이혼 클럽'까지 만들어 자유연애를 구가하면서 구식 본처와 이혼을 일삼는다는 기사였다.[25] 김대준과도 그런 대화를 나누었다.

"도대체 우리나라 기혼 개화 남성들은 《인형의 집》을 읽기나 했는지 의심스러워! 노라는 불합리한 결혼생활이 여성의 삶을 인간답게 가꾸어가는 데 도움이 되지 못한다는 사실을 깨닫고 집을 뛰쳐나가지 않는가? 그런데 왜 우리나라에서는 기혼 남성들이 가정을 부수겠다고 난리인가?"

현진건이 먼저 운을 떼면 김대준이 맞장구를 쳤다.

"그렇소! 개화기는 도래했지만 정작 우리나라에서는 여성들이 되레 피해자가 되고, 기혼 남성의 외도는 오히려 낭만시되고 정당화되고 있소! 이 무슨 어불성설인가 말이오!"

"이건 조선 성리학 사회보다도 더 심한 남녀 불평등이고, 인권 침해야! 당시에는 팔거지악을 내세울지라도 억지 논리나마 붙여서 변명은 하려 들었는데, 작금의 기혼 개화 남성들의 자유연애는 오로지 자신의 입장과 기호만 내세운 폭력에 지나지 않아!'

기적 소리가 울린다. 재작년 이맘때, 대구로 내려가는 길이었다. 진건은 '서울에서 학교를 다니면서 날마다 현계옥 이야기를 듣는 것이 무슨 의미가 있나? 이보다는 중국 유학을 가는 것이 백 배 낫지!'라는 결론을 내렸고, 마침내 남대문역에 와서 기차에 올랐다. 그의 머릿속은 '아버지를 만나면 중국으로 유학을 보내달라고 해야지!'라는 마음뿐이었다.

하지만 그의 계획은 성사되지 못했다. 현경운은 '독립운동은 네 형 하나로 족하다. 너는 마음이 유약한 것이 제일 탈이니 세이죠오 중학으로 가는 것이 좋겠다! 보성학교를 네 마음대로 그만두었으니 이번에는 내 말에 따라라. 그래야겠지?' 하면서 아들의 생각을 억눌렀다. 결국 진건은 일본에서 약 1년 반을 지냈다. 그러나 자유로운 성향의 그에게 세이죠오 중학의 군사교육 분위기는 학창 생활이라기보다는 참아내기 어려운 극기 훈련일 뿐이었다. 어서 중국으로 가고 싶다는 마음도 일본 탈출을 숨가쁘게 재촉했다. 그렇게 한 해 남짓을 참고 버티다가 집으로 돌아오니 현경운도 어쩔 엄두를 내지 못했다.

"편지는 보내지 말거라. 알고 있지?"

대구역으로 출발하려는 아들에게 현경운이 다짐을 한다. 이미 여러 번 들은 당부인데도 진건은 아버지를 쳐다보며 되묻는 표정을 짓는다.

"……?"

"뭐든지 증거가 될 만한 것을 남기면 안 된다. 이번에는 서울이나 일본에 가는 것이 아니다. 네 형도 봐라. 배재학당 때와 달리 상해로 간 뒤에는 편지를 안 보내지 않느냐? 네 팔촌 재종형은 나라 전체의 손가락에 꼽히는 독립운동가이고, 정건이도 상해에 있다. 어디 그뿐이냐? 너희 형제가 이종암과 아는 사이라는 점도 일제의 중점 관리 사안이다. 이래저래 우리집은 늘 주목을 받고 있다. 일제가 네 형의 주소를 알게 되면 큰일 난다, 알겠지? 이제는 너도 알게 되었다시피 김동천이 오가고 하니까 너희들 소식은 내가 모자람없이 알아볼 수 있다. 그 점은 염려를 할 필요가 없다는 말이다. 알겠지?"

막내형수와 아내가 눈물을 흘리면서 배웅을 한다. 그래도 진건의 마음속은 그리 답답하거나 애절하지 않다.

'적어도 2~3년 지나면 유학을 마치고 돌아오거나, 아니면 형을 설득해서 막내형수까지 함께 상해로 갈 수 있을 것이다. 현계옥이 변함없이 서울에 있는 것도 확인을 했으니 그 점도 적이 마음이 놓인다. 사내들은 그제나 어제나 오늘이나 현계옥이 백마를 타고 휘날리는 풍모에 대해 입이 닳도록 이야기하고 있다. 그래, 실컷 그래라! 동해물과 백두산이 마르고 닳도록 그렇게들 해라!'

그런 곡절을 거친 끝에 지금 현진건은 상해로 가고 있다.

'아버지는 상해 구강서점에 가면 형을 만날 수 있다고 했었지…….'

대구역으로 가는 아들에게 현경운은 이렇게 말했었다.

"구강로에 가면 중국인이 주인인 구강서점이 있다. 그 주인에게 '유학을 와서 상하이에 갓 도착했는데 너무 피로한 까닭에 인삼을 좀 먹어야겠습니다'라며 '인삼장수 김동천을 만나고 싶습니다'라고 하여라. 그가 '김동천을 어떻게 아시오?' 하면 '서점 입구에 <고려인삼은 김동천, 문의는 구강서점>이라고 써 붙여 두지 않습니까?'라고 대답하면 된다. 그러면 주인이 김동천에게 연락해서 네 형과 만나게 해준다."

'공부도 하고, 형의 생각도 바꾸고, 일석이조의 멋진 유학이 되겠군. 이런 유학은 처음이야! 물론 마지막 유학이기도 하겠지!'

진건은 마음이 편안하다 못해 마치 하늘로 날아오를 것 같은 기분을 느낀다. '하늘로 날아오를 것 같은 기분'이라는 관용어가 생각나자 문득 셋째형 정건의 목소리가 들려오는 듯하다. '하늘로 날아오를 것 같은 기분'이라는 말만 하면 형은 '그렇게 상투적으로

밖에 표현을 못 하냐?'면서 '참신한 수사를 동원할 줄 알아야지! 뭐랄까, 봉황새가 된 기분, 어때' 식으로 떠들곤 했었다. 그 광경을 떠올리니 진건의 입가에는 저절로 잔잔한 미소가 감돈다.

그의 낯빛이 너무나 환했던가, 젊은 일본 여성이 대뜸 반응을 한다.

"이이 코토가 오모이우칸다미타이데스네? (좋은 일이 생각났나 봐요?)"

노래에서 화음을 하듯이, 진건도 주저하지 않고 화답을 한다.

"소오데스! 콘나 키모치와 하지메테데스! (그렇습니다! 이런 기분은 처음이에요!)"

"오메데토오고자이마스. 코로카라모 줏토 이이 코토가 아루 코토오 네갓테마스. (축하해요. 앞으로도 계속 좋은 일이 있기를 바랄 게요.)"

진건도 그녀에게 축복을 보냈다.

"도오모. 와타시모 소오시마스. (고맙습니다. 저도 그러겠습니다.)"

그러는 진건을 보면서, 일본 여성은 입가에 밝은 미소를 머금은 채 고개를 끄덕인다. 진건도 목례와 따뜻한 표정으로 답례를 보낸다. 그 순간, 어떤 묘한 느낌이 진건의 머릿속을 회오리바람처럼 스쳐지나간다.

'어쩌면 이 여인은 일본 사람이 아닐지도 몰라.'

압록강을 건너자 기차는 잠시 멈춰 섰다. 여기서부터는 중국이다. 여인은 단둥 역에서 내렸다.

3. 강남 갔던 제비는 박씨도 물어 오건만

현상건은 허위가 의병을 일으켰을 때 군자금을 지원했다. 허위는 광복회 총사령 박상진의 스승으로, 고위 관리 임명 동의권을 가진 의정부 정2품 참찬과 법적 판결 분야 최고위 직책인 평리원 재판장 등을 역임했다. 허위는 명성황후 시해 사건과 단발령에 반발해 전국적으로 을미의병이 일어난 1896년에 한 차례 창의했다가 고종의 의병 해산령을 받아 총칼을 거두었는데, 1907년 7월 고종 강제 퇴위와 군대해산 사태가 빚어지자 경기도 연천에서 재차 궐기했다. 이때 허위는 맏형 허훈이 군자금으로 쓰라고 준 토지 3천여 두락을 팔아 그 돈으로 의병을 유지했다. 26)

그 무렵 현진건의 8촌 재종형 현상건은 탁지부 대신 이용익과 함께 한일의정서 강제 체결을 막으려다 실패한 후 암살 위협을 피해 상해로 망명한 지 이미 3년째였다. 그는 조선 황실이 투자한 융동회사를 관리하는 한편 고종의 러시아 망명을 추진하기도 했다. 27) 그때 현상건은 고종의 비자금 중 일부를 허위에게 보내 군자금으로 쓰도록 지원했던 것이다.

허위 의병 부대는 일본군에 연전연승하며 맹위를 떨쳤다. 허위가 이끄는 부대는 나라 안에서 가장 전투력이 뛰어난 의병군으로 자타가 공인했다. 하지만 1908년 1월 15일 동대문 앞까지 진격한 13도 연합 의병군의 서울 총공격이 실패하면서 기세가 꺾였다. 허위는 임진강 유역에 주둔하면서 재차 서울 공격을 도모했다. 당시 허위는 경기도 양평군 서면 류동 박정연 집에 머물면서 제 2차 서울 탈환 작전을 총지휘하고 있었다. 그런데 6월 11일 허위의 은신처를 일본 헌병대가 포위했다.

하루 전, 의병 한 명이 자기 가족을 만나러 집에 들렀다가 일본 경성 헌병대 철원 분견대에 사로잡혔다. 분견대장 대위 오오타 세에쇼오太田靑松는 붙잡은 의병과 그의 가족 모두를 분견대 헛간으로 끌고 갔다. 평시에는 창고로 쓰이지만 이럴 때는 고문실로 둔갑을 하는 피묻은 공간이었다.

포로가 허위 의병군 소속이라는 사실은 애써 취조를 하지 않아도 바로 알 수 있는 사안이었다. 만약 그렇지 않다면 그가 이 주변에서 붙잡힐 까닭이 없는 것이다. 포로의 가족들이 혼이 나간 듯 와들와들 떨고 있는 중에 헌병 하나가 분견소장에게 묻는다.

"케에조오니 호오코쿠시마쇼오카? (경성에 보고를 할까요?)"

대위가 단호하게 대답한다.

"손나 코토스루 히츠요오와 나이. (그럴 것 없어.)"

'허위의 부하를 생포한 건 큰 공을 세운 건데 왜 경성의 헌병대 본부에 보고를 안 한다는 것일까' 싶어서 헌병이 대위를 쳐다본다. 대위가 낮게 혼잣말로,

"모삿토 시타 야츠. (멍청한 자식.)"
하고 속삭인다는 것이 실수로 말이 입밖에 나와버렸다. 헌병이 '설마 나를?' 하는 낯빛을 짓는다. 대위가 다급히 손가락질로 포로를 가리키면서 말한다.

"아이츠사. 이케도리니 사레타카라 혼토오니 마누케나 야츠자 아니카. (저 놈 말이다. 생포되었으니 정말 멍청한 놈 아니냐.)"

"와, 하이. (아, 예.)"

일진회원[28] 하나가 붙잡힌 의병 앞에서 실금실금 웃으며 뭐라고 떠들어대고 있다.

"네 놈이 어째서 잡혔는지 가르쳐 줄까? 아주 오랫동안 집을 떠나 출타를 했었지? 어딜 갔을까? 궁금하니까 우리가 기다렸지. 네 놈이 나타나면 고급 정보를 가지고 올 것 같아서 말이야. 그러니까 앞으로는 집에 오지 마라, 알겠냐? 하기야 오늘 뒈질 놈이니 가르쳐줘본들 아무 소용도 없지만······."

이때, 분견대장 오오타 세에쇼오의 머릿속은 기가 막히는 특별승진 기회가 자신의 품에 안겼다는 희열로 가득 달아올라 있었다. 그는 재빨리 머리를 굴려

'경성 헌병대 본부에 포로 한 명을 생포했노라 보고를 하는 것은 어리석은 짓이지. 조선 최고의 괴수 허위를 생포했다고 보고해야지!'라고 판단을 내렸었다.

그러는 사이에 벌써 포로는 공중에 매달려 있다. 보통은 두들겨 패기부터 일단 실시하는 것이 고문의 기본 순서이다. 헌병이 보고한다.

"하지메마스! (시작하겠습니다!)"

뜻밖에도 오오타가 제지를 한다.

"오리로! (내려라!)"

"도오유우 코토카…? (무슨 말씀이신지…?)"

"쿠치가 오오이! 지칸가 나이다요! 난오 시테루노? (말이 많다! 시간이 없어! 뭘 하나!)"

"고시지도오리니 이타시마스! (지시대로 하겠습니다!)"

포로가 땅으로 내려진다.

'매질하느라 허비할 시간이 어디 있나? 그 사이 허위가 이동을 해버리면 이놈이 토로하는 정보는 모두 헛것이 된다.'

싱긋 웃음을 흘린 오오타는 헌병들에게 의병을 기둥에 묶어세우게 한 다음, 그의 아버지를 가리키면서 명령을 내린다.

"하라바이니 낫테 오시키리니 쿠비오 춋코미나사. (엎드려서 작두에 목을 집어넣어라.)"

의병의 얼굴이 새파랗게 질린 것이야 말할 나위도 없다. '캑캑' 비명을 토해내고 있는 노인의 목이 순식간에 작두날과 받침목 사이로 들어간다. 의병의 어머니가 털썩 자리에 주저앉더니 어느새 혼절을 한 듯 옆으로 쓰러진다.

"코레 히토츠다케 지지츠도오리니 이에바 오마에노 카조쿠와 미나 타스케테야루."

통역이 우리말로 분견대장의 말을 되풀이한다.

"이것 하나만 사실대로 말하면 너의 가족은 모두 살려주겠다."

대위의 말이 채 끝나기도 전에 작두날이 노인의 목 위로 '덜컹' 소리를 내며 옮겨진다. 그 광경에 놀란 의병의 아내가 큰 소리로 울음을 터뜨리기 시작한다.

"모치론 이와나카 히토리즈츠 츠기츠기니 쿠바가 카레차우요."

"물론 말하지 않으면 한 명씩 차례차례 목이 끊어질 것이다."

의병이 입을 떼지 않자 일진회원이 '씨익~' 웃음을 흘리면서 앞으로 나선다.

"이것 봐, 의병 나리! 이럴 때는 일진회 회원이신 본인께서 직접 조선어로 숫자를 세어주신단다. 고맙지, 그지?"

오오타가 조용히 묻는다.

"오마에라노 타이쇼오가 카쿠레테이루 토코로가 도코다?"

"너희들의 대장이 은신해 있는 곳이 어디냐?"

대위의 말이 끝나기 무섭게 일진회원은,

"하나!"
하고 목청을 높이더니, 잠시 뜸을 들이면서

"셋까지 센다. 셋을 셌는데도 대답이 없으면 너의 애비는 작두에 목이 끊겨 나간다. 알겠지? 설마 귀머거리는 아니렷다?"
라고 설명을 늘어놓고는,

"둘!"
하였다. 의병은 얼굴살이 푸들푸들 떨 만큼 마음에 압박을 받고 있다. 심장이 터져나갈 것만 같은 고통에 저절로 '으으' 신음이 흘러나온다. 이내 일진회원의 '세에-!' 하고 길게 빼는 소리가 고문실 안을 커다랗게 울린다. 작두날이 높이 올라간다. 'ㅅ'받침소리만 나면 아래로 툭 떨어질 기세다. 일진회원이 의병 앞으로 다가서서 작대기로 그의 얼굴을 쿡쿡 찌르면서 속삭이듯 말한다.

"자, 밟을까?"
일진회원이 작두 쪽으로 몸을 돌린다. 마침내 의병이 외마디 비명이 터진다.

"그만 두시오!"
이어서 의병의 통곡이 이어진다. 오오타가,

"오마에니 난노 츠미가 아루다로오카? 싯테이루 코토가 츠미다. (네가 무슨 죄가 있겠느냐? 아는 것이 죄지.) 시루 모노와 고오몬니 카테나이 모노다카라. (아는 자는 고문을 이기지 못하는 법이니까.)"
하고는, 포로와 그 가족을 지킬 자들만 남겨놓고 모

든 병력을 동원해 출동한다. 일진회원이 의병을 조롱한다.
 "네 놈이 몰랐으면 허위는 살았을 것인데, 네 놈이 아는 바람에 허위가 죽게 되고 말았구나. 그래, 앞으로 행복하게 살아야지 싶어서 마음이 흐뭇하냐?"
 의병의 울음소리가 헛간 지붕을 뚫고 허공으로 올라간다. 울음소리에 얹혀 일진회원의 커다란 웃음도 덩달아 붕붕 날아오른다.
 "자상하신 우리 오오타 대장께서 너를 살려준다 해도 네놈은 마을에 가서 맞아죽을 것이다. 하하하!"
 그 날 허위는 피체되었고, 1908년 9월 27일 서대문 형무소 제 1호 순국 독립지사가 되어 하늘로 사라지고 말았다.

 허위의 제자 박상진은 대한제국 최초의 판사 시험 합격자 7인 중 한 명으로 뽑혀 평양 법원에 발령을 받았다. 그러나 스승의 순국을 겪으면서 '판사가 된들 할 수 있는 일이 없다'는 사실을 절감했다. 발령을 거부한 그는 1910년 3월 중국으로 망명하여 수많은 지사들을 만난 후 장대한 독립운동 계획을 수립했다.
 '국내에서 독립군 자원 청년들과 군자금을 모아 만주의 지사들에게 보내고, 만주에서는 사관학교를 설립해 군대를 양성하여 일제와 군사적으로 싸워야 한다. 그리고 방해하는 친일파와 총독부 등 일본인 고관들을 처단해야 한다!'

이윽고 1915년 8월 25일 이래 전국 도마다 지부를 설치할 만큼 크고 활발한 광복회 조직을 갖추었고, 길림에까지 만주 지부를 두어 초대 사령관에 이진룡, 2대 사령관에 김좌진을 임명했다.

1910년대 최고의 독립운동단체로서 한창 위세를 떨치고 있던 중인 1917년 1월 27일 일제 경찰 대부대가 충청도 예산 신흥마을을 포위했다. 타지 출타가 잦은 김한종과 장두환을 체포해 광복회 관련 여부를 추궁할 계획이었다. 그날 김한종은 경주로 박상진을 만나러 가고 신흥마을에 없었다.

일제는 김한종을 만나러 온 장두환을 붙잡았다. 일제 경찰은 김한종의 집에서는 아무 물증도 찾아내지 못했지만 장두환의 창고에서 광복회 관련 여러 문서들을 발견했다. 충청도 지부장 김한종은 물론 그의 삼촌들인 김재창과 김재풍, 그리고 문서에 이름이 적힌 강석주, 권상석, 김경태, 김상준, 김원묵, 김재철, 성달영, 성문영, 신양춘, 유중협, 유창순, 정우풍, 정운기, 정태복, 조정철, 황학성 등 충청도 지부원들이 한꺼번에 모두 붙잡히고 말았다.

이제 전국 조직이 밝혀지는 것은 시간 문제였다. 총독부 충청도 경찰국은 이들을 모두 고문실로 몰아넣었다. 허위 때는 일본군과 한국 의병 사이의 전쟁 국면이었지만 지금은 망국 이후였다. 일제 경찰도 당시처럼 부모형제를 잡아와 작두로 위협하는 행태를 보이지는 못했다.

하지만 그들은 고문 대상자의 신체에 직접 가혹 행위를 일삼는 데에는 조금도 망설이지 않았다.

"추우세에도오 춘촌도노 소시키인가 타이호사레타 토 유우 시라세가 스구니 히로마루다로오. (충청도 조직원들이 붙잡혔다는 소식이 금세 퍼져나갈 것이 다.)"

"토오젠나 코토데스! (여부가 있겠습니까!)"

국장이 말하자 수사부장이 허리를 굽히며 대답한다. 국장의 지시가 이어진다.

"큰산도오토 초루라미치노 멘바아니 히난스루 지칸오 아타에테와 나라나이. (경상도와 전라도 조직원들이 피신할 시간을 주어서는 안 된다.) 데키루다케 하야쿠 지하쿠사세루요오니 시나사이. (최대한 신속히 자백을 받도록 하라.)"

"하이, 와카리마시타! (옛, 알겠습니다!)"

부동자세를 취하는 수사부장에게 국장이 묻는다.

"도오스루 츠코리가? (어떻게 할 건가?)"

"타타쿠노와 쇼오랴쿠시테 스구니 덴키고오몬오 오코나이마스! (때리는 것은 생략하고 바로 전기고문을 실시하겠습니다!)"

"요시! 얏파 신즈루니 타루! (좋아! 역시 믿을 만해!)"

수사부장이 재차 허리를 굽히며 부동자세를 취한다.

"간바리마스! (열심히 하겠습니다.) 옷테 호오코쿠이타시마스! (곧 보고를 올리겠습니다.)"

국장이 방을 나가자 수사부장이 과장을 방 안으로 불러 지시를 내린다. 과장은 사무실로 가서 형사들에게 하명을 한다. 형사들은 순사 교습소 훈련을 거친 뒤 발령 받아온 일진회 출신 조선인 순사들을 시켜 광복회 충청도 회원들을 고문실 옆방으로 몰아넣는다.

 회원들이 꿇어앉은 채 고개를 들면 앞면이 유리로 가로막혀 있다. 건너편이 고문실이다. 포승줄로 꽁꽁 묶인 광복회 회원들 중 다섯 명이 먼저 고문실로 끌려간다. 일진회 회원이었던 순사 하판택, 박달, 박금철, 최연, 최윤하 등이 일제히 달려들어 광복회 회원 다섯 명을 발가벗긴다. 검은 천으로 눈을 가리고 담요를 깐 고문대에 눕힌다. 일진회들은 서로 킬킬거리면서 담요에 물을 뿌린다. 그리고는 광복회 회원들의 발목, 무르팍, 허벅지, 배, 가슴을 끈으로 결박해서 형틀에 고정시킨다. 그 후 다시 온몸에도 물을 뿌린다. 일진회원이 '퇴퇴' 침을 뱉으면서 말한다.

 "이건 최신식 장비인디 전기 고문을 하는 기계여. 우리도 순사 학교에서 얼마 전에 배웠지라. 아, 물은 무엇 땜시 뿌린 것인가 하면 전기가 잘 통하도록 하기 위해서여. 혹시 늬들 중에 예수쟁이 있나 모르겄네? 있담 금시 천당이 어떤 덴지 알게 될 것이여!"

 유리창 너머 고문실을 지켜보는 방에서도 비슷한 설명이 진행되고 있다. 전기로 사람을 지진다고? 놀라서 마음이 황망해지는데 벌써 비명소리가 유리창을 찢는 듯이 터져 나온다.

아아! 으아악!

일진회 순사들이 광복회 회원의 발끝에 전원을 켰다. 살이 타는 데서 번져나온 듯한 이상한 냄새가 진동을 한다. 일진회들은 처음에는 약하고 짧게 전기를 넣고, 점차 강하고 길게 충격을 가했다, 회원들의 비명이 그칠 줄 모르고 이어진다. 온몸이 구겨진 폐지처럼 둘둘 감기고 꺾이고, 얼굴이 일그러지고, 눈알이 튀어나올 듯 시뻘겋게 돌출된다. 혀가 반쯤 밖으로 빠져나와 입술과 턱 사이에 늘어져 붙어 있는 회원도 있다.

이쪽 방에서도 일진회원이 큰 소리로 떠들어댄다.

"너희들이 지난 1월 21일 천안 성정동 성달영 집에서 박용하 면장 처단을 앞두고 회의를 했고, 이틀 뒤인 23일에는 천안역 앞 이강헌 주막에서 최종 회합을 한 사실을 알고 있다. 두 가지만 말하면 된다. 그 자리 동석자 중 충청도 조직원이 아닌 자가 누구인가, 그리고 경상도와 전라도에는 어떤 자들이 광복회 회원인가, 그것이다. 앞서 실토된 내용과 다르게 말하는 자는 일치될 때까지 계속 전기 고문을 받는다. 물론 뒤에 나오는 내용과 다른 말을 한 자도 다시 끌려와서 재차 전기 고문을 받는다. 그러니까 시작하자마자 진작 아는 대로 몽땅 자백하는 것이 현명하지."

처음에 당한 다섯 명이 고문실 밖으로 질질 끌려나가고, 이어서 새로 다섯 명이 고문대에 발가벗긴 채 묶인다. 총사령 박상진, 지휘장 우재룡과 권영만,

경상도 지부장 채기중, 전라도 지부장 이병호, 장승원 처단에 직접 가담했던 임세규·김경태·강순필 등의 이름이 고문실 허공에 메아리치는 데 걸리는 시간은 그야말로 찰나에 지나지 않았다. 이미 첫 번째 고문에서 모두 드러났고, 두 번째 고문은 확인을 하는 절차에 지나지 않았다. 그런데도 일진회 순사들은 나머지 광복회원들에게도 빠짐없이 전기고문을 실시했다.

"맛을 뵈 놔야 다음 취조 때 수월할 것 아니유?"

"그럼유! 지은 죄가 같음 혼도 같이 나야지유. 공정 사회, 암, 공정 사회! 증말 좋은 말 아닌겨!"

불과 닷새 후인 2월 1일 총사령 박상진이 피체되었다. 박상진과 충청도 지부장 김한종이 먼저 사형 집행으로 순국하고, 경상도 지부장 채기중과 장승원 처단의 임세규와 김경태가 이틀 뒤 또 사형 집행으로 순국했다.

현정건은 참고 또 참았다. 중국 도착 이래 8촌 재종형 현상건의 집에 얹혀살았지만, 영어전수학교를 마치고 외국인 회사에 취직한 작년 2월부터는 혼자 거주했다.[29]

세를 얻은 구강로 집 마당에 커다란 홍매화나무가 있었다. 홍매화나무를 보자 정건은 아버지의 얼굴이 떠올랐다. 현경운은 무척이나 홍매화를 좋아했다. 현경운은 1895년 서울에서 대구로 이사를 온 즉시 계산동 집 뜰에 10년생 홍매화나무를 심었다.

홍매화는 흰 꽃이 피는 일반 매화나무보다 개화 시기가 훨씬 빨라서 2월이면 집안을 온통 빨갛게 물들여주었다. 계산동 집의 홍매화나무도 어언 30년 세월을 살았으니 이제는 위용이 담대한 거목으로 자라났다.

홍매화꽃을 보노라니 정건은 자연스레 그 나무를 좋아한 아버지가 생각났고, 아버지가 자신에게 몇 번이나 말했던 유의 사항이 떠올랐다. 사실 정건은 집을 떠날 때 신신당부를 하던 아버지의 표정을 그 동안 한시도 잊은 적이 없었다.

"너의 재종형 현상건은 나라를 대표하는 독립운동가다. 당연히, 왜놈들이 암살하려고 혈안이 되어 있지. 그러니까 너는 밀정들에게 포착되면 안 된다. 끌려가기만 하면 어찌 될 건지 자명하다. 현상건의 소재를 자백하라며 무자비하게 고문할 것이야. 그렇게 되면 너도 죽고 현상건도 죽는다. 최대한 빨리 자립해서 혼자 기거하도록 해라. 그때면 나이도 더 들고 중국 사정에 익숙해지기도 할 테니 견딜 만하지 않겠느냐. 그리고 모든 것은 알아서 해라. 편지 같은 것 보내서 근거를 남기면 절대 안 된다. 알겠느냐?"

그래서 참고 또 참았다. 아버지는 그렇다 하더라도, 현계옥이 너무나 보고 싶었지만 혹시 일이 잘못될까 하여 극도로 조심을 했다. 꼬박꼬박 나오는 월급이 있으니 현계옥을 만나러 국내에 오갈 주머니 사정도 되었지만, 참고 또 참았다.

하지만 허위와 박상진이 어떻게 해서 순국의 길을 가고 말았는지 번연히 알면서도 현정건의 참을성은 무너지고 말았다. 현정건은 결국 1915년 9월 아버지의 엄명을 어겼다. 현계옥이 서울로 올라와 한남기생조합을 결성했다는 소식을 들은 때문이었다.

그날 현정건은 단골로 드나들어온 구강서점九江書店에 갔었다. 당시 중국은 천두슈陳獨秀, 리다자오李大釗, 후스胡適, 루쉰魯迅 등 진보적 지식인들이 주창하는 신문화운동이 용솟음치기 시작한 시점이었다. 중국인의 의식을 지배하고 있는 전통적 가치, 윤리, 관습을 타파하고 근본적인 개혁과 혁명을 추진해야 한다고 부르짖은 이들의 주장은 큰 호응을 얻었다. 그 흐름을 이끌어가는 매체가 바로 잡지 《청년》이었다. 천듀수가 주도하는 《청년》은 신문화운동을 일으키고, 불을 붙이고, 확산시키고, 이끌어가는 구심체였다. 구강서접은 《청년》의 상하이 지역 취급소였고, 고려인삼을 구입하고 판매하러 국내와 중국 전역을 돌아다니는 김동천의 연락처이기도 했다. 그는 또 한국인들을 대상으로 《청년》 구독자를 모집하는 부업도 했다.

서점 주인은 정건에게 《청년》을 챙겨주면서 오늘도 잊지 않고 북경 대학에 다니는 아들 자랑을 했다. 아들이 리다자오에게 사숙한다는 이야기도 빠뜨리지 않았다. 혼자는 아니고 북경대학 학생들이 연구회를 만들어서 단체로 배운다고 했다. 덩중샤鄧中夏, 취추바이瞿秋白, 장궈타오張國燾 등 아들의 친구들이 회원인데, 학생이 아닌 회원으로는 도서관 사서 보조 마오쩌둥毛澤東이 유일하다고 했다.

벌써 수십 번도 더 들은 말이다. 주인이 웃으면서 다가서면 정건은 '또 아들 자랑하시려고?' 하는 표정으로 맞웃음을 짓곤 했었다. 그래도 정건은 그 주인이 밉지 않았다. 현정건 본인이 평소 리다자오에 대해 '나보다 겨우 세 살 많은데도 리다자오는 중국 대륙의 미래를 이끌어가려는 큰 꿈을 품고 대사상을 탐구하고 있다. 그런데 나는 이게 뭐람?' 하고 자신을 꾸짖어온 탓이었다. 정건은 내심 그런 생각에서 '분발해야지, 분발!' 하고 혼자 다짐하기도 했었다. 서점 주인과 반갑게 인사를 나눈 후 《청년》을 옆구리에 끼고 나오려는데 신규식과 마주쳤다.

"정건 군 아니신가? 《청년》을 샀군, 그래!"

"여기서 또 뵙습니다!"

신규식은 현정건보다 12세 연상이다. 하지만 상해에 온 것은 정건에 비해 2년 늦었다. 신규식은 상해에 당도하자마자 박은식과 함께 지식 청년 300여 명을 규합해 1912년 7월 4일30) 동제사를 결성했다. 동제사는 겉으로는 상조 회사인 양 했으나 사실은 상해 최초의 독립운동단체였다.

"차나 한 잔 할까? 겸곡 선생을 뵙기로 했으니 동행하세."

겸곡 선생이란 뒷날 대한민국 임시정부 제 2대 대

통령을 지내게 되는 박은식을 말한다. 황성신문과 대한매일신보의 주필로 구국 필봉을 휘둘렀던 박은식은 쉰둘 늙은 나이로 접어든 1910년에 상해로 망명했다. 현정건이 상해로 온 바로 그 해였다. 현재 신규식은 동제사 이사장, 박은식은 총재를 맡고 있다. 현정건은 이제 겨우 스물넷밖에 안 되지만 1910년 이전에 상해로 망명한 지사가 별로 없는 까닭에 박은식·신규식과 더불어 이곳에서는 오래된 독립지사로 여겨지고 있다.

"소해 군에게서는 소식이 왔는가?"

박은식이 신규식에게 묻는다.

"머잖아 미국을 출발해서 이리로 올 것입니다."

"참으로 애를 먹고 있군, 그래…. 벌써 1년째 그 고생을 하고 있는 게 아닌가?"

"그렇습니다. 아무튼 소해는 정말 진실된 청년입니다."

"그렇고말고…. 일찍이 그런 청년은 본 적이 없어."

소해는 장건상을 말한다. 부산에서 어린 시절을 보낸 그는 23세에 일본으로 유학을 떠났다. 혼자 힘으로 와세다대학 경제학부에서 3년 동안 수학했는데, 공부를 더해야겠다 싶어 다시 미국으로 갔다. 하지만 이미 외교권을 일본에 빼앗긴 뒤여서 태평양을 곧장 건너는 것이 불가능했다.

그는 시베리아를 거치고 유럽을 거쳐 천신만고 끝

에 미국에 당도했고, 우리나라 사람 최초로 미국의 법과대학을 졸업했다. 그 무렵 로스앤젤레스에서 흥사단을 조직하고 한국어 신문도 발행 중이던 안창호가 함께 일하자는 제안을 해왔다. 장건상은 거절했다. 미국에서 상류층으로 살아가는 것도 가능했지만 접었다. 오직 중국으로 가서 독립운동에 전념할 마음뿐이었다. 그때 신규식이 상해에서 함께 독립운동을 하자며 연락을 보냈고, 장건상은 여비를 마련하기 위해 1년을 기약으로 포도밭 노동자 생활을 시작했다. 이윽고 그 한 해가 다 되어가고 있는 것이다.

"소해가 당도하면 우리 동제사 활동에 큰 힘이 될 것입니다."

"아무렴! 내가 기대가 크네."

이런저런 대화를 나누던 중에 박은식이 문득 정건을 바라보며 빙긋 웃음을 머금는다. 박은식의 지금 같은 미소는 정건이 여태껏 수도 없이 보아온 정겨운 어루살핌의 표정이었다. 우현서루 때부터 이어져 온 현경운과의 우정은 박은식으로 하여금 정건을 아들처럼 여기게 만들었다. 그래서 늘 60세 전후의 아버지가 20대 아들을 대하듯이 따뜻한 웃음으로 박은식은 정건을 보아왔다. 그런데 오늘은 뭔가 다른 느낌이다. 어쩐지 빛깔이 낯설다. 그런 직감 탓에, 정건이 약간 당황한 표정으로 박은식을 쳐다본다. 이윽고 박은식이,

"정건 군이 그 유명한 현계옥의 정인이라는 게 사실인가?"

하고 묻는다. 갑작스러운 질문이기도 하고, 묻는 내용 또한 예사로운 것이 아니어서 현정건은 놀라기도 하고 당황스럽기도 하여 얼굴만 붉힌 채 입을 열지 못하고 머뭇거린다.
"어허, 이 사람! 선생께서 묻고 계시지 않나?"
짐짓 정건을 나무란 신규식이 박은식을 돌아보며,
"정건 군이 부끄러워서 차마 말을 못하는군요."
한다. 현정건은 나이 서른 넘어 비로소 '읍민'이라는 호를 썼기 때문에 스물넷이던 이 당시에는 호가 없었다.31)
"허허, 공연한 걸 물었나? 내가 언론계에 오랫동안 종사를 해온 사람이다 보니 지금도 여전히 이런저런 소식들을 접하는 것이 다른 사람들과 달라서…. 아무튼 나도 부인 있는 사람의 자유연애를 권장 사항으로 생각하지는 않지만, 걱정되는 점이 있어 이렇게 묻는 걸세…."
박은식이 말을 흐린다. 신규식이 궁금해 하며 묻는다.
"걱정이라시면…?"
"근래 국내에서는 현계옥이 서울로 올라와 한남기생조합을 결성한 일로 큰 화제라네. 매일신보도 기사로 다뤘고…. 내가 하고 싶은 말은, 음… 기생으로서도 모르는 사람이 없지만, 논개와 계월향의 사당 중수 비용을 부담했다가 끌려가 곤욕을 치른 인물로도 널리 알려져 있으니… 국내 지사들이 이왕이면 현계옥과 관계가 있는 요릿집을 이용할 테고, 일제도 바보가 아닌 이상 끈질기게 주목을 할 것은 자명한 이치가 아닌가?

그런 상황에 …, 정건 군이 현계옥의 정인이라는 소문이 이곳 상해에 있는 내 귀에까지 들려올 지경이면 국내에서는 어떻겠는가? 자칫하다가는 정건 군 본인은 물론이고 대구에 계시는 아버지와 시종무관 현 선생을 위시해 여러 동지들이 크게 다치는 사태가 일어날지도 모른다… 싶어서, 그게 우려가 되어 이렇게 말을 꺼내는 걸세. … 늙으니까 걱정이 많아지는구면."

'시종무관 현 선생'은 현상건을 가리킨다. 박은식은 현상건의 경력 중 고종 황제의 시종무관이 가장 인상적이었는지 늘 그렇게 호칭한다. 신규식도 '그것 참 …' 하는 표정을 짓다가 눈을 지그시 감는다. 할 말이 마땅하게 있을 리 없는 정건 또한 굳게 입을 다문 채 허공만 쳐다본다.

그런데 정건의 머릿속은 멈춰버린 입과 달리 너무나 분주하게 움직이고 있다. 그것도 밝은 햇빛이 눈부시게 비친 대낮처럼 그의 마음속은 너무나 환하다. 뇌는 생각의 길을 달리느라 여념이 없고, 눈은 몽상처럼 떠오르는 계옥의 얼굴을 응시하노라 꼼짝도 않는다.

'계옥이 한남기생조합을 설립했다고? 대구가 아니라 서울에 있다고?'

정건은 현계옥이 대구를 떠나 서울로 올라온 까닭이 단숨에 헤아려진다. 내가 대구까지 오가는 길은 너무 멀고, 또 고향이기 때문에 얼굴이 알려져 붙잡히기 쉽다. 서울은 반대다. 가깝고, 나를 알아보는 사람도 없다. 계옥은 지금 나에게 손짓을 보내고 있다. 어서 오라고, 빨리 출발하지 않고 뭘 하느냐고 미소로 나를 재촉하고 있다.

정건은 몸살을 앓기 시작했다. 그 동안 오랜 세월 참고 또 참았었지만, 지금부터는 그것과 또 달랐다. 문득 서울이 집 앞 어디의 지척인 것만 같이 느껴졌다. 단숨에 달려갈 수 있는 지근거리인 양 여겨졌다. '나는 왜 여기에 있을까?' 가슴이 두근거리고, 마음이 불안하고, 손이 떨렸다. 아무 것도 실행하지 못하는 자신이 밉고, 한심스럽고, 원망스러웠다.

마침내 현정건은 아버지의 신신당부를 어기고 현계옥에게 안부의 말을 보냈다. 처음에는 김동천에게 부탁을 하였다. 김동천은 정건의 아버지 현경운으로부터 들은 말이 있어 애초에는 그의 부탁을 받아들이지 않았다. 현경운은 김동천에게 '나한테 이야기하지 않고 정건이 연락 심부름 같은 것은 하지 마시게. 특히 현계옥 건은 더 더욱!'이라고 했었다. 그런데 어찌 생각하니 정건이 불쌍하다 싶기도 해서 김동천은 마음이 약해지고 말았다. 마침내 김동천은 정건의 말 심부름을 수락하기에 이르렀다.

"팔자에 없는 명월관 출입을 하게 되었군."

"명월관이 어디에 있는지 아시는지요?"
"그야 말할 것도 없지. 수시로 드나드는 사람이건 꿈속에서 가보는 사람이건 집이 서울인 사내치고 명월관 위치를 모르는 자는 없을 걸세."
김동천이 한남기생조합 사무실이 아닌 명월관으로 찾아간 것은 일반 손님인 양 현계옥과 만남으로써 경찰이나 밀정의 의심을 벗어나려는 궁리였다.
그러나 그것은 실제 현실과는 거리가 까마득한 탁상공론일 뿐이었다. 명월관에 간 김동천은 현계옥을 만날 수 없었다. 본래 현계옥은 대구에 있을 때에도 모르는 손님이 부르는 자리에는 좀처럼 응하지 않는 것으로 유명했다. 들리는 소문으로는 서울로 와서 한남기생조합을 조직한 후에는 더 더욱 그렇다고 했다. 풍문에 미리 겁을 먹은 김동천은 잔뜩 긴장을 한 채 명월관을 찾아갔다. 그런데 명월관 앞에서도 그런 소리를 들었다. 대문 앞을 서성거리고 있는 두 사내를 본 김동천은 그들에게 접근하여 말을 걸었다.
"실례이오만, 말씀을 좀 여쭐까 합니다….."
사내 중 하나가 호쾌한 목소리로 응대했다.
"아, 말씀하시구려! 우리는 뭐 하세월이라 조금도 바쁘지 않은 사람들이라오."
김동천이 덩달아 웃음을 지으면서 본질문을 했다.
"현계옥을 한번 만나보려면 어떻게 해야 하는지…?"
사내가 '이 양반 보게?' 하는 표정으로 말했다.

"예끼, 여보시오! 그걸 알면 우리가 예서 이러고 있겠소? 현계옥과 마주 앉아보기는 일찌감치 포기했고, 가까이서 얼굴이라도 한번 볼까 하여 예서 기다리고 있는 우리한테 묻는 사람도 있다니, 이것 참…. 당신은 번지를 잘못 찾아도 한참 잘못 찾았다오."

다른 사내도 말을 거들었다.

"현계옥은 조선 시대였으면 아주 일패기생이라오. 일반 사람들은 아예 만날 수가 없으니 일패 중에서도 임금 앞에서나 춤을 추고 노래를 하는 최고의 일패지, 암!"

사내들은 한남기생조합 사무실을 찾으라고 권했다. 명월관에 앉아서 현계옥을 부르려 들다가는 결코 그를 만날 수 없으니 사무실을 방문하여 면담 신청을 넣어보라고 조언했다.

과연 한남기생조합 사무실 앞에는 현계옥을 모셔 가려는 지휘들이 줄을 지어 있었다. 그러나 그들은 모두 도루묵에 지나지 않았다. 그녀는 어느 초대에도 응하지 않았고, 심부름을 온 자들은 현계옥을 대면하지도 못했다. 김동천은 중국과 국내를 두로 돌아다니며 장사꾼으로 잔뼈가 굵은 인물답게 머리를 썼다. 그는 삼머리의 발육이 짧고 튼튼하고, 다리와 몸체가 멋지게 발달해 있으며, 수염뿌리가 없는 최고급 황백색 인삼 사진 아래에 '中國 上海 九江路 一三七 高麗人蔘 金洞天'이라 적힌 명함을 권번 서무에게 들이밀었다. 인삼 그림만 본 서무는,

일장기를 지워라 109

"여기는 인삼 살 사람 없는 곳입니다."
하며 단숨에 그를 내치려다 말고, 고개를 들어 다시 김동천은 바라보았다. 김동천이 사람 좋은 웃음을 가득 피워 올리면서 공연히 고개를 끄덕였다.
"본인은 우리나라 최고의 인삼을 상해와 북경에서 전문적으로 판매하는 김동천이라 하오. 현 녀사께서 인삼을 좋아하신다는 말을 듣고 찾아왔소. 명함을 현 녀사에게 전해 주시면 감사하겠소."
김동천이 믿는 바는, 상해에서 왔다 하면 혹여 현정건 소식을 들을 수 있을까 싶어 현계옥이 관심을 보일 것이라는 짐작이었다. 아니나 다를까, 서무는 현계옥으로부터 '상해에서 왔다는 사람이 있으면 특별 안내를 하라'는 지시를 이미 받은 바가 있었다. 그런 까닭에 서무는 명함의 글자를 읽은 뒤 표정이 변한다.
서무가 집무실 벽에 난 작은 창으로 안을 들여다보더니 출입문을 열고 들어간다. 김동천도 호기심에 겨워 그 창으로 슬쩍 안을 엿본다. 계옥의 얼굴은 서무의 등에 가려 보이지 않는다. 이윽고 서무가 몸을 돌이킨다. 김동천도 황급히 제자리로 돌아온다. 서무가가 집무실에서 나오더니,
"들어오시랍니다."
한다. 이윽고 김동천이 최우량 풍기 인삼 한 채를 현계옥 앞에 내민다. 인삼을 잠시 응시하던 현계옥이 고개를 들어 김동천을 바라본다.

현계옥은 서무와 김동천이 주고받는 말을 이미 들었다. 그리고 김동천의 명함도 보았다. '현 녀사께서 인삼을 좋아한다는 말을 듣고 찾아왔다'니, 뭔가 이상한 자 아닌가? 현계옥은 자신이 인삼을 좋아한다고 남에게 말한 적이 없다. 그렇다면…!
"내가 인삼을 좋아한다는 말은 어디서 들었나요?"
현계옥이 약간 노려보는 듯한 눈빛을 담아 김동천에게 묻는다. 김동천이 여전히 사람좋은 미소를 날리며 대답한다.
"누구에게든지 그런 식으로 상담을 시작하지요."
현계옥이 고개를 갸우뚱하면서 다시 묻는다.
"상대가 싫어하지 않겠습니까?"
김동천이 의미심장하게 말한다.
"혹 누가 물으면 이 사람이 '누구에게든지 그런 식으로 상담을 시작하지요'라고 말했다고 대답하시면 됩니다. 사실 그대로이지요."
현계옥은 김동천이 하는 말을 들으면서 대구에서 겪었던 참담한 일을 떠올린다.
"진주 논개 사당과 평양 계월향 사당이 무너지기 직전이란다. 중수비를 모은다며 사람이 돌아다녀."
한 살 아래인 금죽錦竹(정칠성)이 방 안으로 들어오면서, 아무도 없는 것을 확인하고는 그렇게 말했다. 현계옥이,
"어쩌다 그 지경이 되었노? 하기야 나라가 망했으니…."

하고 중얼거리고, 금죽이,

"우리도 마음을 보태야겠지?"

한다. 이때 현계옥은 가진 돈도 모아놓은 돈도 없었다. 정건이 상해로 떠날 때 비싼 인삼을 구하느라고 모두 써버린 탓이다. 그녀는 비녀와 반지를 뽑아서 정칠성에게 건넸다. 금죽이,

"혹시라도 탈이 나면 '정칠성이 논개와 계월향 사당 중수 비용을 모은다며 부탁을 해서 돈은 없고 반지와 비녀를 주었다. 정칠성이 누구로부터 그 사업에 관해 이야기를 들었는지는 모른다. 정칠성이 아무 말도 하지 않았다'고 해. 사실이 그렇잖아?"

라고 말하고는 방을 나갔다. 잠시 후 일향이 왔다. 눈썰미가 남다른 그녀가 계옥을 향해 호들갑스럽게 물어댄다.

"언니? 반지는 어디 갔어? 아이고야, 비녀도 본래 게 아니네?"

일향은 기생조합에 들어온 지 얼마 되지 않는 아이다. 그녀를 동생처럼 여긴 현계옥은 이것저것 보살펴주었다. 지금 일향이 친근한 자매를 대하듯이 계옥에게 말을 붙이는 것도 그런 마음이 쌓인 결과이다. 그런데 그게 탈이 되었다. 현계옥은 별 생각 없이 반지며 비녀를 사당 짓는 성금에 보냈노라 일향에게 말해주었다. 현계옥은 일향이,

"아휴, 언니도! 참 대단한 분이셔! 그렇다고 반지랑 비녀까지 뽑아서 성금으로 바치다니! 소문 낼 일

이로세, 애국 기생 났다고!"
하고 떠벌이는 것을 보고서야 '앗차!' 했다. 그녀는 부랴부랴 일향에게 '아무한테도 말하면 안 돼, 알겠지?' 하고 다짐을 주었다.

그로부터 며칠 지나지 않아 전라도 옥구 부잣집 아들 전 아무개가 또 현계옥을 찾아왔다. 그날 현계옥은 춘앵각에 있었는데 그 사실을 어떻게 알아냈는지 전은 초저녁부터 그리로 발걸음을 하였다.

"자玆씨가 된당께? 그 잘못된 생각을 뉘우쳐 불고 나희 진심을 받아들인다면 지금이라도 나가 그대의 인생을 활짝 꽃피워 주것어라! 어쩌것소?"

전가는 예전에도 늘어놓았던, 현玄씨 남자와 현玄씨 여자 맺어지면 자玆씨가 된다는 비아냥을 또 반복해서 풀어댔다. 현계옥도 예전처럼 '현玄씨와 전田씨가 합해서 축畜씨가 되는 것보다야 낫지 않겠어요!' 하고 응수했다. 그래도 전가는 그날 행여나 현계옥의 환심을 조금이라도 살 수 있을까 하여 휘황찬란한 요리 한 상을 사고, 그녀의 가야금 타는 소리도 들었다.

이윽고 달이 중천을 휘영청 넘어가는 한밤에 자리를 파하고 일어선 전가가 마루로 나왔을 때 일향과 마주쳤다. 전가는 잔꾀가 번쩍 일어났다. 머릿속으로 '저 년을 통해 현계옥의 최신 동향을 알아보아야겠다. 사람 일이란 게 다 첩보전 아닌가. 지피지기면 백전백승인 법이지, 암!' 하고 생각한 전가가 일향을 불러 세운다.

"일향아, 일향아! 나가 할 말이 있어붕께 잠시만 보장께."

입을 삐쭉 내밀면서 일향이,

"어째 거런당께라? 그쪽이 현계옥 언니에게 맘을 빼앗겨 부린 거시기는 모르는 이가 없어붕께 나한테 공연히 친한 척해불믄 사람들이 그 참 이상타 할 것이어라."

하고 일부러 전라도 말투를 흉내내어 약을 올린다. 하지만 이내 일향은 슬그머니 금일봉을 들이밀면서 부추기는 전가의 꾐에 넘어간다. 그녀는 논개와 계월향 사당 중수 비용에 보태려고 계향이 반지와 비녀를 제공한 사실을 일러바친다. 전가는 사당 건을 고변하기 위해 도청 옆 대구경찰서로 달려간다. 당직 형사 야마나카山中가 반색을 하며 그를 맞이한다. 이럴 때마다 부수입이 생기는 까닭이다.

"고노 요루 오소쿠니 코코니와 도오유우 아시도리 데스카 다레오 (이 늦은 밤에 여긴 어쩐 발걸음이시오?) 이소이데 츠카마에테토 타노미니 아시오 하콘다노카? (누구를 급히 잡아 가두라는 청을 하러 발걸음을 하신 건가?)"

"와타시노 카오니 손나니 카카레타요오데스카. (내 얼굴에 그렇게 쓰였나 보오.) 코랴 마아 카오가 타타아니요. (이것 참 낯이 안 서네.)"

전가가 사당 건을 말한 뒤 '보쿠가 아라와레테 카이호오시테호시이토 잇타라소노 토키니 샤쿠호오시테쿠다사이(내가 나타나서 풀어달라고 하면 그때 석방을 해줌 됩니다)'라며 야마나카의 주머니에 봉투를 집어넣는다. 야마나카가 '코레와 이츠모(이거, 번번히)……'라며 씩 웃음을 흘린다.

순사 셋이 한 이백 보나 떨어졌을까, 고개를 들면 곧장 바라보이는 춘앵각으로 내달렸다. 느닷없이 들이닥친 순사들이 현계옥을 찾는 것을 본 정칠성은 사당 때문에 사달이 났다는 사실을 직감했다. 그 길로 정칠성은 밤차를 타고 서울로 숨어버렸다.

한 시간쯤 지나 순사들이 다시 춘앵각으로 달려왔을 때 이미 정칠성은 자취를 감춘 뒤였다. 야마나카는 그 짧은 시간에 어떻게 정칠성 연루를 알아내었을까? 현계옥이 일향에게 정칠성 이름을 말한 적은 없으니 그것은 아니다. 만약 일향이 알았다면 전가에게 전말을 이야기했을 것이고, 그랬다면 순사들이 처음부터 현계옥과 정칠성을 한꺼번에 끌고 가려고 했을 터이다. 현계옥은 혼자서 취조를 받았다.

"시도오오 슈우리스루 코오지니 키후시요오토 시타노와 다레카?(사당을 수리하는 공사에 성금을 내자고 한 자가 누구인가?)"

"이에마세. (말할 수 없소.)"

두 팔을 뒤로 포승줄에 묶인 상태였지만 현계옥은 담담하기만 했다. 야마나카가 '난가 난다? 사이쇼카라 코레가 …? (뭐가 어째? 처음부터 이게 …?)' 하며 말을 거칠게 내뱉는다. 야마나카가 붉게 변한 얼굴을 흔들며 자리에서 벌떡 일어선다. 그러더니 문득 좋은 생각이 떠올랐다는 듯 시익 웃으면서 뇌까린다.
"나가쿠 힛파루 코토와 나이요. 하낫파시라노 온 나오 아야츠루 코츠와 베츠니 아루요. (길게 끌 것은 없지. 콧대 센 여자들 다루는 비법은 따로 있지!) 이마미타이나 토키니 카츠요오시나이토… 이츠 츠카우 츠모리카! (지금 같은 때에 활용하지 않으면… 언제 써 먹으리!)"
야마나카가 선 채로 현계옥을 응시하며 말한다.
"키미가 슈한오 이와나이나라 시카타가 나이. 토니카쿠 초오센진와 오로카디요. (네가 주범을 말하지 않겠다면 어쩔 수가 없지.) 맛타쿠 신시테키니 타이스루 코토가 데키나이. (하여튼 조선인들은 어리석어. 도무지 신사적으로 대해줄 수가 없어.)"
"……?"
"오마애가 초오센노 후우슈우데와 사이이치류우 게에샤닷테? (네가 조선 풍습으로는 일패 기생이라며?) 요호도노 코오이소오야 오오토미 고오데 나케레바 앗테쿠레나이닷테? 혼토오카나? (웬만한 고위층이나 대부호가 아니면 만나주지 않는다면서? 사실인가?)"
"……?"
갑자기 야마나카가 허리에 손을 대더니 바지를 주르륵 내린다.
"도오시타노! (무슨 짓이야!)"

현계옥이 고함을 지르자, 팬티마저 바닥에 떨어뜨린 야마나카가 흉물스럽게 웃음을 흘리면서 말한다.
"미테모 와카라나이노카. (보고도 모르겠나?)"
현계옥이 비명을 터뜨린다. 현계옥의 얼굴 앞까지 바짝 다가선 야마나카가,
"초오센고데, 코로갓테키타 카보차오 토오얏테 노가스 코토가 데키요오카. (조선말로, 굴러온 호박을 어찌 놓칠 수 있나?)"
하고 중얼거리고는 손가락으로 그녀의 입술 옆을 쿡 찌르며 말했다.
"사이고니 키쿠. 헨지오 스루카, 소레토모…… 후타츠노 우치 히토츠오 에라비나사이." (이제 마지막으로 묻는다. 대답을 하거나, 아니면…… 둘 중 하나를 선택해라.)
엉덩이를 좌우로 한 번 흔든 야마나카가 현계옥에게 재촉한다.
"다레다? (누구냐?)"
야마나카의 하반신이 거의 현계옥의 얼굴에 닿을 지경이다. 현계옥이 '꺄야악!' 비명을 지르며 고개를 돌리다가 옆으로 '쿵!' 의자채 넘어진다. 야마나카가 그녀를 일으키려고 엉덩이를 뒤뚱이며 다가선다. 나라 안 최고의 일패 예기로서 지금까지 현정건 외의 사내에게는 손도 잡혀본 일이 없는 그녀다. 오직 그에게만 몸과 마음을 주었고, 앞으로도 그럴 것이다. 현계옥이 다급하게 우리말로 소리를 지른다.

"다가오지 마라! 마, 말하겠다! 뒤로 물러서라!"
그러자 야마나카가,
"툿쿠니 소오다로오. (진작 그럴 것이지!)"
하고는,
"잔덴다나…. 한닌노 나와 소오 이소구 코토데모 나이노니 네…. (아쉽군…. 범인 이름은 그다지 급한 것도 아닌데 말이지….) 초토 맛테, 판츠토 오카라카라 하이테. (잠깐만, 팬티와 바지부터 입고.)"
라며 주섬주섬 다리를 옷에 집어넣는다.
현계옥의 울음이 터지기 시작한다. 그러는 그녀를 향해 야마나카가 아무렇지도 않다는 표정으로 조롱하듯 말을 던진다.
"와타시와 초오센진노 온나와 이츠모 코노요오니 토리시라베오 오코낫테키타. (나는 조선인 여자는 늘 이런 식으로 취조해왔지.) 모치론 와카쿠테 키레에나 온나노 토키다케다케도. (물론 젊고 예쁜 여자일 때만 그렇지만.)"
이때 전가가 달려와 야마나카에게 현계옥을 풀어달라고 청을 넣고, 이윽고 두 사람은 경찰서 밖으로 나오게 된다.
여전히 눈물이 치솟아 겨우 걸음을 움직이는 현계옥은 부축을 한답시고 허리에 팔을 휘두른 채 연신 입을 놀려대고 있는 전가의 말이 하나도 귀에 들어오지 않았다. 머릿속은 온통 정칠성이 무사히 몸을 피했을까 하는 생각뿐이었다.

'금죽' 이름을 야마나카에게 대는 순간, 고변을 한 게 틀림없는 일향에 대한 미움조차 사라졌다. 심지어는 편지 한 통 없는 현정건에 대한 원망조차 말끔하게 지워져버렸다.

'늘 이런 식이다! 우리 조선인은 모두가 이 모양으로 왜놈들에게 당하며 살아가고 있다! 능욕을 당하고, 모욕을 당하고, 고문을 당하고……. 편지 한 장도 편안하게 못 쓰고, 누구에게 마음을 터넣고 말도 못하고…….'

하지만 스스로는 용서가 되지 않았다. 고변을 한 일향도 연락두절인 현정건도 이해가 되었지만, 막상 자기 자신은 품을 수가 없었다. '혀를 깨물고 죽을 수도 있지 않았나! 역사를 보면 그런 사람들이 한둘이 아니다. 나는 뭔가? 대뜸 금죽을 실토했다. 고작 이 정도밖에 안 된단 말인가!' 하는 자탄이 몸과 마음을 짓눌러왔다.

'사람들은 나를 보고 사상 기생32)이라고 한다. 이렇게 겉 다르고 속 다른 내가 무슨 사상 기생이란 말인가! 세상 부끄러운 일이다' 싶은 자괴감이 강물처럼 몰려왔다. 그래서 서울로 왔다. '일단 대구를 벗어나야 하고, 우선 서울에라도 가 있어야 해'라는 생각이 났다. 그래야 상해에 머무르고 있는 현정건 소식도 들을 수 있고, 어쩌면 만날 수도 있을 것이라는 판단이 들었다. 하염없이 대구에 주저앉아 있을 일이 아니라는 깨달음이 일어났다.

그뿐이 아니었다. 압록강을 건너 중국으로 들어갈 결단도 내려야 한다는 각오를 굳혔다.

마침내 서울로 올라와 정칠성과 함께 한남조합을 조직했다. 현계옥 이름값 덕분에 내로라하는 남정네들이 다투어 그녀를 만나고 싶어했다. 중국을 드나드는 인사들도 은밀히 찾아왔다. 정칠성과 현계옥은 논개와 계월향의 사당에 수리비를 헌납했듯이 그들에게도 후한 마음을 아끼지 않고 내놓았다. 33) 그런데 드디어, 드디어 정건의 소식을 전하러 온 듯한 사람이 나타났다. 인삼을 좋아하는 현 녀사?

"편지는 없다오. 증거가 될 만한 것은 아무 것도 몸에 지니지 않고 다니지요."

김동천이 그렇게 말했다. 야마나카에게 참담한 치욕을 겪기 이전의 그녀라면 김동천의 말을 이해하지 못했을는지도 모른다. 아니, 정건에 대한 야속함에 눈물을 흘렸을는지도 모른다. '강남 갔던 제비는 박씨라도 물어 오는데, 어찌 내 님은 편지 한 장도 아니 부친단 말인가!' 하고 한탄을 늘어놓으면서 울부짖었을는지도 모른다. 하지만 그녀는 이미 그런 경지를 벗어났다. 무심코 일향에게 한 마디 내뱉은 일을 기화로 값비싼 깨달음을 얻었던 것이다.

현정건이 김동천의 입을 빌어 전해온, '언젠가는 내가 데리러 갈 터인즉 그때까지 몸성히 잘 있으라'는 말을 듣는 순간, 그녀는 오직 기쁘기만 했다.

'이것이 몇 년 만에 듣는 말인가!'

훨훨 나비가 되어 하늘로 날아오르는 것만 같이 몸이 가벼웠다. 새처럼 창공을 날아 단숨에 황해를 건너 상해까지 비상하고 있는 듯 마음이 붕붕 떠올랐다.

"구강서점으로 《청년》을 보내달라고 신청해 놓으면 매달 책이 옵니다. 《청년》은 벌써 널리 알려진 잡지이므로 정기구독을 신청해도 의심하는 사람이 있을 리 없습니다. 창간호를 두고 가겠습니다. 혹시 누가 물으면 취객 중에 누군가가 흘리고 간 것을 주워서 보았다 하시고, 잡지와 구강서점의 존재도 그렇게 처음 알았으며, 구독신청도 잡지 끝에 있는 요령을 보고서 했다고 하면 됩니다. 그러면 《청년》이 올 때마다 현 선생의 편지가 동봉되어 옵니다. 읽은 뒤 꼭 불태워야 한다는 것도 잊어서는 안 됩니다. 답장은 구강서점 고려인삼 김동천 앞으로 보내십시오. 인삼을 신청하시는 겁니다."

김동천의 설명은 너무나도 자상하였다.

현계옥은 모든 것을 그의 말대로 실천하였다. 받은 편지는 어김없이 불태웠다.

현정건도 그랬다. 계옥에게서 받은 편지는 꼬박꼬박 불살랐다. 남은 흔적은 마음에 켜켜이 쌓인 그리움뿐이었다. 단 한 번도 만나지는 못했다. 계옥이 '오빠! 빨리 나를 상해로 데려가 주셔요! 언제?' 하고 조르면 정건이 '조금만 더 기다려. 머잖아 데리러 갈 테니….'라고 달래는 글만 오가다가, 그나마 재가 되어 허공으로 사라져버렸다.

그런데 하루는 퇴근 후 집으로 돌아와 방문을 덜컹 열어젖히니, 동생 진건이 무엇인가를 찾는 듯 분주히 방 안을 수색하다 말고 얼굴이 벌겋게 달아오를 만큼 당황한 표정을 지었다.

"뭘 하고 있냐?"

형이 묻자 진건의 안색은 더욱 난처한 빛깔로 변해간다. 여전히 답변은 하지 못한다. 점점 이상하게 느껴진 정건이 추궁을 한다.

"대답하지 못해? 무엇을 뒤지고 있었어?"

형의 음성이 높아지자 가까스로 진건이,

"그게, 저…."

하고 말꼬리를 흐린다.

"그게, 저가 뭐냐? 솔직하게 말하지 못해?"

가장 친한 형제이지만 그래도 여덟 살이나 많은 셋째형이다. 진건이 꼼짝달싹을 못하는 것은 너무나 당연하다. 마침내 진건은 하던 짓을 실토할 수밖에 없다.

"현게옥과 주고받은 편지를 찾느라…."

정긴이 고함을 지르듯이 동생을 꾸짖는다.

"뭐가 어째? 너는 어째서 상해에 도착한 날부터 벌써 몇 달째 현게옥 말만 하느냐? 만나느냐? 편지를 주고받느냐? 내가 아니라고 그토록 말하지 않았느냐!"

"그래도…."

진건이 형의 눈치를 보며 슬그머니 한 마디 중얼거린다. 정건이 다시 음성을 높인다.

"뭐가 그래도야? 아니라면 아닌 줄 알 것이지! 혼나고 싶어!"

정건도 계옥과 사이에 부지런히 서신이 오간다는 사실을 동생에게 이실직고할 수는 없다. 어쩔 수 없는 일이다. 사실을 말하면 모두가 큰 걱정에 사로잡히게 된다. 추궁을 하는 동생이 얄밉기도 하지만, 일견 이해가 되기도 한다.

그러나 '진건이가 내 마음을 어찌 알꼬? 너무나 계옥이가 보고싶은 내 심정을 짐작도 못 하리! 아니, 진건이만이 아니라 그 어느 누구도 모르리! 아무도 알지 못하리…!' 싶은 생각에 젖어들면서, 문득 정건의 얼굴빛이 창백해지더니 주르륵 눈물을 쏟는다.

하염없이 흐느껴 운다.

그러다가 울음 속에,

"계옥이가 보고 싶다. 보고 싶어…. 이렇게 못 만날 줄 알았으면 애당초 중국에 오지 않았을 것을…." 하는 소리를 토해낸다.

그 광경을 보며 진건은 차마 '형수는 아니 보고 싶소?' 하고 묻지도 못하지만, '형이 현계옥과 만나지도 않고 서신도 아니 주고받는 것은 사실인 모양'이라는 짐작에 사로잡힌다.

1918년 12월 어느 겨울날 상해의 밤, 형제는 문풍지를 울리는 찬바람 소리를 들으며 그렇게 하루를 또 보내고 있다.

4. 나를 여인으로 말고 동지로 여겨주오

'언젠가는 내가 데리러 올 터인즉 그때까지 몸성히 잘 있으라'고 했었다. 대구 영선못에서 계옥과 헤어질 때 그렇게 다짐을 했다. '언젠가는 내가 데리러 갈 터인즉 그때까지 몸성히 잘 있으라'고도 했었다. 서울 한남기생조합으로 김동천을 보내어 안부를 전할 때 그렇게 말했다. 그 약속을, 드디어 지키게 되었다. 저절로 현정건은 사흘 동안 하늘로 날아오를 것 같은 황홀경에 빠져 지냈다.

그러다가 문득 그는 쑥스러워졌다. 스스로의 감정을 '하늘로 날아오를 것 같은 기분'이라고 확인하는 순간, 공연히 사방을 둘러보았다. 누가 지켜보는 것은 아닌가 싶어서였다. 지금까지 누군가가 '하늘을 날아오를 것 같은 기분'이라고 하면 '그런 상투적 수사 말고 좀 참신한 표현 없습니까?'라고 힐난해온 사람이 바로 자기 자신이었다. 하지만 정작 본인의 일로 맞닥뜨리고 보니, 만고의 진리를 나타내는 데에는 고리타분한 말투가 가장 제격이라는 사실을 알게 되었다. 그는,

'관용어야말로 그런 표현의 대표적 수사일 게야. 하늘로 날아오를 것 같다거나 꿈이냐 생시냐 같은 말, 어찌 보면 너무나 무미건조하지만 막상 당사자가 되어보면 참으로 심금을 울리는 촌철살인 아닌가! 상투적 표현이 고리타분하게 여겨지는 것은 수많은 사람들의 정서를 일반화한 결과이지 그 자체가 수준 낮은 화법이어서는 결코 아니야, 암!'
하고 자기 감정을 합리화했다.

'지금껏 서울에 가지 못한 것은 그 일이 순전히 계옥을 만나러 가는 개인적 용무에 지나지 않았기 때문이다. 나의 사사로운 감정에 충실하기 위해 모두를 배신할 수는 없는 것이다. 그러나 이번은 다르다. 민족적 거사를 위한 서울행이다. 내가 계옥을 만나 정회를 나누는 일은, 우리 두 사람 정인끼리의 사사로운 개인사에만 그치는 것이 아니라, 독립만세운동에 힘을 보태기 위한 역할의 완수이기도 하다. 상해 활동 독립운동가와 서울 사상 기생이 만나는 것이다. 이는 내가 당당히 계옥을 만날 수 있는 명분이다. 아, 정말 하늘로 날아오를 것만 같은 기분이야!'

현정건은 지난 1월 27일을 돌이켜본다. 내일이면 길림으로 떠나기로 예정되어 있는 박은식이 새벽같이 선우혁·현정건·곽재기를 불렀다. 무슨 급한 일이 생겼나 싶어 세 사람이 약간 불안한 마음으로 부랴부랴 달려가자 박은식은 '세 동지는 당분간 서울에 가서 활동을 좀 해야겠네'라고 당부했다.

그 말을 듣는 순간 세 사람은 '길림 거사가 잘 추진되어가고 있구나!' 하고 직감했다. 세 사람의 낯빛이 환해졌다. 박은식 역시 밝은 표정을 지어보였지만, 엉뚱한 지시를 내렸다.

"오늘은 밖으로 나가지 말고 계속 사무실 안에들 있게."

세 사람이 '왜?' 하는 눈빛으로 박은식을 쳐다보았다. 박은식이 한지에 붓으로 쓴 문서 한 장을 품에서 꺼내었다.

"이 문서에 적혀 있는 내용을 암기해야 하네."

누가 '무엇을 말씀하시는지요?'라고 묻기도 전에 박은식이 말을 잇는다.

"길림에서 2월 1일 선포할 독립선언서일세. 소앙이 기초를 했는데, 사전에 검토를 해달라고 내게 보내온 것이야. 자네들은 이 내용을 외어서 국내로 가야 하네."

세 사람의 서울·평안도 행은 2월 1일 길림에서 선포할 '독립 선언'에 뒤따른 후속 조치 중 한 가지였다. 이 거사는 작년(1918) 11월부터 만주와 노령 지역 지사들을 중심으로 추진되었는데, 상해의 박은식·신규식과 미국의 이승만 등도 참여했다. 아직 김교헌金敎獻, 김규식金奎植, 김동삼金東三, 김약연金躍淵, 김좌진金佐鎭, 김학만金學萬, 류동열柳東說, 문창범文昌範, 박성태朴性泰, 박용만朴容萬, 박은식朴殷植, 박찬익朴贊翊, 손일민孫逸民, 신규식申圭植, 신채호申采浩,

안정근安定根, 안창호安昌浩, 여준呂準, 윤세복尹世復, 이광李光, 이대위李大爲, 이동녕李東寧, 이동휘李東輝, 이범윤李範允, 이봉우李鳳雨, 이상룡李相龍, 이세영李世永, 이승만李承晚, 이시영李始榮, 이종탁李鍾倬, 이탁李沰, 임방任邦, 정재관鄭在寬, 조성환曺成煥, 조소앙趙素昻, 최병학崔炳學, 한흥韓興, 허혁許爀(허겸), 황상규黃尙奎 등 지사들의 성명이 연서되어 있지는 않지만, 선언서를 들여다보는 세 사람은 거기서 눈을 떼지 못한다.

우리 대한 동족 남매와 세계 우방 동포여!
우리 대한은 완전한 자주독립과 신성한 평등복리로 우리 자손 여민黎民(백성)에 대대로 전하게 하기 위하여, 여기 이족異族(일본) 전제의 학압虐壓(학대와 억압)을 해탈하고(벗어나고) 대한 민주의 자립을 선포하노라.
우리 대한은 예로부터 우리 대한의 한韓이요, 이족의 한이 아니라 반만년사의 내치 외교內治外交는 한왕한제韓王韓帝(우리나라 임금)의 고유 권한이요. 백만방리百萬方里의 고산려수高山麗水(아름다운 자연)는 한남한녀韓男韓女의 공유재산이요, 기골문언氣骨文言(기상과 체격과 문장과 말솜씨)이 구아歐亞(유럽과 아시아)에 발수拔粹한(뛰어난) 우리 민족은 능히 자국을 옹호하며 만방을 화합하여 세계에 공진할 천민天民(하늘이 낳은 민족)이라, 우리나라의 털

끝만한 권한이라도 이족에게 양보할 의무가 없고, 우리 강토의 촌토라도 이족이 점유할 권한이 없으며, 우리나라 한 사람의 한인韓人이라도 이족이 간섭할 조건이 없으니, 우리 한韓은 완전한 한인韓人의 한韓이라. (중략)

정의는 무적의 칼이니, 이로써 하늘에 거스르는 악마와 나라를 도적질하는 적을 한 손으로 무찌르라. 이로써 5천년 조정의 광휘光輝를 현양顯揚할 것이며, 이로써 2천만 적자赤子(고통스럽게 살아가는 백성)의 운명을 개척할 것이니, 기起하라(일어나라) 독립군! 제齊하라(몸과 마음을 가다듬으라) 독립군!

천지로 망網한(하늘의 이치로 정해진) 한번 죽음은 사람의 면할 수 없는 바인즉, 개·돼지와도 같은 일생을 누가 원하는 바이리오. 살신성인하면 2천만 동포와 동체同體로 부활할 것이니 일신을 어찌 아낄 것이며, 집안이 기울어도 나라를 회복되면 3천리 옥토가 자가의 소유이니 일가一家 희생하라!

아! 우리 마음이 같고 도덕이 같은 2천만 형제자매여! 국민본령國民本領을 자각한 독립임을 기억할 것이며, 동양평화를 보장하고 인류평등을 실시하기 위한 자립인 것을 명심할 것이며, 황천(하늘)의 명령을 크게 받들어 일절一切 사망邪網(죽음의 그물망)에서 해탈하는 건국인 것을 확신하여, 육탄혈전肉彈血戰으로 독립을 완성할지어다.

단기 4252년 2월 일

이윽고 신규식이 현정건, 곽재기, 선우혁에게 말을 건넨다.

"길림에서 동경으로도 사람을 파견했네. 독립선언을 준비하고 있는 유학생들이 길림 소식을 들으면 사기가 크게 진작되겠지! 그렇게 되면 2월 8일쯤 동경 유학생 독립선언이 가능할 게야. 자네들은 서울과 정주로 잠입해 의암(손병희) 선생, 남강(이승훈) 선생, 만해(한용운) 스님께 2월 1일 길림 선언과 2월 8일경의 동경 유학생 선언을 알리시게. 우사(김규식) 등 대표단을 파리강화회의에 파견했다는 소식을 알린 이래 상해에서 진행하는 두 번째 교통 활동일세. 동경에서도 거사 진척 상황을 알리러 사람을 서울로 보냈을 테고…. 이제 한 달쯤 지나면, 대규모 독립만세 운동이 일어나는 걸세. 재작년 7월 이곳 상해에서 발표된 대동단결선언이 드디어 구체적 결실을 맺는구나! 나는 벌써부터 감격스럽네…."

신규식이 울먹이는 음성을 토한다. 1917년 7월 신규식申圭植·박은식朴殷植·신채호申采浩·박용만朴容萬·윤세복尹世復·조소앙趙素昻·신석우申錫雨·한진교韓鎭教·이상설李相卨 등 14인은 상해에서 〈대동단결선언〉을 발표했다. 국외에 임시정부를 수립하여 독립운동의 활로를 개척하자는 것이 핵심 제창 내용이었다. 34)

"허허허, 사람도 참……."

눈물이 핑 도는 얼굴을 하고 있는 신규식에게 너털웃음을 보내면서 박은식이 말을 잇는다.

"자네들도 익히 알고 있다시피, 작년 11월 이래 우리 민족의 독립 의지를 만천하에 과시할 수 있는 사업을 펼치자는 논의가 국내·외 지사들 사이에서 광범위하게 진행되지 않았는가? 예관(신규식)의 말대로 우리 스스로가 표방한 대동단결선언에 따라 그 동안 지사들의 역량이 결집되어 왔을 뿐만 아니라, 파리강화회의가 올해 1월 18일부터 열린다는 소식은 큰 기대를 품게 해주었지.

그래서 2월 1일이면 국외에서 활동 중인 대표적 지사들이 길림에 모여 우리나라의 독립을 선언하고, 2월 8일경에는 동경에서 유학 중인 학생들이 또 다시 독립을 선언하고, 이어서 3월 초에는 삼천리 방방곡곡에서 모든 민족 구성원이 일시에 궐기하여 한민족의 독립의지를 지구상에 천명하기로 결의가 되었지. 파리강화회의에 참석한 세계 각국의 지도자들과 제국 국민들에게 우리의 진면목을 보여주겠다는 뜻이지. 우리 스스로는 아무 것도 하지 않으면서 남들을 향해 '우리를 일제에서 해방시켜 주십시오' 해서는 어찌 도움을 얻을 수 있겠는가 말일세.

지금쯤은 아마 국내에서도 상당한 진척이 이루어졌을 걸세. 이미 작년 12월 길림에서 의암과 남강에게 추진 계획을 보낸 바 있으니 말이네. 자네들이 전하는 소식을 들으면 국내 지사들의 사기가 더욱 진작되어 사업에 박차를 가하게 될 것이야. 소식을 전하는 교통 임무를 다한 후에는 의암이 주는 과제 완수에 최선을 다하게. 개인별로 출신학교 등 연고를 찾아 만세운동 참여를 독려하는 것이 기본 소임이 되겠지. 사정을 보아가면서 독립운동 자금을 모으는 것도 빼놓을 수 없는 중요 임물세."[35]

정건은 박은식의 당부 말을 듣고, 이어 독립선언서를 읽으면서 줄곧 몸을 부르르 떨었다. '육탄혈전으로 독립을 완성할지어다!'라는 마지막 결의가 그대로 가슴 한복판을 콱 찔러오는 느낌이었다.

'만세를 부른다고 해서 실제로 나라를 되찾을 수 있을 리는 만무하다. 하지만 지구상 그 많은 피압제 민족들이 아무도 감행하지 못한 대규모 독립 시위를 우리가 선도적으로 벌인다는 것은 그것만으로도 얼마나 엄청난 일인가!'[36]

그런데 대규모 지진 후 여진이 오듯이, 독립선언서를 읽은 감동으로 정신이 아득하던 차에 정건은 새삼 손끝까지 신경이 파르르 떨려오는 새로운 흔들림을 맛보았다. 계옥의 목소리가 '어서 와요!'처럼 들려오는 환청이 눈앞을 가득 메운 탓이었다. 계옥의 음성은 마치 '서울까지 와서도 나를 아니 볼 건가요?'라고 압박이라도 하는 듯 퐁퐁 튀어 오르고 있었다.

아무도 눈치를 채지 못했지만 이때 현정건은 '이게 꿈인가, 생신가' 하는 특이한 감동에 젖어 거의 정신이 혼미한 지경에 빠졌다. 그날 후에도 '하늘로 날아오를 것 같은 기분'은 사흘 내내 계속되었다. 두 분의 말씀은 독립 운동을 위해 서울로 잠입하라는 뜻이었는데도 그는 오직 계옥을 만나게 된다는 기대로 가슴이 풍선처럼 잔뜩 부풀어 올랐던 것이다.

"알겠습니다. 바로 출발 준비를 하겠습니다."

곽재기가 다짐하는 대답 소리가 들려온다. 그 말이 현정건의 귀를 가득 메우고 있는 계옥의 음성을 몰아낸다. 내내 딴 생각에 빠져 있던 현정건이 그제야 번쩍 정신을 차린다. 곽재기는 현정건보다 한 살 아래로, 2년 후면 의열단의 제 1차 국내 암살·파괴 거사를 추진하다가 피체되어 8년 감옥살이를 하게 되는 청주 청남학교 교사 출신 지사이고, 10세 연상의 선우혁은 머잖아 정건과 함께 임시의정원 의원과 인성학교 교사 등을 맡아 임시정부 활동을 함께 펼치게 되는 지사이다. 세 사람을 향해 박은식이 신신당부를 한다.

"길림에서 보낸 사람들도 특별한 애로에 봉착하지 않는다면 아마 자네들과 비슷한 시기에 서울과 정주에 당도를 하겠지. 동경에서 보낸 사람도 서울에 올 것이고···. 근래 일제의 감시와 검문검색이 더욱 엄중해지고 있는 까닭에 연통이 성공할지 장담할 수가 없어. 이렇게 교통을 하는 것은 국내·길림·상해·동경이 함께 사업 경과를 공유하면서 서로를 격려하고 도움을 받자는 것이지. 그래서 상해에서도 자네들을 보내는 것이야. 경술국치 이래 가장 규모가 크고 역사적 의의가 깊은 민족적 거사인 만큼 반드시 3월 독립만세운동을 성사시켜야 한다는 말이네. 자네들의 소임이 크네."

박은식과 신규식이 먼저 길림을 향해 떠났다. 세 사람도 머릿속에 '대한 독립 선언서'를 숨긴 후, 만약의 사태에 대비해 각각 별도의 노선을 잡았다. 평안도로 가서 이승훈 등 기독교 계통 인사들을 만나야 하는 선우혁37)은 상해에서 기선을 타고 바로 단둥 안동여관 손일민을 찾아갔다.38) 곽재기는 일단 톈진까지 간 다음 거기서 그 이후 이동 방법을 탐색하기로 했다. 현정건은 인천으로 가는 중국 선박 이통호利通號에 몸을 실었다.

24세의 '상하이 청년 리한쥔李漢俊'을 실은 이통호는 이틀 후 초저녁에 인천항으로 들어갔다. 배에서 하선한 사람은 모두 164명으로, 그 중 중국인이 157명, 일본인이 4명, 한국인이 3명이었다. 일인 형사는 한국인을 별도로 데리고 가서 미주알고주알 캐물었는데, 저희들이 만족하기 이전에는 결코 풀어주지 않았다.39) 그에 견주면 중국인에게는 상대적으로 느슨하게 대했다.

"도코카라 쿠루데스카? (어디서 오는 게요?)"
"산하이카라 키마시타. (상해에서 왔습니다.)"
"유키바와 도코데스카? (가는 곳은 어디요?)"
"케에조오니 이키마스. (경성에 갑니다.)"

현정건은 의도적으로 '서울' 대신 '경성京城'이라 불렀다. 경성이란 용어는 경술국치 이전에도 있었지만, 일제가 조선의 수도인 서울의 격을 낮추기 위해 한성부를 경성부로 바꾸어 경기도에 포함시키면서부터 많이 사용된 말이다. 즉 경성은 일제와 친일파들이 좋아하는 호칭이다. 현정건은 일제 관헌의 비위를 맞추려고 일부러 '경성에 간다'고 대답했던 것이다. 과연 일제 관헌은 눈빛과 목소리가 단숨에 부드러워졌다.
"케에조오? (경성?)"
"소오데스. (그렇습니다.)"
"난시니? (무엇 하러?)"
"초오셴닌진오 시이레니 이키마스. (인삼을 구하러 갑니다.)"
"코오라이닌진우리데스카? (인삼 장수요?)"
"예. (그렇습니다.)"
행여나 싶어서 인삼에 대해 이런저런 공부도 해두었다. 물론 김동천에게 개인 학습을 받았다. 계옥에게서 인삼을 받은 이래로, 또 상해에 와서 가끔 김동천을 만나게 되면서 약간씩 지식이 쌓였지만 이번에는 체계적으로 배웠다. 그러나 일제 관헌은 인삼에 대해 더 묻지 않았다. 아직도 하선한 중국인의 줄은 길게 남아 있었다.

리한쿼은 인천부 지나정 38번지의 중국여관 원화잔元和棧에서 곤한 잠을 청했다. 산동성이나 남경에 거주한다고 하려다가 그만둔 것은 혹시 일경이 꼬치꼬치 캐물었을 때를 대비해 지리에 익숙한 상해가 좋겠다고 판단한 결과였다. 이는 한국인들이 많은 상해에서 왔다고 하면 일제 경찰이 오히려 덜 의심할 수 있다는 점을 거꾸로 이용한 역습이기도 했다.

다음날 아침, 서울행 기차에 올라 창밖을 내다보고 있노라니 산과 강, 들판과 나무들이 줄을 이으며 뒤로 흘러갔다. 한참 바깥 풍경을 감상하다 지루해져서 눈을 감자, 이번에는 상해에서 박은식 선생 등과 마주앉아 주고받았던 대화들도 꼬리에 꼬리를 물고 기억의 강을 이루며 흘러가기 시작했다.

"지금 우리나라 인구가 대략 1,700만 명 정도 되지. 그 중 천도교가 약 200만, 개신교가 약 20만쯤 될 걸세. 동학혁명의 전통을 계승하고 있는 천도교 쪽이 이번에도 중심 역할을 해줄 것이란 말이네."[40)]

박은식이 서두를 떼자, 이어서 선우혁이,

"아직 교세는 많이 약하지만 개신교 측도 전국 조직을 갖추고 있는 만큼 큰 힘을 보탤 것입니다. 개신교 인사들이 105인 사건[41)] 이래 일제에 큰 반감을 가지고 있지 않습니까? 저도 1910년 12월에 끌려가서 1913년 3월에 풀려날 때까지 2년 4개월 동안 온갖 고문을 당했지만, 105인 중에는 개신교 인사가 91명이나 되었고, 그 분들이 모두 엄청난 고통을 겪었습니다. 그 후 한국의 기독교 교인들 사이에는 일반인으로서의 정치적 자유와 신앙인으로서의 종교적 자유를 동시에 쟁취해야 한다는 인식이 더욱 강고해졌습니다. 한국 기독교는 기독교적 민족주의의 길을 올바르게 걸어가고 있습니다."

하고 말했다. 이때 곽재기가 목소리를 높여 천주교를 비판했다.

"그에 비하면 천주교는 아주 친일 행위를 일삼고 있습니다."42)

그러자 박은식이 껄껄 웃으면서 말했다.

"허허, 그래도 언젠가는 사랑을 실천하는 참종교로 제자리를 찾는 날이 오지 않겠는가? 그때가 되면 우리의 동지가 될 사람들이니 너무 나무라지 마시게."

박은식에 이어 신규식이 혀를 끌끌 찼다.

"그것 참……. 아무튼, 일제에 국권을 빼앗기고 어언 10년을 바라보고 있습니다. 긴 세월 동안 우리 민족이 당한 수탈과 차별은 차마 말로 표현할 수 없는 지경입니다. 그 동안 광복회를 위시해 수많은 지사들이 선도적으로 일제에 맞섰지만 이제는 거족적으로 항일 운동에 동참하려는 기운이 충만해지고 있습니다."

현정건도 당시의 국내·외 정세에 대해 언급했다.

"게다가 재작년에 15원 하던 쌀값이 지금 43원 57원까지 폭등한 지경이라 민중들이 굶어죽을 지경에 내몰려 있습니다. 고종 황제가 독살되었다는 소문도 물살처럼 방방곡곡으로 퍼져가고 있는 상황입니다. 지식인들 사이에는 미국 윌슨과 소련 레닌의 민족 자결 주장43)도 긍정적으로 받아들여지고 있습니다."

박은식이 말했다.

"모두가 맞는 말씀들이야. 그런 여러 요인들이 우리 민족에게 궐기를 강력히 촉구하고 있는 정세라 할

만하지. 예관의 말대로 우리 스스로가 내세웠던 대동단결선언이 큰 결실을 이끌어내고 있다는 점에서 아주 뿌듯한 마음일세. 어디 그뿐인가? 지구상 수많은 피지배 민족들 중 우리 겨레만이 유일하게 담대한 거사를 벌이는 것이니 얼마나 자랑스러운가! 이제 독립운동의 새로운 전기가 마련될 것이야."

기차가 '덜컹!' 소리와 함께 요란스레 흔들린다. 상해에 가라앉아 있던 정건의 머릿속도 덩달아 요동을 친 끝에 현재의 시간으로 돌아온다. 머잖아 서울에 닿을 것이다.
'서울이 가까워지고 있다!'
서울이 가까워지고 있다고 생각하니, 갑자기 정건의 마음이 혼란 속으로 빠져든다. 박은식 선생으로부터 '정건 군! 당분간 서울에 가서 활동을 좀 해야겠네'라는 말씀을 들은 이래 줄곧 하늘로 날아오를 것만 같은 기분이었다. 그저 꿈인지 생시인지 분간이 안 되는 지경에 붕붕 뜬 듯이 환락처럼 지냈다. 오로지 눈앞 허공은 초봄 아지랑이처럼 뽀송뽀송하게 피어오른 계옥의 미소로 가득 차 있었고, 눈앞 땅위는 늦봄 진달래꽃처럼 촉촉하게 흐드러진 계옥의 치맛자락을 깔아놓은 듯 어질어질했다. 모든 것이 몽유의 환상, 비현실의 세계를 노니는 듯했다. 독립선언서를 암기하고, 배편을 알아보며, 인천항과 남대문역의 검문검색 상황을 탐지하는 등 서울 잠입 계획을 급박히 추진하는 와중에도 현정건은 넋이 나가기라도 한 양 콧노래를 흥얼거리고 얼굴 가득 웃음꽃을 피웠었다.

그랬는데…… 이게 어인 일인가! 서울이 멀지 않았다는 생각을 하게 되자 돌연 답답하고 불안한 마음이 정건의 가슴을 쇠뭉치처럼 짓누르기 시작하는 것이었다. 대구 영선못에서 헤어질 때 계옥에게 '언젠가는 내가 데리러 올 터인즉 그때까지 몸성히 잘 있으라'고 다짐했었다. 서울 한남기생조합으로 김동천을 보내 안부를 전할 때에도 '언젠가는 내가 데리러 갈 터인즉 그때까지 몸성히 잘 있으라'고 당부했었다. 박은식 선생의 말씀을 들은 이후로는 '드디어 약속을 지키게 되었다'고 환호작약했었다. 그런데 서울에 가까워질수록 마음이 점점 뜻밖의 방향으로 옮겨가고 있으니 참으로 당혹할 일이었다. 난데없이 '계옥을 상해로 데려가는 것이 과연 가능한 일인가?' 하는 의구심이 벽력같이 솟구친 때문이었다.

'내가 계옥과 함께 상해로 가면?'

생각만 해도 정건은 마음이 후들후들 떨렸다. 닥치지 않아도 눈에 선하게 보이는 그 결과가 너무나 참담했던 까닭이다.

'상해에 있는 우리나라 관련 사람들, 독립지사든 일반 교민이든 밀정이든 일제 관헌이든 어느 누구를 막론하고 현계옥 이름 석 자를 모르는 이는 없다. 신문에도 종종 난 터라 얼굴도 대중적으로 알려져 있다. 그것도 모자란다 싶어 일제는 계옥의 사진을 자신들의 첩보망에 두루 배포할 게 틀림없다. 당연히 계옥은 상해 도착 순간은 물론이고 그 이후에도 계속 모두의 눈길을 사로잡게 된다. 이는 결국 계옥과 가까운 사람들의 소재와 신분이 노출될 수밖에 없다는 말이다.'

정건은 머리가 온통 뒤죽박죽되는 듯했다.

'나는 그 동안 계옥과 만나지 않은 것은 물론이고, 처음 5년간은 서신조차 교환하지 않고 지냈다. 그것은 아버지의 말씀을 잘 듣기 위해서가 아니었다. 결과는 그렇게 보일지 몰라도 자식으로서의 도리를 다하기 위해 내가 계옥을 멀리했다고 말할 수는 없다. 나의 행동은 모두의 안전을 위해서였다. 계옥까지도 포함해서 말이다. 그런데 지금 나는 모두의 생명을 앗아가게 되는지도 모르는 위험한 시도 앞에 서 있다. 무한한 인고忍苦를 한순간에 도로徒勞로 만들어 버리려 하고 있다. 이게 무슨 일인가! 이를 어쩌면 좋단 말인가!'

조금 전만 해도 머잖아 계옥을 만나게 된다는 기쁨으로 붕붕 날아다니는 듯이 여겨졌던 온몸이다. 그런데 갑자기 피가 통하지 않고 신경세포가 죽기라도 한 양 뻣뻣해지면서 전신마비를 일으키는 것만 같다. '어쩌면 좋단 말인가?'라는 자문자답에도 대답을 하지 못할 지경이 되고 말았다.

얼굴을 손바닥으로 싸맨 채 정건은 몸을 뒤로 눕힌다. 조금도 편안하지가 않다. 목은 마치 작두날에

눌린 것처럼 답답하고, 목덜미는 부러진 듯 무겁게 젖혀진다. 그래도 궁리가 멈추지 않고 계속된 것만도 다행이었다. 시간이 없으니 결론을 내지 않을 수도 없는 일 아닌가. 마침내 정건은, 섣부른 판단일는지는 몰라도, '나로서는, 방법이 없다'는 결론에 도달하고 만다. 짐짓 제 마음을 다독이기 위해 '이제 와서 그런 걱정을 한들 무슨 소용이 있단 말인가!' 하고 스스로를 꾸짖는 한편, '본래 임무부터 수행한 후 다시 해결책을 찾아보는 수밖에 …'라고 자위한다.

'중요한 일부터 먼저 하라고 했다. 계옥과의 문제는 긴급성을 따져보아도 그 뒷일 아닌가?'

그렇게 결론을 내린 정건은 역 광장에 선 채 가회동 손병희의 본집과 숭인동 상춘원常春園 중 어느 쪽부터 먼저 가볼까 잠시 망설인다. 이윽고 그는 상춘원으로 길을 잡는다.44) 어디로 찾아가야 의암 선생을 바로 만날 수 있을지는 알 수 없지만, 오늘 그를 뵙게 된다면 가회동보다 상춘원이 일을 마친 뒤 배재학당 쪽으로 이동하는 데에 지리적으로 유리했다. 상춘원에 아니 계신다면 그때 가회동으로 가도 되는 것이다.

동학 2대 교주 최시형의 일가 30여 명과 손병희의 가족들이 함께 거주하고 있는 가회동 집은 대지 2천여 평에 방이 200여 칸이나 되는 대저택이었다. 원래는 대부호의 집이었는데 저당에 잡혀 넘어가는 것을 1909년 반값에 사들였다. 아무튼 방이 대단히 많았으므로 이 집은 천도교는 말할 것도 없고 일반 단체 사람들까지 모여들어 회의를 여는 등 평소에도 매우 번잡했다. 당연히 일제 관헌과 밀정들도 두 눈을 부릅뜨고 가회동 집 출입자들을 감시했다.

손병희와 그의 측근들인 권동진, 오세창, 최린 등은 지난 25일 이 집에서 만났었다.[45] 하지만 그보다 닷새 전인 20일에는 상춘원에서 회동하였다.[46] 같은 장소에서 자주 모이면 일제의 촉수에 걸려들 우려가 높아진다는 점을 감안해서였다. 오늘 다시 상춘원에서 만나기로 한 것도 그 때문이다.

"작년 11월 이래 국내·외 지사들은 파리에서 열리는 평화회의 기간 동안 우리 민족의 독립의지를 인류에 떨칠 수 있는 독립운동 방안을 강구해 왔소. 그리하여 합의하기를, 중국·일본·서울에서 우리가 독립국임을 선언하고, 그 선언을 이천만 동포가 한목소리로 부르짖은 힘찬 모습을 과시하기 위해 궐기하기로 하였소. 머잖아 중국과 동경에서 독립을 선언할 것인 바, 국내에서는 거족적으로 궐기할 수 있도록 만반의 준비를 해야 하오. 원칙은 집중화·일원화·비폭력이오. 실효성과 명분을 중시해야 하오."

"옳으신 말씀입니다. 철저하게 준비를 하여 반드시 뜻하는 모든 것을 이룰 수 있도록 해야겠습니다."

20일 상춘원 회합에서는 그렇게 결의를 다지기도 했었다.[47] 실제로도 작년 연말 이래 길림 등지로부터 전해져오는 독립운동 계획을 국내에 어떻게 적용할지 논의하는 데는 상춘원이 가회동 집보다 여러 모로 나왔다. 상춘원은 본래 박영효의 별장이었기 까닭에 주택인 가회동 집보다 연회를 베풀기에 더 적절했기 때문이다. 손병희는 상춘원에서 주산월 등 기생을 끼고 음주가무를 즐기는 척하면서 3·1혁명을 추진했고[48], 그러던 중 현정건도 만났던 것이다.

"내일 길림에서 수십 명의 지사들이 독립을 선언하고, 8일경이면 동경 유학생들도 독립선언문을 발표한다고? 겸곡 선생이 그렇게 확언을 했단 말이지?"

손병희가 자못 떨리는 음성으로 현정건에게 묻는다. 권동진, 오세창, 최린도 벌떡 자리에서 일어나 현정건을 주시한다.

"그렇습니다. 남강 선생께도 사람이 갔습니다. 그리고…."

"그리고?"

"길림에서 발표될 독립선언문을 말씀드리겠습니다."

"오, 그런가? 어디 말씀해 보시게."

현정건이 '대한 독립 선언서' 본문을 힘차게 읽기 시작한다.

현정건이 들릴 듯 말 듯한 낮은 목소리로 '대한 독립 선언서' 본문 낭독을 마치자 박수소리가 터져 나온다. 배재에 함께 다녔던 김두봉[49], 김규홍, 허도중 등이 현정건을 상기된 얼굴로 바라보고 있다. 원래 정건은 고향으로 가서 궐기를 조직할 생각이었지만 대구 계성학교를 졸업한 이갑성이 그 지역을 책임지게 되면서 학연이 있는 배재학당을 첫 임무로 맡게 되었다.

오후 늦은 시간에는 보성고보를 찾아 김대준도 만났다. 김대준은 현정건이 아직 상해에 있을 때 동생 진건으로부터 '만나볼 만한 인물'로 추천을 받았었다. 김대준은 흔쾌히 3월 시위 참여 학생들을 부지런히 조직하겠노라 약속했다. 현정건은 그날 밤 가회동 집에서 최린을 만났는데, 배재학당 관련 보고에 이어 김대준과의 접촉 사실도 말했다.

"문학 청년으로 유명한 보성고보 김대준을 그저께 만났습니다."

최린이 너털웃음을 터뜨리면서 대답했다.

"핫핫핫! 이미 알고 있다네."

"예에?"

"내가 보성고보 교장 아닌가? 이 집에도 보성고보 학생이 한 명 있지. 이름이 정순철50)인데, 해월(최시형) 신사의 외손자라네. 김대준이 자네와 만난 이야기를 오늘 당장 정순철에게 했다네. 그도 그렇지만, 김대준은 내 누이의 아들이라네. 생질에게는 고모부가 독립운동을 권하는 게 당연할 텐데, 허허허!"

"하하, 미처 몰랐습니다."

그렇게 말하면서 정건은 속으로 '김대준과 정순철이 자기들과 교장 선생과의 관계를 다른 학생들에게 발설하지 않았던 모양이군. 인성이 좋은 청년들일세'라고 두 사람을 칭찬한다. 그러면서 김대준으로부터 받은 호감을 최린에게 밝힌다.
"아주 성격이 시원시원하고 생김새도 준수했습니다."
현정건이 그렇게 인물평을 하자 최린이,
"허허허! 그래도 그대와는 비교도 아니 되지!"
라면서 정건의 외모를 칭찬하였다. 정건이 쑥스러운 표정을 지으면서, 중얼거리듯이 대답했다.
"별말씀을 다하십니다."
그래도 최린은 멈추지 않고 계속 정건의 얼굴을 바라보면서 같은 말을 중언부언했다.
"그대는 어떻게 묘사하는 것이 적합할까? 음, 미남과 호남을 합해놓은 듯 아주 잘생긴 남자를 간명하게 나타내는 어휘 없나? 연약하게 보이지 않고 당당한 아름다움이 돋보이는 미남자, 영어로는 good-looking handsome man 정도! 아니야. 너무 설명적이야! 확 가슴에 와 닿는 선정적인 표현이 좋은데……."
민망하기도 하고 어이가 없기도 하고 해서 현정건이 말을 못하고 있는 중에 최린이 엄지손가락과 가운뎃손가락으로 '딱' 소리를 내면서 소리쳤다.
"그래! A better looking guy than Brooks! 브룩보다 잘 생긴 남자! 어떤가, 정건 군!"
최린이 말하는 브룩은 〈1914년〉 등의 소네트 연작, 뛰어난 미남, 이른 나이의 죽음 등으로 유명한 영국 시인 루퍼트Rupert 브룩이다. 영국 상류층 출신인 브룩은 케임브리지 대학을 마친 뒤 독일에서 유학을 하고, 미국·이탈리아·태평양 등지를 여행하던 중 세계대전이 일어나자 해군장교로 참전했다가 그리스 스카이로스에서 패혈증으로 죽었다. 현정건보다 다섯 살 위인 그는 8년 전인 1915년 4월 23일 세상을 떠났는데, 당시 나이 28세였다. 그가 전쟁터에서 쓴 〈The Soldier〉는 이렇게 시작한다.

> If I should die, think only this of me;
> 만약 내가 죽거든, 나에 대해 이것만 생각해 주오
> That there's some corner of a foreign field
> (내가 묻힌) 외국의 들판 어느 구석진 곳
> That is for ever England
> 그곳은 영원히 영국 땅임을.

일본이 세계대전 주요 참전국 중 한 나라였을 뿐만 아니라, 브룩의 사진과 시가 중국과 일본 신문에 드물지 않게 소개되고 있었기 때문에 그가 전쟁 중에 죽었다는 보도는 우리나라 지식인들 사이에 큰 관심을 불러일으켰었다. 그래서 최린과 현정건도 지금 브룩과 그의 시 〈The Soldier〉를 화제로 삼고 있는 것이다.

황당하기 짝이 없는 대화가 이어지니 정건으로서는 '허허' 하고 소리를 내어 웃는 도리밖에 없다. 그런데 최린이 더욱 사람을 황당하게 만든다.

"그 정도 인물이니 아무리 현계옥이라 한들 반하지 않고 어찌 배겨낼꼬?"

황망해진 정건이 고개를 들고 최린을 쳐다본다.
"예에?"
무심코 내뱉은 농담이 아니라는 것을 강조라도 하려는 듯이 최린이 갑자기 진지하게 말한다.
"배재 쪽은 독립선언서 인쇄가 끝나면 그것도 전달할 겸 다시 만나서 진행 상황을 점검하고, 모자라는 부분이 있으면 독려를 하면 되겠고 … 이제 정건 군이 맡을 두 번째 임무가 있네."
정건도 웃음을 거두고 최린의 말을 경청할 수밖에 없다. 최린이 주변을 휙 둘러보더니 아무도 없는 것이 확인되자 낮은 목소리로 정건에게 할 일을 밝힌다.
"한남권번51)의 현계옥을 만나 거사 계획을 말하고 협조를 당부하게. 자네와는 보통 사이가 아니라고 들었네만 …."
정건이 정신이 없는 중에 최린이 말을 덧붙인다.
"오랫동안 국외에 있어서 이곳 사정에 좀 어둡지 싶은데 … 기생들이 요즘 불만이 매우 많다네. 그 중 제일 큰 현안은 성병 검사가 더욱 강력해져서 '예기 단속 규칙'에 따라 정기적으로 옷을 벗고 조사를 받도록 강제된 점이지. 그러니 '우리를 창기 취급하느냐'면서 강력히 반발할 수밖에! 게다가 사상 기생도 한둘이 아니어서 일제 관헌의 주목까지 대단하고!"
아니 만나겠다고 할 수 있는 일도 아니다. 게다가 정건 본인도 언제 계옥을 찾아갈까 며칠 내내 고심에 빠져있던 중이었다. 언젠가는 계옥을 만나야 한다.

남에게 말은 못하지만 솔직히 독립운동을 떠나서도 그녀와 재회를 하고, 앞으로 둘의 사이를 어떻게 가꾸어갈 것인지 결정해야 한다. 다만 아직도 망설여지는 것은 그녀와 함께 상해에 가서 생활할 수 있겠는가 하는 점이다. 만나기만 하면 계옥은 틀림없이 상해로 데려가 달라고 할 텐데, 자신이 없다. 그렇다고 무턱대고 만남을 미룰 수만도 없다. 지금껏 상해에 머물 때는 그렇게 미루기만 했지만 지금은 서울이다. 모든 것이 다르다. 결론을 내리지 않을 수 없다.
그런데 어쩌면 좋은가. 결론이 내려지지 않는다. 이렇게 우유부단할 수가 있나 …… 싶어서 자신이 한심스럽다. 결론을 내리지 않고 어쩐단 말인가? 가슴은 일초라도 빨리 만나고 싶어 터질 듯이 달아오르는데 머리는 온갖 생각에 휘감겨 사람의 발목을 잡아당기고 있다. 이 무슨 이중 인간적 행태인가! 정건은 마음이 답답하다.
최린의 배웅을 받으며 뜰로 나서는데 말끔하게 양복을 차려 입은 젊은 신사 한 명이 환한 표정을 지은 채 앞에서 다가오고, 뒤에서는 최린이 부르는 목소리가 들려온다.
정건이 돌아보니 최린이 두 손바닥을 정면으로 내밀며 모두들 정지하라는 신호를 보낸다. 그 사이에 맞은편 신사가 정건 바로 앞까지 왔다. 최린이 가까이 와서 두 사람을 마주보게 세우면서 말한다.
"서로 인사를 시키려고 여기 서라고 했네."

최린이 정건부터 신사에게 소개를 한 후, 이어서
"중앙학교 송진우 교장일세."
하고 송진우를 소개한다. 두 사람이 반갑게 악수를
나눈다. 현정건보다 5세 위인 송진우는 1921년 사장
취임 이래 1936년 현진건 등이 일으킨 '일장기 말소
의거'로 총독부에 의해 강제 사직 당할 때까지 동아
일보와 인생을 함께한 독립지사이지만 해방 직후인 1
945년 12월 30일 한현우韓賢宇로부터 암살당한다(현정
건도 날짜가 같은 1932년 12월 30일 순국한다). 하지
만 자신의 생애가 그렇게 끝난다는 사실을 결코 알지
못하는 송진우는 지금 얼굴빛이 밝기만 할 따름이다.
 송진우의 표정이 그토록 환한 까닭은 이내 밝혀진
다. 송진우가,
 "동경에서 사람이 왔습니다."
하고 최린에게 보고한다. 최린이,
 "그래? 좋은 소식이 줄을 지어 달려오는군!"
하며 반긴다. 송진우가,
 "혹 수상한 자가 없나 확인하려고 먼저 제가 먼저
들어오는 길이었습니다. 가서 데려 오겠습니다."
하고는 대문 쪽으로 돌아간다. 잠시 후 역시 양복을
차려입은 청년 신사가 또 다른 양복 청년과 함께 세
사람이 서 있는 곳으로 걸어온다. 그들이 조금 가까이
오자 최린이 활짝 웃는 얼굴로 두 사람을 환대한다.
 "현상윤 군과 송계백 군 아닌가! 그렇다면 …? 송
군이 동경 유학생 대표인가?"

두 사람이 허리를 굽혀 모교 교장 최린에게 인사를 올리는 중에 송진우가 설명을 한다.

"송계백 군이 동경 유학생들로 조직된 조선독립청년단의 대표입니다. 보성학교 다닐 때 1년 선배로 절친하게 지냈던 현상윤 군이 우리 중앙학교 교사로 봉직하고 있지 않습니까. 그래서 서울에 도착하는 길로 중앙학교로 찾아 왔습니다. 셋이 숙직실에 숨어서 동경의 사정을 주고받은 끝에 가회동으로 오게 되었습니다."

최린이 송계백의 어깨를 두드리며 격려하고, 이내 모두들 방으로 옮겨 밀담을 나눈다. 송계백이 말한다.

"2월 8일 오전 10시에 동경 중심가 조선기독교청년회관에서 유학생 600여 명이 참석한 가운데 독립선언식을 거행하려 합니다. 온 일본이 경악을 할 것입니다. 그리고 지구상 전 인류가 우리의 독립의지를 알도록 하기 위해 상해에서 발행되는 〈The China Press〉와 〈The North China Daily News〉에 영문 독립선언서가 게재되도록 추진 중입니다. 이 과업을 성사시킬 임무를 띠고 이광수를 상해로 파견할 계획입니다. 저는 한글 활자와 인쇄기 구입비 등을 확보해서 돌아가야 합니다. 이제 마지막 남은 과제는 2·8동경선언에 이어 국내에서 대규모의 시위 운동이 펼쳐져야 한다는 사실입니다. 유학생들은 국내 소식을 학수고대하고 있습니다."

최린이 잠시 방 밖으로 나갔다가 들어와 송계백을 격려한다.

"동경 유학생 거사 자금으로 쓰라며 정노식鄭魯湜 지사가 전답을 팔아서 맡겨둔 돈이네.52) 국내 거사는 걱정하지 말고 유학생들은 부디 몸조심하라고 전하시게."

거사 자금을 받을 때 송계백의 표정은 조금 전에 송진우가 보여준 것만큼이나 밝다. 하지만 그가 2·8동경독립선언 직후 감옥에서 지독한 고문을 당한 끝에 마침내 순국하고 만다는 사실을 짐작할 수 있는 사람은 아무도 없었으니 이때 가회동에서 정건이 볼 수 있었던 송계백의 얼굴빛은 뒷날 생각하면 참으로 애잔한 것이었다.

상춘각에서 보신각 앞 한남권번까지는 10리쯤 된다. 정건은 걷기로 마음먹는다. 한 시간가량 소요될 거리이다. 지금은 얼마나 빨리 당도하느냐가 아니라 머릿속을 깔끔하게 정리한 다음에 계옥을 만나는 것이 중요하다. 어수선한 마음으로 만나는 것은 계옥에 대한 예의도 아니다. 8년이나 되는 장구한 세월 동안 헤어져 있었던 정인에게 '할 말이 없다'라고 말할 수는 없는 일이다. 이런 생각 저런 생각에 온갖 궁리까지 다해보아도 뾰족한 답이 떠오르지 않는다.

2월 초순이지만 추운 날씨는 아니다. 꽃샘바람이 한창 불어 닥칠 시기인데도 얼굴을 간질이는 훈풍에서는 온기가 가득하다. 고개를 숙인 채 비포장 도로변을 걸어가고 있는 현정건의 다리는 무겁기만 하다.

동대문을 지나 서쪽으로 더 나아가니 어떤 사람이 길가 나무 아래에서 쉬고 있다. 전차 레일이 눈앞에 보인다. 이내 전차가 오고, 그 사람은 정건 앞을 가로지르며 차에 오른다. 그 바람에 정건의 걸음이 잠깐 정지된다. 차장은 정건도 승객으로 여긴 모양이다. 전차가 잠깐 정차 상태로 정건을 기다리는 낌새다. 그러나 정건은 미동도 없이 땅만 응시할 뿐이다. 고개를 갸우뚱한 차장이 전차 옆구리를 손바닥으로 탕탕 치면서 '오라이!' 하고 소리를 지른다.

전차가 떠나고 나자 정건은 정신이 조금 드는 기분이다. 요란한 굉음이 온몸과 머리를 송두리째 뒤흔들어 댄 탓이다. 그 바람에, '민중들은 소박하기는 해도 자신에게 주어진 일을 감당하며 다들 저렇게 하루하루 살아가는데, 독립운동을 한다면서 나는 왜 이다지도 힘이 없는가' 싶은 마음이 일어났다. 그제야 머리 위의 나뭇가지들이 정건의 눈에 들어온다. 터덜터덜 걷던 걸음을 멈춘 채 홀린 듯 서 있던 정건이 이윽고 얼굴을 들어 위를 쳐다본다. 아직 겨울철이라 나목들이 벌거숭이 그대로 찬바람에 온몸을 드러내고 있다.

정건은 헐벗은 나뭇가지들을 대하노라니 마치 자기 자신을 보는 듯하여 애처롭게 느껴지기도 하고, 이맘때쯤이면 정원의 나무들을 쓰다듬으면서 가지치기로 한창 여념이 없을 아버지의 모습이 떠오르기도 했다. 주변을 둘러보니 농부들이 밭에서 전정 작업을 하고 있는 모습도 드물지 않게 눈에 들어왔다.

사실 정건은 서울까지 왔으면서도 대구로 찾아뵐 사정이 안 되는 형편이 며칠 내내 마음에 좋지 않았다.

"일반의 흰 매화에 견줘 홍매화는 왜 훨씬 일찍 개화할까? 겨울이 끝나간다는 우주의 섭리를 인간에게 알려주기 위해서지. 홍매화는 어째서 저토록 꽃잎이 적색일까? 곧 봄이 온다는 사실을 말하기 위해 혼신의 기를 다 쏟은 까닭이지."

끔찍이도 홍매화를 좋아하는 아버지가 한 말이다. 정건이,

"시인 다 되셨습니다, 아버지."

하자, 현경운은 홍매화처럼 붉어진 얼굴로 정건을 돌아보며 웃었다.

"허허, 그러냐? 내친 김에 시인묵객의 길을 한번 걸어볼까?"

아버지 현경운을 떠올리던 정건이 두 주먹을 불끈 쥔다.

'그래! 아버지가 나와 진건이를 꾸짖을 때 종종 하신 말씀이 있었지……. 다른 사람과 관련이 되는 일은 혼자서 예단하지 마라! 결론을 미리 내린 뒤 상대를 만나면 진심에 기반을 둔 허심탄회한 논의가 이루어지지 않는다! 맞아! 어른 말 들어서 손해 볼 것 없다고 했는데 내가 왜 생각이 거기에 미치지 못했을까?'

정건이 혼자서 고개를 끄덕이며 자신의 마음을 가다듬는다.

'앞으로 어떻게 하는 것이 좋을지는 나만의 문제가 아니다. 계옥이도 당사자다. 내가 혼자 끙끙거린다고 엉킨 매듭이 풀릴 과제가 아니라는 이야기다. 우리 두 사람이 각각 서로의 생각을 정확하게 알고 있을 때에만 논의가 가능하고 해결 방안도 도출될 수 있는 일이다. 만나서 내 생각을 솔직히 말하고, 계옥이 어떤 생각을 하는지 들어보자!'

이제는 걸을 까닭이 없어졌다. 정건은 후속 전차에 몸을 실었다. 전차는 이내 보신각 앞에 닿았다. 한남권번은 보신각에서 광화문 쪽으로 400여 보 떨어진 곳에 있다. 4분이면 닿을 수 있는 지척이다. 정건은 김동천에게 들은 위치 설명을 떠올리며 부지런히 잰걸음으로 움직였다. 과연 김동천이 말해준 그대로 한남권번 사무소 앞에는 인력거들이 줄을 지어 대기하고 있었다. 보기 드문 택시도 있었다.[53]

정건은 2층으로 올라가는 계단에 발을 얹었다. 주머니 속으로 들어간 그의 오른손은 명함 한 장을 만지작거리고 있다. 삼머리의 발육이 짧고 튼튼하고, 다리와 몸체가 멋지게 발달해 있으며, 수염뿌리가 없는 최고급 황백색 인삼 사진 아래에 '中國 上海 九江路 一三七 高麗人蔘 金洞天'이라 적힌 김동천의 명함이다. 김동천은 상해에서 헤어질 때 '권번 서무에게 이 명함을 내밀면서 심부름차 왔다고 하게. 아무래도 낯선 사람에게 자네 이름을 알려주는 것은 바람직하지 않을 듯하네'라고 했었다.

하지만 정건은 그 명함을 서무에게 내밀 일이 없었다. 계단에 올라 2층 출입문을 열었을 때 정면으로 얼굴을 마주친 사람은 서무가 아니라 현계옥 본인이었다.

"오빠!"

집무실 문을 열고 밖으로 나오려던 계옥이 놀란 나머지 뒷걸음질을 친다. 그녀는 손에 들고 있던 서류마저 바닥에 툭 떨어뜨린다. 분명히 웃는 얼굴인데, 어쩐지 눈물이 그렁그렁하다. 정건도 웃는 듯 우는 듯 분간이 되지 않는 표정으로 계옥을 바라본다.

김동천 편으로 '언젠가는 내가 데리러 갈 터인즉 그때까지 몸성히 잘 있으라'는 안부 편지를 보냈던 일도 어언 3년을 헤아리는 세월 전의 일이다. 그 이후 글을 주고받았다. 아니, 서한만 왕복했지 단 한 번도 만나지는 못했다. 계옥이 '오빠! 빨리 나를 상해로 데려가 주세요! 언제?' 하고 조르면 정건이 '조금만 더 기다려. 머잖아 데리러 갈 테니…'라고 달래는 문답만 줄기차게 오갔을 뿐 아무 진전이 없었다.

그런데! 지금 서로가 눈앞에 있다. 너무 좋으면 울음만 쏟아진다더니, 말 그대로 눈물이 앞을 가려 정인의 모습조차 흐릿하다. '언젠가 이런 날이 오면 참으로 멋진 말로 만남의 기쁨을 표현해야지!' 하고 별려 왔었는데 기껏 한다는 말이 그렇게 상투적일 수가 없다. 부리나케 달려온 계옥이 정건의 허리를 껴안은 채,

"꿈인지 생신지 모르겠어요! 정말 오빠 맞지요?"
하며 쳐다보았을 때 정건도,
"내가 발을 땅에 딛고 있는지 하늘에 떠 있는지 모르겠다. 네가 진정 계옥이냐?"
라고 엇비슷한 소리를 하였다.

사실 정건이 그렇게 질문 아닌 질문을 한 것은 이해가 될 만한 일이기도 했다. 대구 영선못에서 헤어질 때 아직 열다섯 가녀린 봉오리였던 계옥이 지금은 어엿한 스물넷 난만한 꽃이 되어 있다.

그 꽃이 지금 스물여덟 건장한 젊은 사내의 가슴에 흐드러지게 피어났다. 사내는 이제 그 어떤 것도 보지 못한다. 꽃밖에 없고, 꽃 뒤로는 하늘뿐이다. 꽃이 한 잎 한 잎 피어나면서 온 세상을 온통 하늘로 열어버렸다. 54)

하늘을 가득 채운 꽃의 붉은 향기가 천천히 지상으로 내려와 이윽고 사내의 숨을 끊고, 피어오르는 촉촉함이 사내의 눈을 막는다. 온몸이 마비된 사내가 입술을 더듬어 꽃술에 닿는다. 마침내 꽃이 사내가 되고 사내가 꽃이 된다. 꽃이 녹아서 떨어지고 사내도 꽃물에 젖어 하늘로 흘러간다.

심부름을 다녀온 서무가 집무실에서 인기척을 느끼고 작은 창으로 안을 들여다본다. 조합장과 웬 잘생긴 젊은 사내가 나란히 앉아 있다. 그것도 손을 다정하게 잡고서! 조합장이 찾아온 남자와 마주 앉지 않고 같은 쪽을 보며 앉아 있는 풍경은 처음 본다.

놀란 서무가, 현계옥이 조금 전에 그렇게 한 것처럼 뒷걸음질을 친다. 그러나 정건과 계옥은 문밖에서 나는 신발 끄는 소리를 듣지 못한다.

"알겠어요, 오빠! 정칠성하고 둘이서 서울은 물론이고 진주, 수원, 해주, 통영 등 전국에 있는 사상 기생들에게 두루 이야기를 해놓을 게요. 한금화韓錦花, 김향화金香花, 문월선文月仙, 김해중월金海中月, 이벽도李碧桃, 김월희金月姬, 문향희文香姬, 화용花容, 금희錦姬, 채주彩珠, 정홍도丁紅桃 이국희李菊姬 등등 앞장설 기생들이 많아요. 55) 서울 기생들에게는 독립선언식 일시와 장소가 정해지면 그때 그곳에서 경성 고아원 경비 보조 자선 공연을 개최한다고 공지하는 것이 좋겠어요. 예전에 한성권번이 같은 행사를 연 적도 있으니56) 총독부도 그러려니 하겠죠. 뒷일을 대비해서 실제로 자선 공연 준비도 하겠어요."

계옥의 말이다. 3월 초에57) 펼쳐질 만세운동에 한남권번뿐만 아니라 전국 기생들이 대거 참가할 수 있도록 조직화해달라는 정건의 당부에 대한 대답이다. 흐뭇한 미소를 머금지만 한편으로는 아쉬운 듯한 낯빛을 감추지 못하는 채 정건이,

"오빠라고 부르지 말랬지? 아직도 그렇게 부르네."

하고 계옥을 탓한다. 그러자 계옥이,

"벌써 몇 년째인가요! 오빠 말고 달리 부를 호칭을 정해 달란 것이?"

하며 정건을 흘겨본다. 정건이 양볼이 쑥 들어가도록 입을 다문다. 할 말이 없는 탓이다. 그때 계옥이 더욱 그를 궁지로 몬다.

"성재 선생은 만나 뵌 적이 있나요?"

이동휘 지사를 만난 적이 있느냐는 질문이다. 함남 단천 화로 사건 이래 이동휘는 나라 안 기생들의 일치된 추앙을 받는 인물이 되었다. 계옥이 이동휘의 안부를 묻는 것도 그 때문이다. 하지만 계옥이 무심코 던진 질문에 정건은 문득 몸과 마음이 땅속으로 가라앉는 것 같은 아득함을 느낀다. 다시 벗어날 수 없는 궁지로 처박히는 듯한 느낌이다.

"성재 선생은 북간도에 계시다가 요즘은 노령에서 활동 중이시라서 내가 뵐 기회가 없었어."

정건은 대답은 그렇게 하면서도 '만약 내가 노령에 있었거나, 성재 선생께서 상해에 머무르셨다면…… 내가 성재 선생에 관련되는 사안들을 스스럼없이 계옥에게 말할 수 있을까?' 싶은 의구심이 들었기 때문이다.

'아무 것도 모르는 것이 상책이다. 무엇인가를 알고 있으면 그만큼 위험하다. 왕산 허위 선생도, 고헌 박상진 선생을 비롯한 광복회 지휘부도 정보를 알고 있던 조직원 때문에 모두 순국하셨다. 내가 계옥에게 무엇인가를 알려주면 언젠가는 계옥도 죽고, 계옥으로 말미암아 다른 사람들도 죽게 된다. 그 무엇도 계옥에게 말하면 안 된다. 어떤 것도, 아무것도…….'

그런 생각이 정건의 가슴을 짓누르고 있다. 조금 전 계옥을 안고 불꽃처럼 타올랐던 밝고 환한 얼굴빛은 도대체 어디로 사라졌는지 기색조차 전혀 없고, 오직 어둡고 칙칙하게 가라앉은 표정으로 정건이 계옥을 바라본다. 그런데 놀라운 것은 '그 마음, 나도 알아요.' 하는 것만 같은 계옥의 눈빛이다. 계옥이 두 팔로 정건의 목을 껴안고, 입술을 귓불에 붙이면서 속삭인다.
"낭군님!"
정건은 불에 댄 듯 온몸이 붉게 달궈진다.
'낭군이라! 낭군이라!'
정건이 대답을 못한다. 아주 멋진 호칭이다 싶으면서도, 뭐라고 입이 떨어지지 않는다. 계옥이 팔을 풀고 얼굴을 떼면서 웃는다.
"왜 대답이 없나요? 내가 오랫동안 궁리 끝에 찾아낸 호칭인데! 싫나요? 오빠가 더 좋아?"
정건이 놀란 사람처럼 두 팔을 내젓는다.
"아니, 아니야! 아주 좋아! 정말 좋아!"
계옥이 '호호호!' 소리를 내면서 말을 잇는다.
"그리고 하나 더, 오랫동안 생각한 게 또 있어요."
이제 마음이 조금 안정된 정건이 계옥을 바라보며 묻는다.
"내가 지은 한시부터 일단 읊어보겠어요."
계옥은 시기 불분명의 중국 소녀 목란木蘭에 관한 전설에서 소재를 얻은 시를 읊는다.

목란은 군대에 징집된 늙은 아버지를 대신해 남장으로 전쟁터로 가서 10여 년 동안 많은 공을 세운다. 황제가 높은 관직을 내리지만 목란은 사양하고 귀향해 아버지를 모시고 다시 여자로서 살아간다.

"〈木蘭火兵 목란화병〉

馬訾江邊雲漠漠 마자강변운막막
滿珠沙上朔風驚 만주사상삭풍경
木蘭已謝當窓織 목란이사당창직
好向營中作火兵 호향영중작화병"

계옥의 낭송이 끝나자 진건이 한시를 우리말로 옮긴다.
"압록강 강변에 구름이 막막하고, 만주 벌판에는 북풍이 세게 부네. 목란은 이미 창 앞에서 베짜기를 그만두고, 전쟁터로 나아가 병사가 되었네!"
시 번역을 마친 진건이 놀란 눈으로 계옥을 바라본다.
"그렇다면?"
진건이 쳐다보자 계옥이,
"그래요! 나는 결심을 했어요. 깊이 깊이 생각한 결과이지요. 내 낭군님은 왜 나를 상해로 데리고 가지 않을까? 어째서 데리러 온다고 약속해놓고 실행을 않는 것일까? 그렇구나! 우리는 정인일 뿐 동지가 아니구나. 그것이 바로 나를 상해로 데리고 가지 못하는 까닭이구나. 지아비와 지어미는 한 집에서 살아야 당연하지만, 못할 말이 많은데 어찌 한 집에서 기거할 수 있을까! … 그래서 오늘이 오기만을 기다렸지요. 목란화병 시를 쓰고 기다렸지요. 목란처럼 전쟁터로 직접 나아가기로 마음을 굳힌 것이지요. 낭군님이 나를 데리러 오기만 기다릴 것이 아니라 스스로 원하여 가야겠다고 작심을 한 것이지요."
하더니, 문득 눈물을 쏟으면서 호소를 한다.
"계옥이도 상해로 가서 독립운동에 투신을 할 터인즉 낭군님은 나에게 오지 말라는 말만 아니 하시면 되어요. 그럴 수 있지요? 이석영·이회영 여섯 형제 일가권속이 남자 여자 가리지 않고 모두 1910년 만주로 갔고, 석주 이상룡·백하 김대락 선생 일가도 남부여대하여 1911년 압록강을 건넜지 않나요? 계옥이도 독립운동을 할 자격이 충분히 있지요. 외국말도 할 줄 알고, 승마도 상당하고, 운동에 능하니 총을 쏘는 일도 배우기만 하면 얼마든지 잘 할 자신이 있어요. 그러니까 제발! 상해로 데려가 달라고 하지도 않을 테니, 나 혼자 상해로 가는 것은 안 된다고 하지 말아 주셔요, 제발!"
계옥이 정건의 두 손을 붙들고 자지러지듯 다짐을 한다. 하지만 울음에 아주 잠겨버린 그녀의 마지막 목소리는 그믐달처럼 잦아들고 만다.
"나를 … 하나의 여자로만 여기지 말고 … 하나의 동지로 인정해 주면 안 될까요?"[58)]
이 말을 듣는 순간, 정건은 가슴이 부서지는 것만

같다. 심장이 찢어져 산산조각으로 뿔뿔이 흩어지는 것만 같다. 상해로 데려가 달라고 하지도 않겠다고 한다. 저 혼자서 상해로 가려고 하니 그것만은 막지 말아달라고 한다. 자기를 여자로만이 아니라 동지로 보아주면 안 되겠느냐고 한다.

어찌 안 되는 일이랴!

누가 안 된다고 막을 수 있는 일이랴!

저의 일이다. 그의 개인의 일이다. 누구든지 하라고 강제할 수도 없고, 누구든지 못하도록 저지할 수도 없는 일이다.

정건의 얼굴이 눈물로 가득 채워져 있다. 그런데도 정건은 닦으려는 낌새는 조금도 엿보이지 않는다.

'계옥이 이런 마음을 먹고 있었구나! 저 혼자서, 무시무시한 고독59) 속에서 저 혼자 자신을 달래며 살았구나! 아무에게도 입 한 번 열지 못하고, 그저 꾹꾹 참고만 있었구나! 내가 오면 그제야 말하려고 그토록 외롭게 기다리고 또 기다렸구나!'

정건이 자리에서 벌떡 일어선다. 계옥도 그의 손을 잡은 채 딸려서 몸을 세운다. 정건이 따스한 눈빛으로 계옥을 바라본다. 이윽고 그가 두 팔로 계옥의 어깨를 안으면서 말한다.

"그래! 가자, 상해로! 정인으로서! 동지로서! 함께, 가자!"

계옥이 언제 울던 얼굴이었느냐는 듯 밝은 표정으로 정건을 쳐다보다가 와락 그에게 달려들어 안긴다.

"정말이겠지? 진심이겠지? 날 달래려고 공연히 감언이설 하는 것은 아니겠지? 내 낭군 최고!"

계옥의 손이 정건의 옆구리를 정겹게 쓰다듬는다. 정건의 얼굴이 8년 전 대구 영선못의 밤처럼 곱게 물들어간다.

5. 영사관 마차를 타고 바라보는 위화도 풍경

　하지만 불과 20여 일 뒤인 2월 27일 정건과 계옥은 헤어지게 되고 말았다. 그 날 정건은 3월 1일 거사를 앞두고 마지막으로 김두봉과 만났었다. 그 전은 2월 24일 밤에 회동했었다.
　"조금 전 천도교 측과 개신교측 인사들이 3월 1일 오후 2시에 탑골공원에서 독립선언식을 거행하기로 합의가 되었네."
　현정건이 들뜬 목소리로 말하자 김두봉 또한 그에 못지않게 감격에 겨운 음성으로 대답했다.
　"호쾌한 소식일세! 이제 거사만 남았어. 세상이 뒤집어질 날도 며칠 남지 않았군!"
　그러면서 김두봉이,
　"어서 학생 동지들에게 알려야 해! 토요일 아닌가? 요즘은 연애한답시고 토요일이면 약속 정하는 학생들이 많아. 자네는 기혼자라서 사정이 다르지만, 하하하!"
하고는 재빨리 사라졌다. 그게 두 사람이 24일에 주

고받은 대화의 전부였다. 이야기를 늘어지게 나눌 겨를도 없었다.

사흘 뒤인 2월 27일 오후 3시경, 현정건과 김두봉은 다시 각황사(현 조계사 자리) 앞에서 만났다. 그날 각황사 뒤 보성중학 부설 인쇄소에서 독립선언서를 인쇄하기로 되어 있었다. 개신교 측 배포는 이갑성과 함태영이 주도했는데, 주로 28일 밤 인사동 승동교회에서 전문학교와 중등학교 지도자들에게 나눠줄 계획이었다. 그에 견줘 천도교 측은 시간이 촉박했다. 거리가 먼 평안도 · 함경도 · 황해도 등 북부 지방에도 보내야 하는 까닭이다. 그래서 선언서가 인쇄되는 족족 출발시킬 예정이었다. 그런 일정에 따라 두 사람은 지금 선언서 포장을 거들기 위해 학교 안으로 들어서려던 참이었다.

대웅전을 지난 현정건과 김두봉이 학교 교문 쪽으로 걸음을 재촉하기 시작한다. 웬 사내가 회화나무 고목에 몸을 숨긴 채 학교 쪽을 응시하고 있다. 두 사람은 '저게 뭐하는 자야?' 하는 눈빛을 서로에게 보낸다. 사내도 인기척을 느꼈는지 뒤를 돌아본다. 말이 들릴 만큼 가까운 거리는 아니지만 그래도 김두봉의 목소리는 낮다.

"다쓰시로 시즈노達城靜雄 같은데? 배재학교 담당 형사 말이야!"

그를 알지 못하는 현정건이 혼잣말처럼 되묻는다.

"왜놈인가 보군?"

"참담하지만, 한국인일세. 시키는 사람도 없었는데 저 놈은 경술국치가 되자마자 자발적으로 창씨개명60)을 했지. 본래 이름이 뭐였더라, 알았는데 기억이 안 나네···."

"그딴 놈 성명을 머리에 담아 두었다가 어디 쓸까! 그도 그렇지만, 그런 자가 왜 이 시각에 여기서 얼씬거리고 있지?"

김두봉이 고개를 갸우뚱하다가 다시 말을 잇는다.

"미묘한 일이군 ···. 어쨌든 저 놈을 다른 곳으로 이동시켜야 해. 자칫하다가는 인쇄와 배포에 심각한 걸림돌이 발생할 수도 있어."

현정건이 고개를 끄덕인다.

"저런 놈은 우연을 가장해서라도 혼을 내주어야 마땅하지."

'적당히 시비를 걸다가 도망을 치면 쫓아올 것이다, 그렇게 되면 저 자를 이곳에서 격리시킬 수 있다'라고 작전을 짰다. 학교 다닐 때 축구 선수로 이름을 날렸으니61) 달리기에 뒤처져 붙잡힐 염려는 없다. 두 사람이 약간 거들먹거리는 걸음걸이로 다쓰시로의 턱밑까지 다가가고, 이윽고 김두봉이 그에게 말을 건다.

"귀하는 무엇을 하는 작자이관대 잘 자란 선비나무에 기이하게 붙어 있는고?"

다쓰시로가 '별 미친 놈들 다 보겠군!' 하는 표정으로 두 사람을 쳐다보더니, 말도 그렇게 한다.

"별 미친 놈들을 다 보겠군. 이 몸은 종로경찰서 고등계 다쓰시로 시즈노 형사님이시다. 공무를 집행 중이시니 저리들 꺼져라. 경을 치기 전에!"

한껏 거드름을 피우는 다쓰시로에게 김두봉이 조롱을 보낸다.

"순사라면 순검 아니오? 총독 바로 아래 일인지하 만인지상의 엄청난 고관이로군!"

그렇게 비꼬는데 다쓰시로가 화를 아니 낼 리 없다. 다쓰시로가 김두봉의 멱살을 잡으려고 몸을 내밀었다. 그 순간 김두봉이 옆으로 날렵하게 피하면서 구두 코끝으로 그의 무릎을 툭 가로막았다.

"아이코!"

비명을 지르면서 다쓰시로가 앞으로 푹 쓰러졌다. 그런데 일을 이상하게 풀어가는 운이라도 작동했는지 다쓰시로의 몸이 한 바퀴 휙 돌면서 정건의 발등을 향해 떨어졌다. '더러운 놈이?' 하면서 정건이 뒤로 살짝 물러서니 다쓰시로는 그대로 '쿠당!' 소리를 내며 땅바닥에 몸을 박았다. 그러면서 두 손이 정건의 바지 끝에 닿았다.

"뛰어!"

김두봉이 고함과 함께 몸을 빼쳐 달아났지만, 정건은 꼼짝을 할 수가 없었다. 다쓰시로가 얼굴을 다치지 않으려고 무의식중에 두 팔을 뻗쳤는데, 저절로 정건의 양 바짓가랑이를 꽉 움켜잡았던 것이다. 게다가 직업의식이 발동한 다쓰시로가 호루라기를 세차게 불어댔다. 그러자 이색영당 쪽에서 순사 보조원 대여섯이 소리를 지르면서 달려왔다. 김두봉이 현정건을 구출하기 위해 달려들까 했지만, 보조원들보다 오히려 거리가 멀었다. 정건이 빨리 달아나라며 손짓을 하고, 결국 김두봉은 인사동 방향으로 내달렸다.

보조원들이 우르르 달려들어 정건을 발로 차고, 쓰러지자 목검으로 내리친다. 하교를 하던 학생들이 힐끗힐끗 돌아본다. 보조원들이 목검을 휘두르며 위협하자 학생들은 슬슬 물러난다. 한참 보복 구타가 끝난 뒤 다쓰시로가 보조원들에게 지시한다.

"일단 유치장에 처박아 놓아! 한가할 때 물고를 내놓을 것이다! 감히 다쓰시로 님의 옥체에 멍을 만들어?"

보조원들이 정건을 끌고 사라지자 다쓰시로가 바지를 걷고 멍이 든 무릎을 살펴본다.

'생각보다는 덜하군! 역시 나는 동작이 재빨라! 올림픽에 출전해야 할 인재가 여기서 썩고 있는 게야. 나라에 큰 손해지!'

다쓰시로가 자리에서 일어나 학교 부설 인쇄소인 보성사 앞에 바짝 다가선다. 잿빛 벽돌 2층 건물인 까닭에 느낌만으로도 뭔가 큰 일이 진행되고 있을 것 같은 분위기가 풍겨나는 곳이다. 순간, 다쓰시로가 눈을 동그랗게 뜨고 귀를 쫑긋한다. 어디선가 귀에 익지 않은 소리가 들려온다. '덜컹덜컹' 같기도 하고 '스륵르륵'처럼 들리기도 하는데, 아무래도 기계음에 틀림이 없다.

'이곳은 보성사 아닌가? 시험 시간도 아니고, 수업도 끝났는데 인쇄를 한다?'

미심쩍은 생각이 든 다쓰시로가 인쇄소 문을 밀치고 안으로 들어서려고 시도한다. 하지만 문은 안에서 굳게 잠겨 있다. 독립선언서를 인쇄하고 있던 사장 이종일, 공장 감독 김홍규, 총무 장효근이 놀란 얼굴로 서로를 돌아본다. 장효근이 재빨리 인쇄기 작동을 멈춘다. 다른 사람이 들어오지 못하도록 안쪽에서 폐문 해놓은 것을 확인한 다쓰시로가 고개를 갸우뚱하고는 더욱 세차게 '탕! 탕! 탕!' 문을 두드린다.

"문을 열어! 빨리 열란 말이다! 나는 다쓰시로 형사다!"

다쓰시로의 목소리가 인쇄소 안까지 쩡쩡 울린다. 이종일을 비롯한 세 사람은 어쩔 줄을 모른다. 김홍규와 장효근이 털썩 주저앉고, 이종일은 얼굴을 싸맨 채 인쇄기에 몸을 기대고 있다. 이제는 다쓰시로가 발로 출입문을 줄기차게 차댄다. 쾅! 쾅! 쾅!

이윽고 얼굴에서 손을 뗀 이종일이 출입문 쪽으로 간다. 여전히 주저앉은 채로 김홍규와 장효근이 그를 물끄러미 바라본다.

이종일이 걸어두었던 고리를 풀자 다쓰시로가 두 손으로 문을 밀치고는 불쑥 들어서려 한다. 이종암이 한사코 그를 막아본다. 하지만 이내 이종일이 뒤로 밀려 넘어지고, 다쓰시로가 우뚝 선 채 실내를 두리번대다가 인쇄기에 시선을 얹는다.

인쇄된 약간의 독립선언서가 기계 출구에 쌓여 있고 백지가 삽지되려고 대기하고 있다.

"일과도 끝난 시간에 어인 인쇄가? 문까지 걸어 잠그고서!"

다쓰시로가 묻는다. 세 사람 모두 대답이 없다. 다쓰시로가 씨익 웃으면서 다시 묻는다.

"이게 말하지 않는다고 사실이 숨겨질 일인가? 내가 가서 인쇄물을 보면 바로 알게 되는 사안인데!"

밀려 넘어졌던 이종일이 기다시피 쫓아와 다쓰시로의 허벅지 부근을 잡아당기면서 그의 전진을 필사적으로 저지한다. 조금 전 다쓰시로가 현정건의 하의 끝을 붙들고 매달렸던 것과 방향만 다를 뿐 대동소이한 장면이 벌어지고 있다. 다쓰시로는 이종일이 허벅지 일대를 잡는 바람에 무릎에 약간의 통증을 느낀다. 넘어질 때 땅바닥에 부딪혀 생겼던 멍이 새로 쑤셔온 것이다. 다쓰시로가,

"이거 놓지 못해?"

하면서 이종일을 밀친다. 이종일은 다쓰시로가 무릎 부위의 멍 때문에 그러는 줄 알 턱이 없다. 그저 무턱대고 다쓰시로에게 호소할 뿐이다.

"우리가 그 동안 형제처럼 잘 지내지 않았소? 별일 아니니 그냥 못 본 척 넘어가 주시오."

이종일은 명절마다 정기적으로, 또 이 자가 은근히 요구할 적마다 수시로 인사를 해왔다. 그때마다 이종일은 속으로 '나라를 독립시키기 위해 친일 매국

역적에게 뇌물을 바치다니 이 무슨 언어도단인가! 수운 대선사의 천심즉인심天心卽人心이라는 말씀을 신봉하지 않은 적이 없건만, 이 자에게 허리를 굽힐 때마다 나는 민심이 천심이고 내 마음이 곧 네 마음吾心卽汝心이라는 가르침이 참으로 의심스럽기만 하구나!'라며 통탄했었다.

"어허, 이 사장! 그게 무슨 말이요? 공직에 있는 사람이 맡은 소임을 다하지 않아서야 쓰겠소? 무엇을 인쇄 중이었나 확인은 해야지!"

다쓰시로가 이종일을 밀치고 인쇄기 앞에 가더니 화들짝 놀라, 미처 종이를 집어 들지도 못하는 채로, 벌벌벌 뒷걸음질을 친다. '宣言書'라는 커다란 제목이 맨 오른쪽에 있고, 이어서 '吾等은玆에我朝鮮의獨立國임과朝鮮人의自主民임을宣言하노라'가 보이고, 그 아래로 '公約三章'과 '朝鮮建國四千二百五十二年三月 日 朝鮮民族代表 孫秉熙……' 등이 얼핏 눈에 들어온다.

'선언서宣言書? 우리들은 이에 우리의 조선이 독립국임과 조선인이 자주민임을 선언하노라? 조선 건국 4천2백52년 3월 조선 민족 대표 손병희…? 이게 뭐야? 독립선언? 독립선언이라니!'

놀란 나머지 다쓰시로가 뒤로 '쿵!' 주저앉는다. 그 바람에 다쓰시로가 자신의 허벅지를 붙잡고 매달려 있던 이종일을 깔아뭉갠다. 이종일은 다시 머리를 바닥에 찧지만 아플 겨를도 없다. 숨이 넘어갈 듯 사정을 하는 음성으로 이종일이 다쓰시로에게 애원한다.

"이것만은 막아서는 안 되오! 오늘 하루만 못 본 것으로 하고 넘어가 주시오."

아직 다쓰시로는 정신이 없다. 봐주고 넘어가주고를 헤아릴 경황이 못 된다. 정신이 나가버린 듯 멍할 뿐이다. 그런 눈치를 알 리 없는 이종일은 다급한 나머지 그저 애걸복걸을 한다.

"내가 빌어서는 안 되겠소? 그렇다면 의암 선생님께 함께 갑시다!"

이종일은 다쓰시로에게 손병희에게 같이 가자고 말한다. 그의 내심은 '천도교를 이끄는 의암 선생님께서 직접 비는 경우라야 네가 눈을 감아 줄 수 있다면 그 분께 가자! 선생님께서도 오늘만큼은 네 놈에게 빌 것이다!'라는 생각으로 가득 차 있다. 그러는데 어떤 마음에선지 다쓰시로가,

"호, 혼자 갔다 오시오!"

한다. 다쓰시로의 말이 무슨 뜻인지 판단이 서지 않은 이종일이,

"혼자? 나 혼자 말이오?"

하고 되묻자, 재차 다쓰시로가,

"그래, 다, 당신 혼자 말이오. 당신 혼자 갔다 오시오!"

를 되풀이한다. 이종일은 다쓰시로가 그렇게 말했으니 시키는 대로 할 수밖에 없다. 이종일이 부리나케 달려가 자초지종을 알리자 손병희는 대뜸 5천원(현시세 약 6억원)이 든 돈상자를 내준다.

이종일은 선생이 거금을 주는 까닭도 묻지 않고 발바닥에 불이 나도록 달려와 그것을 다쓰시로에게 내민다. 다쓰시로는,

"오늘 나를 봤다고 아무한테도 말해서는 안 되오! 명심하시오. 그게 모두에게 좋소."

하고는 사라진다.

그 시각 이후 독립선언서62) 3만5천 장을 인쇄하고, 다음날 《조선독립신문》 1만 부를 제작할 때까지 보성사에는 아무도 나타나지 않았다. 그러나 5월 들어 일제는 다쓰시로를 검거해 고문 중에 죽였고, 6월 28일에는 인쇄소 보성사도 불을 질러 없애버렸다. 63)

열흘 이상 정건이 보이지 않자 계옥은 숨이 막혔다. 2월 27일과 28일은 그러려니 했다. 얼마나 분주할 것인가! 온 민족이 궐기하는 거사가 눈앞이니 정신적 여유도 시간적 틈새도 없을 터이다. 하지만 3월 1일에도 아니 보이는 것은 너무나 이상한 일이었다. 탑골공원에서 보았다는 사람도 없었고, 민족대표들이 독립을 선언한 태화관에서 마주쳤다는 이도 없었다. 공연을 여는 척하며 많은 기생들과 함께 팔각정 앞에 가 있었던 현계옥 본인도 거기서 정건을 못 보았고, 태화관에 머물러 있는 민족대표 33인을 탑골공원으로 모시려고 그리로 갔다가 온 보성법률상업학교 강기덕, 연희전문학교 김원벽과 한위건에게도 확인했지만 그곳에도 역시 현정건은 모습을 나타내지 않았다.

그렇다고 현정건 이름을 내걸고 공개적으로 수소문을 할 수도 없었다. 현계옥이 찾는다고 하면 총독부와 일제관헌은 물론이고 조선인들 사회에도 난리가 날 것이다.

누구냐?

누구야?

현정건이 누구관대 현계옥이 그토록 애타게 찾는 게야?

그렇게들 법석을 떨어댈 것이 분명하다. 온 민족이 일어나 독립만세를 부르짖느라 여념이 없는 중에도 그런 궐기에는 철저히 무심하고 오직 흥밋거리만 찾아 헤매는 시정잡배들이 어디 한둘인가! 생선을 본 고양이마냥 혀를 날름거려 댈 것이 너무나 자명하다.

'유치장으로 끌려간 사람들이 그렇게 많다던데…. 하기야 유치장에 갇혀 있는 게 지금 시국에서는 제일 안전하지. 그렇기만 하다면야 무엇이 걱정일까! 큰 탈이 난 것은 아닌가 싶어서 신경이 쓰이는 게지….'

열흘 이상을 그렇게 시름에 잠겨 있는 바람에 노파의 눈빛으로 변해버린 현계옥이 권번 집무실에서 넋을 잃은 채 앉아 있는데, 3월 14일 저물 무렵 엉뚱하게도 이상화가 나타났다.

"계옥 누이! 상화가 왔습니다!"

"아니? 어찌 서울에?"

대구는 한창 독립만세운동 중이라고 들었는데 갑자기 서울에 출현한 까닭이 무엇이냐는 뜻이다.

"대구는 3월 8일 서문시장에서 궐기를 하고, 10일에는 덕산정시장에서 또 대규모로 궐기를 했습니다. 나는 한 번도 참여를 못했는데, 일찍이 서울로 피신을 와 있었기 때문이지요. 왜놈들이 낌새를 채고 예비 검속을 하는 바람에 어쩔 도리가 있어야지요. 천도교 홍주일 경북교구장께선 3월 3일에 이미 구속되었고, 남산교회 백남채 장로께서도 8일 새벽에 피체되었지요. 나는 대구고보 학생들을 조직하고 있던 중 백 선생님께서 잡혀 가셨다는 말을 듣고 그 길로 급히 몸을 피해서 서울로 왔습니다."

계옥이 그를 위로하며 묻는다.

"잘했어. 잡혀가면 혹독한 고문을 당할 게 뻔한데 그럴 수는 없지. 그래도 남은 학생들이 잘 해낸 모양일세?"

"암요! 허범, 신현욱, 백기만, 하윤실, 김수천, 김재소, 박노일 등등 지도부가 중심이 되어서 학년별 동원 책임자까지 낱낱이 선임해 두었고, 태극기와 독립선언서도 만들어서 교단 밑에 감춰 놨었으니 만반의 준비를 다 했었지요."

계옥이 아까부터 상화의 옆에 멀뚱하니 서 있는 청년을 바라본다. 그제야 상화가 그를 소개한다.

"나보다는 4년 선배 되는 박태원 연희전문 졸업반 학생…. 우리하고 같은 대구 사람이고, 문학과 음악에도 재능이 우수한 인재랍니다. 재작년(1917년)에는 대구 최초의 혼성 합창단을 만들어 남성정 교회(현 제일교회)에서 공연도 했답니다."
 계옥이,
 "아, 그런가요? 뛰어난 인재를 만나서 반갑네요."
하자, 이상화가,
 "아, 까먹었네. 한 가지 더! 내가 서울로 피신을 와서 태원이 형 하숙에 얹혀 지낸 게 벌써 열흘이 목전인데… 계옥 누이 이야기를 하니 '한번 보고 싶다'고 해서 오늘 모시고 왔네요."
한다. 박태원이 얼굴을 붉히며 상화를 향해 가볍게 주먹질을 한다. 계옥이 '깔깔' 웃으면서,
 "이제 충분히 보셨나요?"
하자, 박태원의 얼굴이 더욱 붉어진다. 이때 다시 이상화가 말을 덧붙인다.
 "아, 아, 아! 까먹은 게 하나 더 있네! 태원 형이 노랫말을 붙인 유명한 곡이 있답니다. 내가 불러보겠습니다."
 이상화가 독창을 시작한다.

"넓고 넓은 바닷가에 오막살이 집 한 채
고기 잡는 아버지와 철모르는 딸 있네
내 사랑아 내 사랑아 나의 사랑 클레멘타인
늙은 아비 혼자 두고 영영 어딜 갔느냐"

 계옥이,
 "이 노래를 만드신 분이라고? 노래, 들어봤어요!"

하고 놀라며 경탄한다. 박태원의 얼굴이 더 더욱 붉어진다. 상화가,

"누이! 대구서 예까지 몸을 피해서 오기는 왔는데… 급하게 설치다가 보니 어머니께 말씀도 못 드리고 부랴부랴 기차를 타서 무척이나 경제가 어렵네요. 그래가꼬(그래서) 술맛을 영(완전히) 이자뿌릿구마(잊어버렸습니다)."

한다. 계옥이 다시 '깔깔' 웃으며 대꾸한다. 그렇잖아도 정건 걱정으로 마음과 몸이 까칠하여 술로 달래고 싶던 차였다.

"사투리까지 튀어나오는 것을 보니 정말 목이 마른 모양일세? 청년 작곡가님도 오셨으니, 좋아!"

그러자 박태원이 황급히 입을 연다.

"아, 아닙니다. 제가 한 일은 노랫말을 붙인 것뿐입니다. 곡은 미국 서부에서 광부들이 불러온 민요입니다."

계옥이 박태원을 보며 묻듯이 말한다.

"그런가요? 클레멘타인이 어부의 딸이 아니라 본래는 광부의 딸이군요."

"그렇습니다. 금광에 일하러 온 광부가 불의의 사고로 딸을 잃은 사연이 담겨져 있는 민요입니다. 가난한 민중이 가족적 비애까지 겪고 있으니 참으로 애달픈 곡이지요."

"우리 노래로 만들면서 어부로 바꾼 것이 아주 적절하다 싶어요. 우리나라는 광부가 드물기 때문에 마

음적으로 가깝지 않고 어부가 훨씬 친근하지요. 그런데 어머니도 없이 홀아버지 밑에서 자라던 딸이 그만 죽어버렸으니···."

말을 하다 말고 문득 계옥은 마음에 슬픔이 울컥 밀려오는 것을 느낀다. 정건의 동생 진건이 자신을 왜 미워하는지 잘 안다. 열한 살 나이에 어머니를 잃고 홀아버지 밑에서 컸다. 거의 스무 살이나 차이가 지는 큰형들과는 친해질 수가 없었기에 막내형인 정건과만 살뜰한 정을 나누었는데, 셋째형이 혼인을 하면서 막내형수를 어머니처럼 누이처럼 기대고 살았다. 그런데 유명한 기생이 나타나 자신의 세상을 흔들고 있다.

계옥은 진건을 생각하면 공연히 애잔하고 미안하다. 하지만··· 그 때문에 정건을 포기할 수는 없다. 혼자 노국(러시아) 또는 법국(프랑스) 등으로 떠나버릴 수도 없다. 그래서 계옥은 '한 살 위인 윤덕경을 형님으로 모시고 살면 되지 않나? 그게 대수인가?' 하고 수십 차례 스스로에게 다짐을 받기도 했었다.

진건을 생각할 때도 그렇고, 윤덕경을 떠올려도 그렇고, 자기 자신을 돌이켜볼 때도 그렇고 해서, 계옥은 속으로 움쑥 눈물이 솟아오르는 것을 느낀다. 그래도 숨을 멈추듯 억지로 눈물을 삼킨다. 이상화와 박태원 앞에서 속절없이 울어댈 수는 없다.

"역시 누이의 예술적 심미안은 대단하시오!"

눈치도 없이 이상화가 찬사를 늘어놓는다.

현전건은 이때 종로경찰서 정문 앞에 서 있었다. 3월 1일 정오가 지나면서부터 "조선독립만세!" "대한독립만세!" "군수쾌설君讐快雪 국권회복國權回復!" 등의 외침이 요란하게 유치장 쇠창살을 흔들어댔다. 어이없이 끌려와 아무 것도 하지 못하는 채로 갇혀 있는 신세가 서글프기도 했지만, 누구보다도 특히 상해의 상건 형이 걱정되어 입이 바싹바싹 탔다.

'내가 누군지 알면 저놈들은 악착같이 상건 형의 주소를 알아내려 들 텐데….'

복도를 오가는 순사놈들이 하나같이 악귀로 보였다.

'내가 고문을 이겨낼 수 있을까…? 이겨낼 수 있을까…?'

정건이 마음고생으로 저절로 수척해져가고 있는 중에도 만세시위에 참여했던 사람들은 끊임없이 끌려오고, 유치장은 점점 빽빽해졌다. 그러다가 마침내 발을 딛고 설 만큼의 송곳만한 빈틈도 없게 되었다. 그때 한국인 순사 하나가 출입구 앞으로 왔다.

"김돌수! 이팔부!"

이름이 불린 김돌수와 이팔부가 몸을 멈칫 떨며 순사를 쳐다본다. 선술집에서 잔뜩 마시고 무전취식으로 도망을 치다가 걸려든 자들이다. 긴장을 한 탓에 얼어붙어버린 두 사람이 대답을 않자 순사가 짜증스럽게 고함을 내지른다.

"입이 붙었냐, 새끼들아!"

그제야 김돌수와 이팔부가 '예? 예!' 하고 대답을

한다. 몇 사람이 더 호명되고 나서 이윽고 순사가.

"이한준!"

하고 불렀다. 인삼 판내상을 가장한 현정건의 중국 이름이다.

'드디어…!'

정건이 몸을 일으키는데, 자신도 모르게 전신이 후들후들 떨렸다. 고문실로 끌려가 참혹한 고통을 당할 때가 다가왔구나…!

유치장에 입실되기 전 정건은 자신이 중국에서 온 인삼 판매상 리한쥔이고, 인사동에서 만난 사내가 고려인삼을 싸게 살 수 있는 사람을 소개해준다면서 그 학교로 자신을 데리고 갔으며, 초면이라 그 자의 이름은 알지 못한다고 진술했었다. 또 자신은 폭행에 전혀 가담하지 않았다는 점을 누누이 강조했다. 그러면서 삼머리의 발육이 짧고 튼튼하고, 다리와 몸체가 멋지게 발달해 있으며, 수염뿌리가 없는 최고급 황백색 인삼 사진 아래에 '中國 上海 九江路둘 一三七 高麗人蔘 李漢俊' 명함을 내밀었었다.

"이름이 불린 자들은 밖으로 나온다. 실시!"

정건이 복도로 나온 사람들을 둘러보니 자신을 포함해 모두가 3월 1일보다 이전에 들어와 있던 잡범(?)들이었다. 과연 순사가 딱 들어맞는 말을 해주었다.

"운수 좋은 날이 따로 없군! 만세시위를 벌인 불량선인들 덕분에 풀려나다니! 유치장이 혼잡하면 잡범들은 훈방하라는 윗선의 명령이 계셨느니라!"

총독 하세가와長谷川好道가 '추호의 가차없이 엄중 처단하라'면서 시위대를 향해 발포명령을 내린 상황64)이었다. 만세시위 가담자들을 조사도 않고 풀어줄 수는 없고, 가둬놓을 시설은 모자라고, 궁여지책을 사소한 잡범들을 훈방하게 된 것이었다. 잡혀올 때도 어이없는 경과를 거쳤지만, 풀려나는 것 또한 정건이 생각해도 어이없는 결말이었다. 2)

아무튼 고문을 당하지 않고 풀려난 것만 해도 천만다행이라, 현정건은 나는 듯이 한남권번으로 내달렸고, 계옥이 두 젊은 청년들과 함께 명월관으로 갔다는 말을 듣고는 '누구와?'라고 궁금히 여기면서 또다시 바람같이 뛰었다. 명월관에 당도해 방문을 드르륵 여니 이상화가 놀라서 뒤로 넘어진다.

"아니! 상해에 계시는 형님이 어떻게 여길?"

정건도 같은 말로 묻는다.

"대구에 있어야 할 네가 어떻게 여기 있느냐?"

계옥은 정건을 끌어안고 싶지만 박태원과 이상화가 보는 앞이라 차마 그러지 못한다. 반가움과 원망이 뒤섞여 활활 타오르는 눈빛으로 계옥이 정건에게 말한다.

"어디 갔다가…? 사람 애를 태워 죽일 심산인가?"

---

2) 국가보훈처 누리집 〈2012년 12월 '이달의 독립운동가' 현정건〉 : 1919년 2월 현정건은 모종의 사명을 띠고 상해에서 밀입국하여 서울로 잠입하였다. 그러나 일본 경찰에 체포되었다가 3·1운동이 한창인 3월 중순에 석방되었다.

문득 계옥의 목소리가 떨리고, 울음기까지 배어난다. 정건이,

"미안, 미안! 본의 아니게 그렇게 되었네."
하면서 백배사죄하는 말투로 자초지종을 설명하자, 이윽고 따뜻한 바람이 불어 다시 방 안이 뜨뜻하게 달아오른다.

이런저런 대화를 주고받는 중에 김두봉이 서울 시내 이 집 저 집 옮겨 다니며 상해 망명을 도모하고 있고, 김대준은 체포를 피해 고향 전주로 숨는 데 성공하였다는 사실을 현정건이 알게 된다. 김두봉에 관한 것은 계옥이 말해주었고, 김대준 피신 소식은 박태원이 전해주었다. 박태원은 연희전문 문학부가 임시 강의 장소로 사용하고 있는 서울기독청년회관 지하실에 갔다가 시 쓰는 청년들의 만세운동 관련 현황을 들었다고 했다.

그렇게 한참 동안 권커니 잣거니 하던 중에 정건이 상화를 돌아보며 묻는다.

"우리 집에 가본 것이 언제냐? 특별한 소식은 없고? 어른들은 잘 계시더냐?"

그런데 계옥이 그 뒤에 꼬리를 달았다.

"형님도 잘 계시고?"

정건이 당황스럽기도 하고 민망하기도 해서 쑥스럽게, 그것도 남몰래 웃지만 이상화가 그것을 눈치챌 리는 없다. 박태원은 '형님'이 누구를 지칭하는지 알지도 못하고, 상화는 무심히 대답한다.

"예. 다들 무탈하게 계십니다. 만세 시위 준비를 하느라 2월 하순 이래는 뵙지 못하였고 … 설 때 세배를 드리러 갔었는데 예년과 같은 덕담만 하셨습니다."

"설? 올해는 양력으로 2월 1일이 설이었지? 그리 오래 되지는 않았으니 집에 별일이 없다고 믿어도 되겠군 …."

상화가,

"예."

하였다.

1919년 6월 19일, 현진건은 지금 압록강 너머로 신의주를 마주보고 있는 단동역을 향해 걸어가는 중이다. 역앞 광장에서 어떤 여인과 만나기로 약속이 되어 있다. 강을 넘으면 기차에 몸을 실어 대구 집에 들렀다가 다시 서울로 가야 한다. 65)

현진건이 그리로 이동하고 있는 것은 막내형수 윤덕경의 작은오빠 윤현진이 상해로 가져 온 아버지 현영운의 당부 때문이다. 현정건은 서울에서는 이상화로부터 들은 바 없지만, 상해에서는 도착 바로 다음날 처남 윤현진으로부터 대구 집의 특별한 소식을 들었다. 계옥은 뒤에 따로 움직이기로 하고 정건이 먼저 출발해 구강로에 닿았는데, 그 이튿날인 3월 23일 윤현진도 상해에 왔다. 66)

윤현진은 대구와 서울에 들렀다가 오는 길이라고 했다. 대구에서는 자신의 누이동생, 즉 정건의 아내인

덕경을 만나고, 서울에서는 여러 지사들을 접촉해 국내 정세를 정밀하게 파악하고 온 것이었다. 윤현진은 정건에게 '상해에서 부부가 함께 사는 것이 어떤가?'라고 권했고, 정건은 '가정부假政府(임시정부)를 조직하는 일로 경황이 없으니 그 일은 천천히 시간을 두고 고민해보세'라고 답하였다. 그러자 윤현진은 그에 대해서는 더 이상 언급하지 않고 다른 이야기를 거론했다.

"사돈어른께서 말씀하시기를….''

윤현진이 전하는 현영운의 말을 요약하면, '나의 하나밖에 없는 사촌(현보운)이 신병을 이기지 못한 까닭으로 임종에 가까워졌는데, 애초 자식이 없었으므로 살아생전 막내(현진건)로 입후入後(양자로 들임)하기를 바라니 빠른 시일 내에 귀국시켜 서울 관훈동으로 갈 수 있도록 조치하기 바란다'는 내용이었다.

"한 분뿐인 당숙이 별세를 눈앞에 두고 부탁하는 일인데 어쩌면 좋겠느냐?"

정건이 그렇게 말하면 이어서 진건이,

"그 참… 돌아가시는 분의 마지막 소원을 외면할 수도 없고… 나는 중국에 머물러 있는 채로 그냥 양자 입적만 하면 안 될까…?"

라며 답답한 제 마음을 달래고, 다시 정건이,

"살아계시는 동안에 너를 직접 만나기를 소원하시는데, 그렇게는 될 일이 아니다. 네가 귀국을 하는 도리뿐인 듯하다…."

라고 탄식을 하면 다시 진건이,

"그 도리뿐이겠지…?"

하고 반복하는 식의 대화가 되풀이되다가, 결국은 진건이 이번 학기를 끝으로 후장대학에서의 독일어 공부를 그만두기로 했다. 어쩔 것인가. 정건과 진건이 아무리 궁리를 해도 그 결론을 피해갈 뾰족한 묘수는 발견되지 않았다.

사실 정건은 아버지 현영운에게 진건을 중국으로 유학 보내라고 청했던 당사자였다. 그런 만큼 윤현진에게서 아버지의 당부를 처음 들었을 때 그는 상당히 마음이 혼란스러웠다. 서울과 일본 유학을 스스로 중도에 접었던 동생 진건이 후장대학 입학 권유만은 유쾌하게 받아들였던 기억이 너무나 생생한 까닭이다. 게다가 진건도 이제 나이가 스물이다. 그뿐도 아니다. 이미 혼인까지 한 몸이다. 이번에 귀국하면 외국 유학을 재시도하는 것은 사실상 불가능하다. 그런데 문득, 그와 반대되는 생각이 불쑥 일어나는 바람에 정건은 스스로 양심의 가책을 받기도 했다.

'계옥이가 상해에 온 후로는?'

그렇게 따져 보니, 동생의 귀국이 은근히 기다려지는 것이었다.

'줄곧 처남 눈치를 살펴야 하는 상황에 진건이까지!'

임시정부에서 일할 각오 아래 처자를 고향에 버려두고 상해로 망명해온 윤현진이 누군가? 아내 윤덕경의 바로 위 오빠다.

'내가 계옥과 한집에서 살게 되면 처남이 어떻게 나올까?'

그 생각만으로도 정건은 오금이 지릴 지경이다.

'거기에 진건이까지 가세하여 잔소리를 해대면?'

끔찍하다.

그렇게 자신의 입장을 헤아린 끝에 정건의 내심은, 차마 입 밖으로 발설할 수는 없었지만, 진건이 국내로 돌아갔으면 하고 바라는 지경까지 변하고 말았다. 그것이 정건으로서는 은연중에 양심상 가책이 되었던 것이다.

정건의 그런 속마음을 알 리 없는 진건은 형에 비해 심경이 오히려 단순한 편이었다. 계옥이 머잖아 상해로 온다는 사실을 짐작조차 못하고 있었으니 그 정도에서 생각이 멈출 수밖에 없었다.

'독일어를 공부하며 보낸 상해에서의 대학 생활이 1년 만에 중단되는구나. 앞으로 내 인생에 두 번 다시 유학 기회는 없겠지…? 서울 보성고보와 일본 세이조오 중학 시절 그토록 지긋지긋하게 느껴졌던 것이 유학인데, 마지막이라 생각하니 오롯이 아쉽기만 하네…. 사람 마음이 이토록 간사하구나.'

그리고 또 한 가지, '후장대학 독일어 전문학부 수학을 마치고 나서 앞날의 진로를 확정하려 했는데 그때까지 기다릴 시간 여유가 없어졌구나…' 하는 생각이 가슴을 가득 메워왔다. 형처럼 망명 지사로서 국외 독립운동에 전념할 것인지, 아니면 국내로 돌아가 다른 방식으로 항일 운동을 할 것인지 결정해야 하는 시점 앞에 놓인 것이었다.

부귀영화를 누리기 위해 친일주구가 될 수는 없다. 그렇다고 이도저도 아닌 소시민으로 살아가는 길 또한 애당초 고려 대상이 아니었다. 중국에 체류하면서 민족의 미래를 위해 헌신하는 길은 이제 끊겨버렸다. 귀국은 피할 수 없는 외길로 앞에 놓였고, 국내에 머물러 살아갈 수밖에 처지에 몰렸다. 그렇다면 …?

그렇게 고민을 하고 있는 동생 진건에게 형 정건은 귀국을 권유하면서 이렇게 말하기도 했다.

"너는 어려서부터 공부할 적에는 모범적 학생, 유망한 청년이란 칭찬을 들었다. 다른 아이들이 운동장에서 그렇게 신나게 뛰어놀 때에도 너는 한 자라도 더 알려는 마음으로 책을 보았고, 공일도 모르고 휴일도 없이 독서를 했다.67) 사실 너는 총칼을 들고 일제와 싸우기보다는 붓으로 적을 공격하는 것이 훨씬 정체성에 어울리는 사람이다. 내 판단은 그런데 너는 어떻게 생각하느냐?"

형 정건의 그런 분석을 들으면서 현진건은 내심 '내가 혁명가 기질이 못 되어 총칼로 저들에게 대들지는 못하나 어려서부터 글 쓰는 데에는 약간의 재주가 있으니 그것을 무기로 식민지 지식인에게 주어진 몫을 감당해야 마땅할 것이야!68) 조선의 땅을 든든히 디디고 선 소설을 써서69) 일제를 고발하고 민족의 궐기를 촉구하리라!' 하고 스스로를 격려하기도 했다.

그리하여 6월 중순 마침내 현진건은 귀국 보따리를 쌌다. 1년 전 대구에서 가방을 꾸릴 때 챙겼던 나카무라 기치조의 《Ibsen》 등을 다시 짐에 집어넣고 있는데 형 정건이 말했다.
"인천으로 가는 것이 좋지만 이번에는 압록강을 건너야겠다."
정건은 지난 1월 30일 자신이 이통호 편으로 인천에 입항했던 일을 돌이켜보고 있다. 부두에서 검문을 한 일본인 형사가 상하이 청년 리한쥔의 얼굴을 기억해낼지도 모른다.
"조심, 또 조심해야 해!"
정건이 당부를 한다. 보성중학 앞 각황사에서 어이없게 순사들에게 끌려가 종로경찰서 유치장에 갇혔던 실수를 반추하지 않을 수 없다. 3·1만세운동으로 수감자가 폭증하면서 운수좋게 풀려났지만, 만약 신분이 드러나 고문을 당하게 되었으면 어찌 될 뻔했는가! 곧고 강건한 심지를 발휘했으면 혼자 옥사를 했을 터이고, 그렇지 못하고 고문에 굴복했으면 지금쯤 상건 형을 비롯해 여러 독립지사들까지 피해를 입게 되었을 것이다. 당연히, 조심하고 또 조심해야 한다.
진전은 신신당부를 하는 형을 쳐다보며 '본인은 잡혀가서 3·1독립시위 때 고함 한 번 못 질렀으면서…' 하고 속으로 혀를 찬다. 현정건 자신은 창피해서 말을 못했지만 진건은 이미 윤현진에게서 형의 유치장 굴욕을 들었다. 그래도 이런 때는 모를 척 넘어가는 것이 좋다는 것쯤은 스무 살 진건도 익히 짐작하는 바이다.
"단둥에서 기차를 타고 신의주로 넘어가면 무시무시한 검문검색이 있을 텐데…."
진건도 걱정이 된다. 지금은 형 정건이 종로경찰서에 잡혀갔던 일을 두고 이러쿵저러쿵 말할 계제가 아니다. 어떻게 하면 신의주를 지키는 일제 관헌의 눈에 발각나지 않고 국내로 무사히 들어가느냐, 그것만이 중요할 뿐이다.
"선우혁 선배처럼 단둥 안동여관으로 찾아가서 길을 모색하는 것이 최선인 듯하다."
그렇게 결론이 났고, 약 1년 만에 세이죠오 중학 교복을 다시 차려입은 현진건은 어제 단둥 부두에 내렸다. 이제 안동여관으로 찾아갈 차례였다. 기선 안에서 몇 번이나 되풀이해서 보았던 약도를 재차 꺼내어서 확인하려고 주머니에 손을 넣는데, 광장에 서 있던 마차에서 젊은 여인이 나오며 환하게 미소를 짓는다.
"쇼오세츠카시보오노 센세에, 마타 아이마스네? (소설가 지망생님, 또 만나네요?)"
유학을 올 때 기차에 동승했었던 바로 그 일본 여성이다. 세상에 이런 우연이! 아무튼 얼굴을 아는 사람을 만나는 것은 좋은 일이 아니다. 그렇다고 반가운 표정을 아니 지을 수는 없다. 진건도 밝은 낯빛을 보이면서 답을 한다.
"에? 콘니치와? (어? 안녕하세요?)"

젊은 여인이 눈웃음을 지으며 말한다.

"혼토오니 구우젠노요오데쇼오? (참으로 우연 같죠?) 데모 이에 이에. (그렇지만 아니에요.) 옷토가 안도오 료오지다 쇼오데스(남편이 안동현 영사랍니다.) 와타시와 호보 마이니치 코치라노 후토오토 탄토오에키오 오토즈레마스. (나는 거의 매일 이곳 부두와 단둥역을 방문하지요.) 료오지후진노 오모나 시고토노 이치 츠가 라이호오샤노 오쿠산오 무카에테 미오쿠루 코토데스카라네. (영사 부인의 주요 업무 중 하나가 주요 내방객들의 부인을 맞이하고 전송하는 일이니까요.)"

옆에서 시중을 드는 여자아이가 질문을 던지며 끼어든다.

"다레? (누구?)"

영사 부인이,

"보쿠가 요쿠 싯테이루 미라이노 삿카산…. (내가 잘 아는 미래의 작가님….)"

하고는 여자 아이에게 마차 쪽을 가리키며,

"키미와 시바라쿠 무코오니 잇테 맛테이루. (너는 잠시 저쪽으로 가서 기다려.)"

라고 하자 여자 아이가 그리로 물러간다. 아이가 수레로 가서 마부와 뭐라고 말을 주고받는 것을 확인한 영사 부인이,

"와타시타치가 마다 오타가이나마에모 시라나이데스네. (우리가 아직 서로 이름도 모르는군요.)"

하더니, 곧장 자기 이름을 댄다.
 "와타시와 마츠다 후미코…. (나는 마츠다 후미코 松田文子….)"
 현진건도 위조 학생증에 기입해둔 가짜이름 '有島武郞'의 일본식 발음 '아리시마 다께오'를 끌어대어 화답한다.
 "아리시마 다께오…."
 그런데 미처 말을 다 하기도 전에, 그녀가 엄지손가락을 세로로 세워 자기 입술을 막으며 아주 낮은 목소리로 말한다.
 "현, 진, 건!"
 현, 진, 건?
 현, 진, 건이라니?
 본인인 현진건이 놀란 나머지 뒤로 나자빠질 지경이다. 일본인이 아닐지도 모른다고 생각한 적까지 있는 이 여성이, 안동현 주재 일본 영사의 부인인 것도 모자라 내 이름까지 알고 있다니! 이게 도대체 어찌된 일인가! 신의주는커녕 안동여관에도 닿기 전에 일제 밀정들에게 에워싸여 끌려가게 생겼다는 것인가?
 영사 부인이 웃음기를 머금은 표정으로 말한다.
 "나카무라노 혼니 카이테앗타케도? (나카무라의 책에 적혀 있던데?)"
 《Ibsen》에? 그렇구나! 일본에 있을 때 구입해서 '玄鎭健'이라고 서명을 해 뒀었지. 누가 이름을 알게 될까 걱정할 일이 없던 시절이었으니까…. 하지만 압록강 너머로 월경을 할 때는 조심을 했어야지…. 그걸 이 일본 영사 부인이 보고야 말았구나!

당황한 나머지 말을 잃어버린 정건을 보며 영사 부인이,

"손나니 오도로쿠 코토와 나이데스. (그렇게 놀랄 것은 없어요.) 니혼니모 칸코쿠가 도쿠리츠스루 코토오 노조무 히토가 이마스. 타토에 소노 스우와 스쿠나이가. (일본에도 한국이 독립되기를 바라는 사람들이 있어요. 비록 그 수는 적지만….) 와타시모 손나 니혼진노 히토리데스. (나도 그런 일본인의 한 사람이지요.)"

하더니,

"후세 타츠지산노 오나마에와 오키키니 낫타데쇼오? (후세 다쓰지布施辰治 씨의 이름은 들어 보았지요?)"

한다.

후세 다쓰지는 2·8동경유학생독립선언으로 피체된 송계백 등을 위해 활동한 일본인 변호사다. 현진건이 읽어보지는 못했지만, 후세는 1911년에 이미 '조선의 독립운동에 경의를 표함'이란 글을 발표한 적도 있었다. 그는 뒷날 한국정부로부터 독립유공자로 인정을 받았는데, 사회주의 운동가라는 점에서 몇 년째 포상이 미뤄지는 우여곡절을 겪는다.

"샤카이슈기운도오오 스루 니혼진노 시지키반와 로오도오쿠미아이노 세에료쿠가 토쿠니 소오데스. (사

회주의 운동을 하는 일본인들의 지지 기반은 특히 노동조합 세력이지요.) 칸코쿠노 도쿠리츠운도오카니 바쿠단오 츠쿳테쿠레루 니혼진모 이루토 키키마시타. (한국의 독립운동가에게 권총을 구해주거나70), 폭탄을 만들어주는 일본인도 있다고 들었어요.)71)"

이야기가 이렇게 번지니 진건도 적이 마음이 놓인다. 영사의 부인인 이 젊은 일본 여성 마즈다 후미코가 자신에게 위해를 가할 염려는 없어 보였다. 게다가 마즈다는 나혜옥을 거론하여 더욱 현진건의 마음을 편하게 해주었다. 마즈다 후미코는,

"마에니 키샤데 앗타 토키 단조 뵤오도오노 혼오 못테이루노오 미테 코오칸오 칸지마시타. (전에 기차에서 만났을 때 남녀평등 책들을 가지고 있는 것을 보고 호감이 느껴졌지요)"

라면서, 자신과 나혜석이 친구라는 사실을 소개했다.

"나, 혜, 석, 와타시요리 밋츠시타다케도 타다노 보쿠노 토모다치데스. (나혜석, 나보다 세 살 아래지만 그냥 내 친구죠.) 나, 혜, 석, 이루데쇼? (나혜석, 알죠?) 단조뵤오도오오 슈초오시타 진구우데스네. 소오유우 테에마데 쇼오세츠모 카키마시타. (남녀평등을 주장한 친구지요. 그런 주제로 소설도 썼고요.) 하가데모 앗테… 소데문케에무쇼니 오나지 바쇼니 이루데스가… (화가이기도 하고…. 지금 서대문형무소에 갇혀 있는데….)"

마츠다 후미코는 나혜석이 자신의 동경여자미술전

문학교 3년 후배라고 했다. 진건은 작년 봄 일본에 있을 때 여자 유학생회가 발간한 《여자계女子界》 2호에서 나혜석의 단편소설 《경희》를 읽었다. 일본 유학 중인 경희가 귀국하여 집에 머무르는 동안 아버지 등으로부터 '여자는 시집가서 남편 뒷바라지를 하며 편하게 사는 것이 제일'이라는 논리의 결혼 독촉을 받다가 '여자도 팔다리가 성하면 스스로 일하여 먹고사는 것이 인간다운 삶'이라고 반박하는 내용이었다.

당시 진건은 '아, 우리나라에 이런 소설도 있구나! 훌륭한 내용을 다룬 소설이야!'라고 생각하면서 '나혜석을 한번 보고 싶다'고 생각했었다. 그러나 4세 연상의 나혜석과 만나기 이전에 그는 귀국했고, 지금 그녀는 3월 1일 만세시위 때 정신여학교 미술교사로서 학생 시위를 주모한 혐의로 피체되어 서대문형무소에 갇혀 있다고 한다.

"와타시가 난노 콘난모 나쿠 카와오 와탓테 시니주니 이키 렛샤니 노루요오니 테츠다이마스. (내가 아무 어려움 없이 강을 건너 신의주에 가서 기차를 탈 수 있도록 도와주겠어요.)"

그렇게 해서 현진건은 다음날 그녀와 단동 역전에서 재회하기로 했다. 마즈다 후미코가 그냥 단동에서 기차를 타라고 권했지만, 현진건은 신의주 승차를 고집했다. '언제 또 볼 기회가 있을까' 싶은 미련이 생겨나자 위화도를 다시 한번 눈에 담아야겠다는 열정이 솟구쳤던 것이다.

그래도 혹시나 하는 걱정에서 안동여관 아닌 다른 곳에서 하룻밤을 지냈다. '타야마마데 만슈우데 카츠도오시테마스(배정자까지 만주에서 활동하고 있어요)3)'라는 마츠다 후미코의 말은 현진건을 잔뜩 긴장하게 만들고도 남았다. 여기저기서 밀정들이 눈을 부릅뜨고 있으니 단순한 일본 청년 여행객인 양 행동하는 것이 바람직하다는 마츠다 후미코의 조언을 고스란히 받아들였던 것이다. 물론 그녀가 안동여관의 존재까지 알고 있는 것은 아니었다.

일출 햇살이 압록강 수면을 눈부시게 비추고 있는 아침, 불안감이 전혀 없는 것은 아니지만 현진건은 비교적 가벼운 마음으로 단둥역 광장을 향해 나아가고 있다. 마츠다 후미코가 그를 일제 관헌에 넘기려 들었다면 벌써 작년에 그렇게 했을 것이고, 최소한 어제라도 끌려갔을 터이다. 시간을 끌어 오늘까지 미룰 이유가 없다. 게다가 나혜석이며 나카무라의 《Ibsen》, 그리고 후세 다쓰지 이야기도 그렇다. 마츠다 후미코에게는 미심쩍은 구석이 없다.

저쪽에서 마츠다 후미코가 환하게 웃으면서 손을

---

3) 한국학중앙연구원, 《한국민족문화대백과사전》, 〈배정자〉 : 1918년 10월부터 1919년 10월 29일까지 만주 하얼빈 주재 일본총영사관 직원으로 활동했다. 1920년에는 총독부가 만주 지역에 설립한 첩보단체 만주보민회에 가입해서 활동했고, 1920년 일본군의 시베리아 출병 때는 봉천의 일본 총영사관 직원으로 만주, 시베리아를 오가며 군사 스파이로 활약했다.

흔드는 모습이 보인다. 어제와 조금 달리 마차가 그녀 옆에 바짝 붙어 있고, 여자아이도 바로 옆에 서서 자태를 뽐내는 모양새다. 어제와 전혀 다른 광경은, 그들 가까이에 인력거가 한 대 놓여 있는 점이다.

　진건과 반갑게 인사를 나눈 마즈다 후미코는 여자아이를 시켜 마차에서 트렁크를 하나 꺼내었다. 그녀는 진건의 가방을 받아 그 안에 집어넣고는 '安東 領事館'이라 인쇄된 종이를 여닫이 위에 붙였다. 그리고는 진건에게 명찰 비슷한 것을 주었는데, '有島武郞' 네 글자가 선명하게 박혀 있는 영사관 발급 여행증이었다.

　그녀의 마차가 앞에 서고 현진건을 실은 인력거가 뒤를 이루어 압록강으로 들어섰다. 또 다시 위화도가 보인다. 이번에는 왼쪽이다. 한 해 전 중국으로 들어갈 때에는 오른쪽에 있던 위화도가 지금은 왼쪽에 있다. 진건은 감회에 젖어 잠시 멈춰선 채 압록강과 위화도의 풍경에 빠져든다.

　신의주에서 넘어온 기차가 '우릉 우릉' 철길을 울리면서 중국 쪽으로 달려간다. 기차에 가려 잠깐 보이지 않던 위화도가 다시 눈에 들어온다. 기차에 흔들려 좌우로 요동을 치던 섬이 어느샌가 차차 조용하게 내려앉는 듯하다. 그런 섬을 지켜보며 진건은 흡사 자신의 마음도 그렇게 혼란을 지나 평온으로 나아가고 있는 것 같다는 느낌을 받는다. 어쩐지 강바람도 시원하게 와 닿는다.

'어쩔 수 없이 유학은 접었지만….'
 앞서 달려가던 마차가 멈춰 있고, 마즈다 후미코가 빨리 따라 오라며 손짓을 한다.
 '소설을 써서 새로운 길을 찾아야지 …!'
 다리를 마저 건너 땅으로 내려오니 언제 불었느냐는 듯 강바람이 잠잠하다. 무더운 땡볕만 내리 쏟아지고 있을 뿐이다. 인력거꾼의 온몸도 다시 땀으로 가득 젖어든다. 진건은 공으로 얹혀 가는 것이 왠지 미안하다. 역에 닿으면 치하하는 뜻에서 사례를 하리라 마음먹는다.
 그때 아이들 여럿이 힘차게 달려가는 모습이 눈에 들어온다. 작년 중국으로 가면서 차창으로 보았을 적에는 아이가 혼자였는데 오늘은 대여섯 명이 떼를 이루어 달리고 있다.
 날씨도 무더운데 왜들 저렇게 뛰어가고 있을까?
 1년 전에 했던 생각을 진건은 또 한다. 어서 집에 가서 밥을 먹거나, 놀이를 하거나, 엄마한테 어리광을 부리거나…. 아이들도 할 일이 많겠지.
 진건은 아이들을 다시 바라본다. 작년의 그 아이가 저들 속에 있으려나? 문득 그런 생각이 들었다. 자세히 살펴봐야지, 하는 마음으로 진건은 아이들 쪽을 유심히 응시한다.
 하지만 속도를 붙인 인력거는 순식간에 아이들을 저 멀리 떨쳐내었고, 이내 아이들은 가물가물한 추억처럼 콩알만큼이나 작아져버렸다.

금세 인력거는 마츠다 후미코의 마차가 기다리는 신의주역에 닿는다. 관헌들이 영사 부인을 보고 인사를 올린다. 진건이 인력거에서 내리는데 마부와 여자아이가 주고받는 말이 들려온다.

"이츠모 요리 준시샤가 오오이요오다가 도오시테? (보통 때보다 순사들이 많은 것 같은데 무엇 때문이지?)"

"소요유우 코토오 이우노오 미루토, 코코나 히사시부리니 키타네. (그런 말을 하는 것을 보니, 이곳에 오랜만에 왔구나.) 한토오데 이치반 유우메에나 게에샤가 타이리쿠니 닷슈츠시타토 유우 코토다. (반도에서 가장 유명한 기생이 대륙으로 탈출을 했다는 게야.) 사쿠넨노 산 게츠마츠니 닷슈츠시타토 유우노니마다 콘나니 케에비가 겐주우나노. (지난 삼월 말에 탈출을 했다는데 아직도 이렇게 경비가 삼엄해.)"

"소레데모 콘나니 케에사츠가 마에니 데테 츠카마에요오토 스루토 유우노? 리카이데키나이. (그렇다고 이렇게 경찰이 나서서 잡으려 한단 말야? 이해가 안 돼.)"

"도쿠리츠운도오오 시니 보오메에시타토 유우 코토다. 소오토쿠후가 즛토 오오사와기니 낫테이룻테? (독립운동을 하러 망명을 했다는 게야. 총독부가 계속 발칵 뒤집혀 있다는데?)

"소노 게에샤, 혼토오니 스고이 진부츠다네! (그 기생, 참 대단한 인물인가 보네!)"[4]

인력거에서 발을 내딛던 현진건은 몸이 그대로 땅속으로 가라앉아버리는 듯한 충격에 빠진다. 그는 인력거꾼에게 성의를 표시하려고 마음먹었던 일조차 까마득하게 잊어버린다.

또 현계옥!

현계옥이 중국으로 망명을 했다!

현계옥이 독립운동차 압록강을 건넜다고 하지만, 그건 곧 형을 만나 함께 살겠다는 계획 아닌가! 이를 어쩌면 좋아!

현진건이 말라붙은 돌처럼 신의주역 광장에 굳는다. 고개가 갸우뚱해진 마즈다 후미코가 손짓을 하며 그를 부른다.

"하야쿠 키데쿠다사이! 키샤가 하잇테키테이마스. (빨리 와요! 기차가 들어오고 있어요.)"

---

4) 동아일보 1925년 11월 1일 : 당대의 유명한 기생 현계옥이 하룻밤 사이에 경성 화류계에서 그림자를 감춘 때는 지금으로부터 7년 전 기미년 3월이었다 합니다. 평소부터 그의 행동에 주목을 아끼지 않던 경찰은 크게 낭패하여 그가 소속되어 있던 한남권번을 수색하는 한편 국경에 전보를 보내어 그의 체포를 의뢰하였다고 합니다. (기사 원문 : 당대의명기 현계옥이가 하로밤사이에경성의화류계에서 그림자를감초든때는지금으로부터 7년전긔미(己未)의삼월이엇다합니다. 평시부터그의행동에 주목을앗기지안튼경찰에서는 크게랑패하야당시그가소속되여잇든 한남권번을수색하는한편으로 국경각디에뎐보를하야 그의테포를의뢰하엿더랍니다.)

6. 푸른 강물을 휘젓는 두 여인

 현계옥이 모습을 드러내자 상해에는 총독부가 임시정부 출범에 맞춰 '제2의 배정자'를 보냈다는 소문이 쫙 깔렸다. 스물여덟 밖에 안 된 새파란 청년이면서도 대한민국 임시의정원 경상도 의원에 선임되어 활약 중인 현정건이 배정자의 남편이었던 현영운의 조카이고, 현계옥 또한 배정자 못지않게 유명한 기생 출신이니 교포 사회가 그런 술렁임으로 들썩인 것은 당연한 일이었다. 계옥은 집 밖으로 나가지도 못하는 채로 줄곧 방에 틀어박혀 지내야 했다.
 그뿐이 아니었다. 상해로 오는 중 만주에 머무를 때는 몇몇 청년들이 '제2의 배정자'는 일찍 처단해야 후환을 막을 수 있다면서 암살을 시도하기도 했다. 5)

---

 5) 동아일보 1925년 11월 6일 : 부모처자를 이별하고 정든 고향을 떠나 오직 자기들이 희망하는 일을 위해 활동하던 피 끓는 청년들이 (현계옥이 제2의 배정자라는) 사실무근한 소문과 (배정자처럼 현계옥도 기생 출신이라는) 여사의 과거를 듣고는 요망한 여자를 그냥 둘 수 없다 하여 여사의 집을

"어찌 이런 일이…. 어떻게…."

겨우 피살을 모면하고 감옥 아닌 감옥에 갇혀 생활하게 된 계옥은 정인과 한 집에서 살게 되었다는 기쁨도 잊은 채 날마다 정건의 무릎에 머리를 파묻고 울어댔다. 세상이 알아주는 현계옥이 이렇게 눈물이 나 쏟게 되리라고는 꿈에도 몰랐다. 본부인이 있는 줄 번연히 알면서도 독립지사를 연모해 남의 나라까지 쫓아왔으니, 순정으로 우러름을 받지 못할 것이야 너무나 뻔한 일이었지만, 그래도 애국청년들이 죽이겠다고 달려들 줄이야 상상도 못했고, 집밖으로 돌아다닐 엄두도 내지 못하는 신세가 되어 골방에 틀어박혀 지내게 될 줄 또한 짐작조차 못하였다.

그렇게 현계옥이 우울한 일상을 보내고 있던 중 7월 어느 날6), 정건이 두 청년과 함께 집으로 왔다. 계옥이 상해에 도착한 이래 정건이 외간 남자를 집에 데리고 온 것은 이날이 처음이었다.

습격까지 한 일이 있었다 합니다. (기사 원문 : 부모처자를 리별하고정든고토를떠나서 오직자긔들이희망하는일을위하야 활동하든피만흔청년들이 무근한소문과녀사의과거를듯고는 요망한녀자를거저둘수업아하야 녀사의집을습격까지한일이 잇섯다합니다.)
6) 김영범, 《한국근대민족운동과 의열단》(창작과비평사, 1997) 47쪽에 따르면, 1919년 6월 상해에 모인 약 40명의 단원들이 폭탄 제조 및 사용법을 습득하여 국내 각지의 관공서를 파괴하고 요인을 암살할 것을 목표로 구국모험단을 결성했다. 초대 단장은 여운형이었다.

"왼쪽은 밀양 청년 김원봉, 오른쪽은 대구 청년 이종암! 독립을 위해 '급격한 직접 행동'72)을 취하기로 결의한 동지들이라네!"

정건은 두 사람을 그렇게 계옥에게 소개했다. 정건은 대구에 살 때부터 알고 지냈던 이종암의 이름을 부르면서 친근감의 표시로 그의 어깨를 툭툭 쳤다. 그러나 본인도 김원봉과는 교분이 없는지 그냥 이름만 말했다. 실제로 정건이 김원봉을 이종암 앞에 말한 것도 그런 점을 배려한 발언이었다. 아무튼 이종암 이름을 듣는 순간 계옥이,

"이종암!"

하면서 반가운 목소리로 그를 맞이한다.

이종암은 재작년(1917년) 12월 어느 토요일 오후 자신이 출납계 주임으로 재직하고 있던 대구은행 본점에서 공금 1만500원(현 시세 대략 10억 원)을 인출하여 만주로 독립운동을 떠났던 청년이다. 그 당시 계옥은 이미 대구를 떠나 서울에서 생활하고 있었지만 이종암의 망명을 두고 손님들이 상찬해 마지않던 말을 귀가 따갑도록 들었다. 그때도 이종암을 잡으려고 국경에 일제 관헌이 깔렸었다. 그 이름 이종암, 계옥은 너무나 기억에 생생하다. 그런데 여기서 이렇게 만나다니!

이종암과 현계옥은 나이가 같다. 그러나 사회 경험으로 치면 현계옥은 9단이고 이종암은 9급 수준이다. 계옥이 스스럼없이 손을 내밀어 악수를 청하며 말을 건넨다.

"어서 와요, 이 동지! 고명하신 지사를 이렇게 만나다니! 반갑고 영광이네요!"

얼떨떨해진 이종암이 불그스레 달아오른 얼굴로 대답을 한다.

"아, 아니오. 나도 서, 성함을 마, 많이 들었소."

현정건이 껄껄 웃으면서 대화에 끼어든다.

"두 사람은 동갑이니 앞으로 훌륭한 동지가 될 수 있을 게야. 그건 그렇고…, 계옥이 이종암 동지만 지나치게 환대를 하면 우리 김원봉 동지가 서운하지 않겠소?"

김원봉이 쑥스러운 표정으로 말한다.

"아니, 별말씀을…. 저야 뭐…."

계옥이 정건을 가리키면서 재빨리 분위기를 휘어잡는다.

"지구상에 우리 낭군님만큼 잘생긴 남자는 다시 없다고 생각했었는데, 오늘 보니 그것도 아니네요."

그야말로 미남자인 김원봉이 귓불까지 빨갛게 변한다.[73] 정건이 자신보다 여섯 살 아래로, 동생 진건보다는 두 살 위인 김원봉의 앳된 얼굴을 흐뭇하게 바라보면서 계옥에게 두 사람의 향후 계획을 소개한다.

"두 동지는 신흥무관학교에서 만난 이래 무장 의열투쟁 단체를 결성해서 활동하기로 결의를 했네. 몽양(여운형) 선생이 단장을 맡고 계시는 임시정부 구국모험단에 들어 향후 석 달 동안 폭탄 제조술과 투척술을 학습할 계획[74]인데, 합숙소로 들어가기 전에 수일만 우리 집에 머물러야겠네. 교육을 마치면 연말

이전에 만주로 돌아가 독립운동에 큰 도움이 될 결사를 창립해서 맹활약을 펼칠 것이야."

정건의 말을 받아 계옥이,

"내가 두 가지만 짚어두고 싶네요."

하면서 주목을 끈다. 세 남자가 그녀를 쳐다본다..

"이 집은 우리 집이 아니어요. 채종기 선생님께서 사주셨으니 그 분 집이지요."75)

계옥이 그렇게 말하자 정건이 고개를 끄덕이며 동조한다.

"맞는 말일세. 채종기 선생님 집이지."

계옥이 또 말한다.

"연말에 무장 의열투쟁 단체를 결성하면 그때는 나를 반드시 단원으로 받아주어야 해요. 지금 약속할 수 있겠지요?"

이종암과 김원봉은 나중에 어찌될지라도 당장은 '그렇게 하겠노라' 약속할 수밖에 없었다. 그런데 말이 씨가 된다고, 현계옥은 실제로 의열단 최초의 유일 여성 단원이 되었다. 76)

현계옥이 의열단에 가입하겠다는 의사를 적극 피력하자 처음에는 임시정부 외무차장 장건상이 반대했다. 임정 창립 이전까지 장건상은 단둥에 파견되어 망명 청년들을 상급 학교나 독립운동 결사체로 인도했었다. 물론 박은식과 신규식의 지시에 따른 동제사 단원으로서의 임무 수행이었다.

당시 단둥과 상해를 오가는 선박 소유주가 서양인이었던 관계로 의사소통에 문제가 없는 요원이 동제로서는 필수적으로 필요했다. 미국 유학을 한 장건상이 딱 적격이었던 것이다.

그러던 중 장건상은 당시 세계 최강국 덕국(독일) 유학을 포부로 톈진 덕화학교에 입학하고자 찾아온 김원봉을 소원대로 그 학교에 넣어 주었다. 그 후 그는 일제로부터 '김원봉 이상 가는 의열 총장'77)이라는 평가를 받을 만큼 의열단 창립과 활동에 열성을 보였다. 그런데 막상 현계옥이 입단을 희망하자,

"여성에게 위험한 일을 떠넘길 수는 없소."
하면서 반대했다. 남녀평등 사상을 가진 그의 반대는 뜻밖이기도 했지만, 어찌 보면 미국에 유학하여 우리나라 최초로 법과대학을 졸업한 '신사'다운 사고방식으로 여겨지는 대목이기도 했다. 더욱이 문제는 장건상의 생각이 김원봉에게 전염된 점이었다.

"안 됩니다. 남자들도 감당하기 힘든 일입니다. 목숨을 걸어야 한다는 것도 문제지만, 나 혼자 죽는 것으로 끝이 나지도 않습니다. 나의 실패는 곧 동지들의 생명을 위협하게 됩니다."

그렇다고 물러설 현계옥이 아니었다.

"내가 남자들 이상으로 승마에 능하고, 운동 신경이 남달라 사격도 배우기만 얼마든지 잘할 자신이 있고, 서양인들과 조금도 막히지 않을 만큼 영어도 구사할 수 있어요. 아니, 그런 일들을 못한다 치더라도

밥 짓고 빨래하고 그러면 되지 않나요? 누군가는 그런 일을 해야지요. 그런 일들도 모두 독립운동 아닌가요? 독립운동에 소임을 가리고 남녀를 차별한다는 것은 말이 안 되지요."

답변이 궁색해진 김원봉은 그녀에게 사격 등의 훈련 과정을 거치게 했고, 급기야는 서양인 폭탄 전문가를 초빙해 상해 법조계(프랑스 치외법권 지역) 안에 의열단 비밀 폭탄 제조창을 개설하게 되면 그곳으로 발령내어 주겠노라 약속했다.

현계옥보다 앞서 폭탄 제조창에 발령을 받은 선임자에는 이동화李東華78)와 헝가리 사람 마자알Magyar이 있었다. 이동화는 의열단이 1932년 중국국민당 장개석蔣介石의 지원을 받아 조선혁명정치군사간부학교를 세웠을 때 폭탄 제조법, 폭탄 이용법, 기관총 조법操法, 실탄 사격 등을 가르치게 되는 인물이다. 79)

조선혁명정치군사학교 1기 졸업생 중 일반인에게 널리 알려진 인물로는 윤세주와 이육사가 있다. 이육사의 처남 안병철安炳喆도 같은 1기였다. 안병철은 졸업 후 고향 경북 영천으로 돌아와 마을 후배 이원대李元大를 군사학교에 2기생으로 입학하게 만들었다.

아무튼 폭탄 제조창 이웃의 주민들은 이동화를 이 집 요리사로 알 뿐이었다. 폭탄을 만들 때를 제외하면 이동화는 늘 요리를 하고, 설거지를 하고, 시장을 오가며 반찬거리를 사서 나르는 모습을 보여주는 까닭이다.

마자알은 이종암·김익상·오성륜의 일본군 대장 다나카田中義一 처단 황포탄 거사가 실패로 끝난 데 따른 후속 조치가 단행되면서 이곳에서 근무했다. 그런 까닭에, 마자알이 이동화·현계옥과 함께 상해 의열단 비밀 폭탄 제조창에서 일하게 된 사연은 상당히 복잡하다.

의열단은 1919년 11월 10일 만주 길림에서 창립되었다. 이종암은 대구은행에서 가져간 돈으로 길림성 파호문 밖의 화성여관 전체를 세 얻어 김원봉 등과 합숙을 하며 의열단 창단을 준비했다.80) 의열단은 첫 사업으로 1920년 봄 '제1차 암살 파괴 계획'을 추진했다. 장건상은 서양 선박회사 이륭양행 단둥 지사장인 아일랜드 사람 쇼오Show에게 부탁하여 폭탄을 상해에서 단둥까지 옮겼고, 압록강변 원보상회 주인 이병철이 보낸 폭탄을 밀양 내일동 미곡상점 주인 김병환이 무사히 인수했다. 남산 왜성대의 총독부, 황금정 2정목의 동양척식주식회사, 태평통 1정목의 경성일보를 파괴할 계획인데도 폭탄을 멀리 경상도 밀양까지 보낸 것은 아직 서울 시내에 확실한 거점을 마련하지 못한 사정 때문이었다.

하지만 야심차게 준비했던 제1차 암살 파괴 계획은 거사를 추진하는 과정에 기밀이 탄로나 황상규·곽재기·윤세주·이성우·신철휴·이낙준·윤치영·김병환·배중세·이주현·김재수·강상진·최성규·곽영조 등 무려 열네 명이나 되는 단원들이 붙잡히고,

이종암·서상락·김상윤·한봉근만 겨우 피체를 모면하는 것으로 끝나고 말았다.

이에 의열단은 제1차 암살 파괴 계획을 추진하는 중에 가장 큰 피해를 입힌 부산경찰서와 밀양경찰서를 보복 공격하기로 결정했다. 그해 9월 14일, 박재혁 지사가 폭탄을 숨긴 채 부산경찰서로 들어가 일본인 서장 하시모토橋本秀平을 폭사시켰다. 12월 27일에는 최수봉 지사가 밀양경찰서 월요 조회식에 폭탄을 던졌지만 일본인 서장 와다나베渡邊末次郎 등을 죽이지는 못했다.

1921년 9월 22일에는 김익상 지사가 대담하게 조선총독부 건물 안으로 들어가 회계과에 폭탄을 던져 아수라장을 만들었다. 1922년 3월 28일에는 상해 황포탄에 나타난 일본군 육군대장 다나카를 오성륜이 저격했지만 총소리에 놀란 영국 여인 스나이더Snyder가 엉겁결에 다나카를 가로막고 대신 절명하는 바람에 실패하고 말았다. 부랴부랴 김익상과 이종암이 폭탄을 던졌지만 그것은 불발되고 말았다.

"최수봉 지사가 밀양경찰서에 던진 폭탄도 첫 발은 불발탄이었고, 김익상 지사가 총독부 비서실에 던진 첫 발도 불발탄이었소. 그뿐이 아니오. 김익상 지사와 이종암 지사가 다나카의 자동차에 던진 폭탄도 불발탄이었소. 애써 추진한 거사가 폭탄 불발로 허사가 되고, 동지들만 애꿎게 왜경에 붙잡혀 고문을 당하고 있으니 이를 어쩌면 좋단 말이오?"

김원봉이 그렇게 말하자 권준이 뒤를 이었다.
"우리가 제조한 폭탄이 기대 이하의 파괴력을 보이는 바람에 뜻한 바 성과를 거양하지 못하고 있소. 지금이라도 확실한 대책을 강구해야 마땅하오."
이런저런 의견을 주고받은 끝에 이종암이,
"의백(김원봉)과 내가 구국모험단에 들어 석 달 동안 합숙훈련을 하면서 폭탄 제조술을 습득했지만 결코 전문가는 아니오. 최고의 전문가를 초빙하여 폭탄 제조를 의뢰하는 것이 좋겠소. 한 사람만 초빙했다가는 낭패를 볼 수도 있으니 아예 처음부터 여러 나라에서 폭탄 제조 전문가를 모시는 것이 바람직할 듯 여겨지오."
라고 하자, 그것이 결론이 되었다.
그리하여 이태리인, 오스트리아인, 독일인 전문가를 각각 교섭하여 폭탄을 제조했다. 그 결과 깊은 산속으로 들어가 성능을 알아보는 시험 폭발을 해보았고, 독일인이 만든 것이 가장 우수하다[81]는 소감을 얻었다. 하지만 최종 소감은 '이 정도로는 많이 미흡하다'였다.
고민이 이어지는 중에 기이한 정보가 들어왔다. 어떤 서양 청년이 북경 성내를 돌아다니면서 마구잡이로 사람을 붙들고 '김원봉을 아시오?'라고 수소문한다는 소식이었다. 술집이나 식당 등에 들어와 아무 손님에게나 '나를 김원봉과 만나게 해주시오' 하고 부탁한다고 했다.

그 말을 듣자 김원봉은 짚이는 점이 있었다. 한참 동안 만나지 못한 이태준이 떠오른 것이었다. 김원봉은 그 길로 바로 달려가 그 서양 청년을 만났다. 아니나 다를까, 서양 청년은,

"오, 당신이 김원봉이오? 나는 마자알이라 하오. 닥터 이태준에게서 내 이름을 들은 적이 있을 것이오."

하면서, 매우 친근한 사람을 오랜 만에 재회하는 듯이 김원봉을 반가워했다. 김원봉도 직접 대면하기는 처음이지만 이태준이 종종 이름을 언급했던 서양인이라 마자일이 자주 만나온 구면으로 느껴졌다. 그래도 김원봉은 마자알에게 따지듯이 물었다.

"어째서 혼자 나를 찾아온 게요? 이태준 동지와 함께 왔으면 그렇게 방황을 할 필요가 없었을 텐데?"

이태준은 세브란스 의전을 졸업한 후 외몽고 고륜에 와서 개업을 한 의사였다. 그는 은밀히 임시정부를 지원하는 인물로 일제 밀정들에게 지목받아 왔다. 하루는 김원봉이 '폭탄 제조 전문가가 절실히 필요한데 구하지 못해 의열 투쟁이 난관에 빠졌다'고 그에게 말한 바 있었다.

이태준은 '마자알이라는 헝가리 출신 폭탄 전문가가 있다'면서 '마자알은 자기 나라와 처지가 비슷한 한국의 사정에 진심으로 공감을 보여주는 청년'이라고 했었다. 물론 '상해로 가서 의열단 폭탄 제조를 도와달라'고 마자알에게 요청해 보겠노라는 말도 했다.

시간이 흘러도 이태준에게서 응답이 없었다. 사실 이태준은 얼마 전 마자알과 함께 북경으로 출발을 했었다. 상해가 아니라 북경으로 목적지가 바뀐 것은 의열단이 1921년 9월 본부를 옮긴 때문이었다. 처음에는 〈의열단 선언〉[82] 집필자인 신채호가 먼저 상해를 떠났다. 1920년 4월이었다. 이승만이 미국 대통령 윌슨에게 '국제연맹이 조선을 위임 통치하게 해달라'고 청원하자 신채호는 '이완용은 있는 나라를 팔아먹었지만 이승만은 없는 나라를 팔아먹고 있다'면서 임시정부와 결별을 선언하고 북경으로 갔다. 장건상도 이때 북경으로 갔다. 이승만에 반대하는 북경의 지사들은 그해 9월 군사통일촉진회 결성을 선포했다. 의열단도 이에 보조를 맞춰 북경으로 활동 근거지를 옮겼고, 김원봉은 이듬해인 1921년 4월 19일 〈(이승만)성토문〉에 서명했다. 덕분에 〈성토문〉의 서명자인 김재희, 송호, 오성륜, 최용덕, 정인교 등이 의열단에 가입하였다.[83]

그렇게 해서 이태준과 마자알은 상해 아닌 북경으로 김원봉을 찾아가게 되었다. 그런데 도중에 러시아 반혁명 잔당 중에서도 악명 높기로 유명한 운게른 부대를 만났고, 이태준은 처형되고 말았다.[84] 마자알은 서양인이라는 이유로 간신히 목숨을 건졌다.

마자알은 자신의 눈앞에서 이태준이 목숨을 잃는 것을 지켜본 충격으로 정신이 황망했지만, 그래도 그와의 약속을 지키겠다는 일념으로 혼자 북경까지 왔다.

그가 술집이며 식당 등지를 배회하며 무턱대고 김원봉을 찾은 것도 '소문이 번지면 의열단과 접촉할 수 있으리라'는 기대감 때문이었다. 결과적으로 마자알의 생각은 통했고, 드디어 김원봉과 만나게 되었다.

마자알의 합류 이후 의열단은 프랑스 법조계에 양옥 한 채를 세 얻었다. 그 집을 선택한 데에는 널찍한 지하실이 돋보여서였다. 첫눈에도 지하실은 폭탄 제조 창고로 쓰기에 아주 적격으로 보였다.

"훌륭해요! 이제 왜놈들은 다 죽었어요!"

김원봉보다 두 살 많고 이종암과는 동갑인 스물여섯 현계옥이 온통 얼굴에 꽃 같은 미소를 머금은 채 지하실을 굽어보고 있다. 그녀는 외형상 마자알의 부인으로 행세했다. 김원봉도 남들 눈에 젊은 서양인이 아리따운 동양 여자와 살림을 차린 것으로 보이게 하려고 그녀를 일부러 이곳에 근무시킨 것이었다.[85]

며칠 전 현계옥과 처음 만난 마자알은,

"이렇게 눈부신 동양 미인은 처음 봅니다!"

하고 김원봉에게 드러내놓고 감탄사를 연발했다. 김원봉은 《조선 미인 보감》 또는 일제 경찰이 현계옥 때문에 '기생 승마 금지' 조치를 취했다는 매일신보 1918년 3월 3일치를 읽어줄 수도 없는 노릇이라 애매하게 웃기만 할 도리뿐이었다.

"이제 왜놈들은 다 죽었어요!"

현계옥이 같은 말을 되풀이하며 자신의 감격을 거듭 드러낸다. 그런 현계옥의 뒤에서 중국인 노파 한 사람이 맞장구를 친다.

"정말이야! 이만하면 규모도 훌륭하고, 사람들에게 의심을 살 일도 없고!"

오송에 사는 그녀는 남편의 이름이 조사구曹思勼여서 흔히 조노태태曹老太太라는 별명으로 불리는 노부인이다. 조노태태가 이곳에서 일을 돕는 것은 부부가 '의열단의 숨은 동정자'[86]이기 때문이다.

1923년 1월 12월, 서울 종로 경찰서에 폭탄이 투척되었다. 닷새 뒤인 17일에는 서울 시내에서 김상옥 의열단원과 일제 경찰 사이에 대대적인 시가전이 벌어졌다. 김상옥 혼자서 수백 명의 일제 경찰과 벌인 엄청난 총격전이었다.

1월 22일 새벽 5시 30분경, 경기도 경찰부장 우마노馬野 등 수백 명의 일본 경찰이 다시 은신처를 포위해 왔다. 김상옥은 또 홀로 접전을 벌여 서대문 경찰서 경부 구리다栗田 등 16명을 사살했다.

마침내 총탄이 한 발밖에 남지 않았다. 김상옥은 최후의 총탄으로 스스로 목숨을 끊었다.

그로부터 20일가량 지난 2월 11일, 경기도 경찰부 경부(현재의 경감) 황옥黃鈺이 의열단에 가입했다.[87] 황옥이 의열단과 첫 인연을 맺은 때는 1920년 9월이었다. 의열단의 제1차 암살 파괴 계획이 실패로 끝났을 때 대구 경찰서에 잡혀 있던 김시현을 서울로 압송한 경관이 바로 황옥이었다. 황옥은 이듬해인 1921

년 4월 18일에는 광복회 재건 활동을 펼치고 있던 우재룡을 군산에서 체포하여 서울로 압송했다. 그만큼 황옥은 조선인이면서도 36세에 불과한 나이에 경부까지 승진했을 정도로 일제의 신임을 받아온 인물이었다.

황옥은 1922년 1월 21일 이래 열사흘 동안 모스크바에서 극동 인민 대표회의極東人民代表大會, 즉 코민테른 국제대회가 열렸을 때 김시현에게 여비 50원을 제공했다. 그해 12월에도 황옥은 둘 사이의 인연을 끈끈하게 이어주는 일을 만들었다. 김시현·유석현·김지섭·윤병구 등이 총독부 판사 백윤화白允和에게 독립운동 자금을 요구한 혐의로 지명 수배되어 있는 중에 황옥은 경찰 상부에 기묘한 신청서를 제출했다.

"종로 경찰서 투탄 사건을 조사하기 위해 중국 출장을 가려면 정보원이 있어야 합니다. 김시현과 유석현을 포섭해서 활용할까 합니다. 허락해 주시기 바랍니다."

그 신청이 받아들여져 김시현과 유석현은 황옥과 함께 중국으로 들어갔다. 황옥은 두 사람과 나란히 김원봉을 만났다. 황옥은 그 자리에서 의열단에 가입했다.

그 무렵 의열단은 제2차 암살 파괴 계획을 추진하고 있었다. 5월경 장건상이 거사 계획을 발안하고, 김원봉과 함께 총지휘를 맡았다. 고려공산당 당원이면서 의열단 단원인 김시현이 행동대장 역을 맡았고, 고려공산당 서울지부 서기이자 조선일보 안동현 지국장인 홍종우가 연락 중계 및 폭탄 반입 요원을 맡았다.[88]

권총 5정, 마자알·현계옥·이동화 등이 제조한 폭탄 36개, 〈조선총독부 관공리에게〉와 〈조선혁명선언〉이 인쇄된 전단 등[89]을 국내로 반입하는 것이 현안 과제였다. 김원봉이 말했다.

"상해에서 안동현까지는 1차 암살 파괴 계획 때처럼 쇼오가 여객선을 이용해 실어주기로 하였소."

조노태태가 만반의 대책을 강구해야 한다고 강조했다.

"그래도 얼마간의 무기는 직접 가지고 가야 하는데, 무기 수송은 일사천리로 진행될 수 있는 간단한 사안이 아니니 특별히 조심을 해야 됩니다."

모두들 고개를 끄덕이며 공감을 나타내는데, 현계옥의 밝은 목소리가 들려왔다.

"나한테 좋은 계책이 있어요."

다들 현계옥을 바라보았다.

"이번에는 조노태태께서도 함께 동행을 하시는 거예요."

"내가? 늙은 노파가 무슨 도움이 된다고?"

"아니어요. 마자알이 가진 치외법권을 활용하면 충분히 검찰대를 통과할 수 있을 거예요."

현계옥의 계책은 텐진 역을 통과할 때 절묘하게 적중했다. 호화롭게 차려입은 서양 청년 마자알과 미모의 젊은 여성 현계옥은 흡사 부부 유람객인 양 팔짱을 낀 채 발을 맞추어 천천히 걸었다. 마자알은 조노태태를 자신의 장모인 양 공손히 모셨다.

남자들은 폭탄으로 가득 채워진 트렁크를 들고 그 뒤를 따랐다. 누가 봐도 상류층 서양 귀족의 가족 나들이로 보이는 행렬이었다.

그런데 중국 관원들은 마자알이 지나가고 나자 나머지 일행들을 제지했다.

"잠깐! 트렁크를 열어 보시오."

그 순간, 마자알이 몸을 휙 돌리면서 큰 소리로 관원들을 꾸짖었다.

"무슨 소리를 하는 것이오? 모두 나의 일행들이오. 짐도 당연히 전부 내 것이고! 이곳에는 법도 없소?"

마자알이 남자들에게 서둘러 통과하라고 손짓을 했다. 중국 관원들은 더 이상 마자알을 막지 못했다. 현계옥의 계책이 기가 막히게 적중하는 찰나였다. 중국 관원들이 외국인(서양인)에 대하여 치외법권의 약점을 가졌기 때문[90]에 얻게 된 성과였다.

이 당시 현계옥은 마자알 대신 옆에 '남편' 현정건이 있었으면 좋으련만 하고 내심 생각하고 있었지만, 그것은 사실 가능한 일도 아니었다. 임시정부 수립 직후인 1919년 5월 29일부터 1923년 2월 5일까지 임시의정원 경상도 의원으로 활동한 현정건은 그 이후 여운형과 함께 외교 분과위원을 맡아 임정 활동을 하느라 여념이 없었다. 현전경은 그 후에는 7월부터 여운형이 조직한 한국독립촉진회에 가담하여 임정 내부의 이견을 조정하는 일에 힘쓰는 등 민족 우선의 독립

일장기를 지워라

운동에 헌신하느라7) 현계옥이 열심을 바치고 있는 의열단 활동에까지 시간을 낼 형편이 못 되었던 것이다.

그후 일행은 쇼오가 선박 편으로 옮겨준 폭탄 상자들을 찾았다. 이제 무기들을 압록강 너머로 옮기는 마지막 과제가 남았다. 이때 큰 도움을 준 사람이 나혜석과 황옥이었다.

3·1운동에 적극적으로 참여했다가 5개월 옥고를 치른91) 여류화가 나혜석은 당시 안동현에 거주하면서 여자 야학을 열어 조선인 학생들을 대상으로 교육운동을 하고 있었다.92) 그녀의 남편 김우영은 일본 외무성의 발령을 받아 안동현 부영사로 재직 중이었다. 두 사람은 동경 유학생으로 만나 연애 끝에 결혼하였는데, 1921년 10월 26일부터 안동현에 와서 살고 있었다. 남편의 은밀한 후원을 받은 나혜석은 의열단의 폭탄 수송에 큰 도움을 주었다.

"이것들을 소지하고 계셔요. 국경을 넘을 때 유용할 거예요."

나혜석은 일행 한 사람 한 사람에게 무슨 명찰 같은 것을 나누어주었다. 의열단 일행이 국경의 검문을

---

7) 국가보훈처 '2012년 12월 이달의 독립운동가'는 현전건을 선정하면서 중간 제목으로 '사회주의 계열의 독립운동가로서 임시정부에서 활약하다', '대한민국임시정부 개조 운동에 앞장서다', '중국 관내 지역 민족유일당 촉성 운동 전개' 등을 내세우고 있다.

통과하는 데에 아주 쓸모가 있는 여행증이었다. 나혜석은 전임 영사의 부인이자 자신의 동경여자미술전문학교 3년 선배인 마츠다 후미코에게서 배운 것을 이번에 온전히 써먹고 있는 중이었다.

뿐만 아니라 그녀는 황옥에게 봉투도 주었다. 93)

"얼마 안 되지만 여비에 보태셔요."

황옥은 의도적으로 조선일보 안동지국을 개설하고 지국장으로 의열단원 홍종우를 앉혀 두었었다. 홍종우는,

"지국 문을 연 지 다섯 달이 지나 운영이 안정되었으므로 늦었지만 지금이라도 개설 축하연을 개최해야 예의범절을 지키는 것이 아니겠습니까?"

하고 너스레를 떨면서 김우영, 신의주 경찰서 최두천 경부, 영사관 경비 경찰들 등 10여 명을 초청하였다. 연회에는 김시현 등 의열단원 10여 명과 신의주 기생 10여 명도 동석했다. 밤이 늦도록 마시고 노는 중에 황옥이 호기롭게 외쳤다.

"2차는 본인이 신의주에 가서 크게 한 턱을 쓰겠소!"

모두들 환호성을 지르면서 황옥의 제안에 반색을 표했다. 황옥이 거듭 강조했다.

"본인이 마련하는 자리인즉 한 분도 빠짐없이 신의주로 동행해주시기를 바라오. 불참하시는 분이 계시면 크게 섭섭할 것입니다."

최두천이 맞장구를 쳤다.

"경성에서 중국 본토까지 출장을 오신 황옥 경부가 마련하는 자리인 만큼 여부가 있겠습니까? 모두들 다 참석하실 겝니다. 여러분! 저의 말에 틀린 점이 있습니까?"

황옥이 인력거를 불러 김우영과 최두천을 앞에 태운 뒤 출발을 명했다. 인력거 아래에는 폭탄과 권총을 넣은 트렁크들이 실렸는데, 나혜석은 거기에 '安東 領事館'이라고 쓴 종이쪽지를 붙여주었다. 94)

하지만 잘 진행되고 있는 듯 여겨지던 제2차 암살 파괴 계획은 며칠이 지나지 않아 일거에 붕괴되고 말았다. 3월 10일경 고성능 폭탄들은 서울까지 배달되었지만, 95) 정보를 접수한 일제 경찰은 거사 관련자들을 3월 13일부터 체포되기 시작하여 17일 유석현, 19일 황옥, 30일 김시현 등 모두 18명을 붙잡았다. 결국 제2차 암살 파괴 계획은 아래와 같은 피체자들을 남긴 채 끝나고 말았다. 96)

김시현, 42세, 징역 12년, 경북 안동군 풍북면 현애리
황　옥, 38세, 징역 12년, 경성부 삼각정 42
유석현, 24세, 징역 10년, 충북 충주군 충주면 교현리
홍종우, 31세, 징역 8년, 함남 원산부 북촌동 25
박기홍, 22세, 징역 7년, 경북 달성군 하서면 신동
백영무, 31세, 징역 6년, 평북 신의주 매기정 18
조　황, 42세, 징역 5년, 충남 논산군 부적면 감속리
남영득, 27세, 징역 5년, 경기부 봉익동 88

류시태, 33세, 징역 5년, 경북 안동군 풍남면 하서리
류병하, 27세, 징역 3년, 경북 안동군 풍남면 아서리
조동근, 28세, 징역 3년, 평북 용산군 양평면 길창동
이경희, 44세, 징역 1년6개월, 경북 달성군 용북면 사변리[97] **(2권에 계속)**

미주

1) 원태우 지사에 대해서는 정만진의 오마이뉴스 2020년 6월 26일 및 7월 2일 기사 〈을사늑약 체결 후 수원으로 자축 여행 떠난 이토 히로부미〉와 〈돌팔매로 이토 면상을… 안중근 거사 시초가 된 이 사람〉을 참조하시기 바랍니다. ★ 이하 미주는 소설 전문을 읽은 후 재독 때에 보시기 바랍니다. 미주를 붙이는 것은 이 소설이 작자의 단순한 상상의 소산이 아니며, 최소한 '중심축'은 실제 현실에 두고 있음을 강조하려는 장치입니다.

2) 양진오, 〈대구는 현진건을 어떻게 기억해야 할까?〉, 《2018년 현진건 학술 세미나》, 대구문인협회, 2018년 6월 29일, 13쪽.

3) 남상권, 〈玄濬健과 玄鎭健의 大邱와 서울〉, 《2018년 현진건 학술 세미나》, 대구문인협회, 2018년 6월 29일, 56쪽 : 현진건의 어린 시절은 그다지 알려진 바가 없다. 서당을 다녔고 아버지 현경운이 주도적으로 설립한 노동학교에 다녔다고 한다. 현경운은 근대 대구의 계몽운동 시기에 서울과 대구를 잇는 중심적인 인물로 부각된다. (중략) 현경운이 대구에 설립한 노동학교에 대한 기록은 《대한협회보》에서 확인할 수 있다. 대한협회는 당시 근대 교육의 필요성에 따라 교육을 통한 계몽운동을 주도했는데, 현경운을 중심으로 전개된 대구 지역 교육운동이 상당히 활발하였음을 보여준다. 대구지회는 1908년 9월 15일에 현경운을 교육부장으로 선출했다. 이어서 현경운이 노동야학교장에 피선되었다.

4) 양진오, 앞의 글에 따르면 1915년 "이길우의 딸 이순득과 혼례를 치른 현진건은" 대구 "중구 인교동 처가에서 신혼 생활에 들어간" 것으로 확인된다. 따라서 "15세 때 이상화와 가까운 친척인 경주 갑부의 딸 이순득과 결혼하여 처가인 수동(현 인교동) 255번지에서 신혼 생활(2020년 10월 16일 치 모 일간지)" 식으로 소개하는 것은 옳지 않다. 이길우는

대구 중구 인교동에 거주했으므로 '경주 갑부'가 아니라 '대구 갑부'이다. 그가 경주 이씨인 것을 '경주에 거주하는 이씨'로 잘못 이해한 탓에 '경주 갑부'와 같은 오기가 생겨난 것이다.

5) 고헌박상진의사추모사업회, 〈고 광복회 총사령 고헌 박상진씨 약력〉, 《광복회 100주년 자료집 Ⅱ》, 2014, 322쪽 : 국조(나라의 운명)가 왜노(일본)에게 그만 멸절되자(끊기자) 씨(박상진)는 (중략) 즉시 중국 안동현과 신의주에 여관을 설립하여 독립운동기관으로 정하고, 이를 주도할 사람으로 구 독립의군부 간부이던 신채호, 양기탁, 이윤재, 김좌진, 손일민 제씨로 정하여 국내외 연락을 하도록 하고, 국내의 전 책임은 씨가 담당하였다.

6) 이종범, 《의열단 부단장 이종암전》, 광복회, 1970, 52~53쪽 : 종암이 가지고 간 은행돈은 (중략) 분명히 만500여 원이다. 실상은 필자가 종암이 종적을 감춘 그 다음날 월요일에 부형들에게서 듣고 기억하고 있는 액수는 만500여 원이 틀림없다. 내 기억뿐만 아니라 종암이 왜 법정에서 심문을 받을 때의 기록을 보더라도 3,000여 원은 김원봉 외 누구누구의 생활비와 상해 등지의 여비로 썼고, 7,000원은 구영필에게 맡겨 봉천에서 삼광상회를 경영시켰다고 한다.

7) 이종범, 앞의 책, 30쪽에 "(이종암이 입학했을) 당시 대구에는 동, 서, 남, 북에 서당이 하나씩 있었는데, 그 누가 이름을 그렇게 지었는지는 몰라도 동재, 서재, 남재, 부재라 했다. 그 중에서 부재가 제일 진보적이었던 모양으로 거기서는 칠판을 걸어놓고 산술도 가르치며 체조, 창가 같은 것도 가르쳤다고 한다"라고 기록되어 있다. 그 무렵 대구 사람들이 '북재'를 발음하기 편하게 "부재"라 불렀다는 사실이 확인된다.

8) 1914년 7월 28일부터 1918년 11월 11일까지 유럽 전역을 휩쓴 제1차 세계대전을 가리킨다. 제2차 세계 대전이 발발하기 전까지는 "World War" 또는 "Great War"라고 불렸

다. 미국에서는 "World War Ⅰ(약칭: WW1)"라 부른다.

9) 浩浩乎如憑虛御風호호호여빙허어풍(호탕하도다! 허공에 기대어 바람을 부리는 듯) 而不知其所止이부지기소지(그가는 바를 알지 못하고) 飄飄乎遺世獨立표표호유세독립(꼿꼿하도다! 세상을 등지고 홀로 서서) 羽化而登仙우화이등선(날개를 펼치니 신선이 된 듯하여라) : 현진건의 호 憑虛가 이 문장에서 유래되었다고 한다.

10) 제 6차 교육과정 국정 《고등학교 국사》 교과서 : 1910년대 항일 결사 중에서 가장 활발한 활동을 전개한 단체는 대한광복회였다.

11) 양정의숙연구회, 〈내년 4월은 광복회 총사령 박상진 의사가 양정의숙을 졸업하신 지 100주년이 되는 해입니다〉, 양정총동창회 누리집 2019년 2월 1일 확인 : 고헌은 1910년 양정의숙을 졸업하고 곧바로 치러진 판사시험에 당당히 합격하였다. 우리나라에서 처음으로 치러진 판사 시험에 7명만이 합격한 상황으로서 평양재판소 판사직으로 발령이 났으나 부임 여부를 놓고 고민하였다. 범법자라고 해야 대다수가 항일 의병이거나 반일 애국투사인 상태로서 의병장 왕산 허위의 문하생이었던 자신이 '판사가 되었다고 해서 일본인 판사를 제쳐놓고 소신껏 판결을 내릴 수 있을 것인가'라는 의구심으로 고민을 하다 판사 부임을 거부하고 중국으로 피신하였다.

12) 1925년 11월 3일치 동아일보의 〈6년간 소식 없는 현계옥 내력〉 제 2회에는 "현계옥은 (중략) 그(현정건)의집에서 십리나되는[영찬못]이란련못가에서밤마다밤마다 시간을덩하여두고보고십흔 사람을차자그의애타는 마음을둑혓다하니 그들의한번 포옹에얼마나힘이들엇는지 알수잇슬것임니다"라고 보도되어 있다(띄어쓰기와 표기는 원문 그대로). 현정건의 집에서 10리 거리에 있었다는 기사의 내용으로 볼 때 "영찬못"은 영선못으로 여겨진다. .

13) 1925년 11월 3일치 동아일보에 실려 있는 〈6년간 소식 없는 현계옥 내력〉 제 2회 중 "그가처음으로발발한청년현

어풍을맛나애련의정에여디업시끌리기는하엿으나그의성(姓)이 자긔의성과가치현가임으로할수업시[옵바]라고부르기를시작하 엿든바나어린현계옥의요렴한태도와목목한향긔가젊은현어풍으 로하야곰[옵바]란말에만족을늑기지못하게하엿든지[옵바]라고 부르지못하도록호령은하여두엇스냐"에 따르면, 현정건(기사 에서는 '현어풍'이라는 가명으로 등장)은 현계옥에게 "오빠"라 고 부르지 못하도록 한 것으로 전해진다.

14) 독립기념관, 《한국독립운동인명사전》 인터넷판, 〈이 동휘〉: (18세 때인 1896년 함경도) 단천 군수의 심부름을 하 던 통인으로 일하다가 군수 이계선李啓善이 생일잔치 날에 어 린 기생을 차별적·억압적으로 취급하는 것에 분노하여 동 헌에 뛰어들어 화로를 뒤엎고 도피하였다.

15) 신명호, 〈손병희의 진보회, 한국 첫 대중 진보조직 탄생〉, 월간중앙 2021년 4월호 : 1903(광무 7)년 들어 러시 아와 일본 간 전운이 짙어지자 고종황제는 '중립화'를 추진했 다. '중립화'를 설명하고 양해를 구하고자 고종황제는 1903년 8월 현상건을 유럽과 러시아에 밀사로 파견했다. 파리·상 트페테르부르크 등을 거친 현상건은 마지막으로 요동반도 여 순항에서 러시아 극동총독 알렉세예프와 회견했다. 그 회견 에서 알렉세예프는 유사시 2000 병력을 한양에 파견해 고종 황제를 보호해 주겠다고 밀약했다. 현상건은 1904(광무 8)년 1월 11일 귀국했다.

16) 국사편찬위원회 누리집, 우리역사넷 : 한국의 국외 중립을 선언하게 한 주동인물은 고종을 직접 움직인 이용익· 강석호를 비롯하여 이학균·현상건·이인영·프랑스인 교사 마르텔Martel 및 벨기에인 고문 델코안뉴Delcoign 등이었다 고 한다.

17) 양진오, 《조선혼의 발견과 민족의 상상》, 역락, 20 08, 26쪽 : (최원식, 한국근대문학을 찾아서, 인하대학교 출판 부, 1999, 155쪽을 재인용하여) 현영운을 주왜공사로 임명하 여 조민회를 대신하였다. 영운의 가계는 서울 중인으로 그

할아비는 왜역으로 오래 동래에 머물었더니 기생을 두어 그 아비를 낳고 그 아비 또한 아들이 없어 첩을 사서 영운을 낳았다. 영운이 이미 자라 왜에 들어간 지 10여 년에 처를 데리고 귀국하였다. 왜의 정세를 안다고 임금에까지 소문이 나서 크게 총애를 받으매 왜의 기생을 대내에 천거하여 그 일본인 처와 함께 번갈아 대궐에 출입하니 세력이 일시에 쏠렸다. ★ 양진오는 이 인용문 뒤에 "본래 현진건의 가문이 왜역으로 출발한 것은 아니다"라는 해설을 붙이고 있다.

18) 한국학중앙연구원의 《부산문화전자대전》은 "배정자는 아버지가 민씨 일파에게 처형된 뒤 죄적罪籍에 올라 연좌법에 의해 관비가 된 어머니를 따라 여러 곳을 떠돌아다니다가 밀양의 기생으로 팔려갔다. 이후 탈출, 1882년(고종 19) 승려가 되어 경상남도 양산군에 있는 통도사에서 출가하였다. 1885년(고종 22) 아버지 친구인 밀양 부사 정병하鄭秉夏의 도움으로 일본에 건너가 김옥균金玉均 · 안경수安駉壽 등에게 의탁하였다"라고 기록하고 있다. 그 외에도 한국학중앙연구원의 《한국민족문화 대백과사전》 등 통도사에 숨어 있던 배정자를 일본으로 보내준 사람이 '정병하'였다는 기록이 더러 있으나 사실이 아닌 것으로 여겨진다. 정병하는 배정자가 도일한 1885년 무렵 중앙정부 중하위 관리로 있었고, 1888년에 처음으로 지방 관리가 되어 밀양 부사로 부임했다. 이 잘못된 기록은 배정자를 취재한 여러 인터뷰 기사에 근거한 것으로 추정된다. 그 예로, 동아일보 1925년 8월 21일치 보도에는 배정자가 "밀양부사로 나려갓든(내려갔던) 덩병하鄭丙夏(정병하)의 수텽기생(수청기생)으로도 잇섯고(있었고)"라는 표현도 있다. 네이버포스트 〈땅의 역사(박종인)〉 2019년 1월 17일 '당신이 무심코 지나쳤을지도 모르는 서울 속 역사의 흔적들'에는 "배정자의 자서전에 따르면 아버지의 친구였던 밀양부사 정병하의 주선으로 배정자는 일본으로 건너갔다'로 소개되고 있다. 배정자의 아버지는 아전(앞 동아일보에는 형

리刑吏)이었으므로 밀양 부사의 친구가 될 수 없을 듯하고, 배정자의 '자서전'이 존재하지는 않았던 것으로 보인다.

19) 정운현, 〈이토 히로부미가 키운 조선의 마타하리〉, 오마이뉴스 2004년 8월 23일 : 1905년 '을사조약'이 체결되고 이듬해 3월 이토가 초대 한국 통감으로 부임하자 배정자는 그의 인생에서 최대의 전성기를 맞았다. 오빠 배국태는 한성판윤(현 서울시장)으로, 동생은 경무감독관(현 경찰청장)으로 승진하였다.

20) 공립신보는 미국 샌프란시스코에서 활동한 교포단체 공립협회가 1905년 11월 22일에 창간한 신문으로 사장은 안창호, 주필은 송석준이었다. 국사편찬위원회 누리집에 실려 있는 신문 지면을 보면 영문 제호가 The United Korean, 발행겸편집인 鄭在寬, 인쇄인 田成德, 每週日 一次發刊, 발행소 美國桑港吾是街三九五로 나온다. 한국학중앙연구원의 《한국민족문화 대백과사전》에 따르면 "미국에 머물고 있는 동포들에게 민족정신 고취와 국권회복운동을 보도하는 데" 발간 목적을 두었으며 "국내에도 널리 보급하고자 노력"하였다. 배정자의 후광으로 현영운이 크게 출세했다는 내용(현대화한 본문 : 이등의 까닭있는 양딸 계향의 바람으로 당시 혁혁하던 세력가 현연운)의 기사를 1908년 4월 8일 1면에 보도하기도 했는데, 이 소설에서는 실제와는 다르게 1906년 4월 8일에 현정건 등이 그 기사를 보는 것으로 변용했다.

21) 정붕鄭鵬(1467~1512)은 조선 성종~중종 시대의 성리학자로, 25세(1492년, 성종 23)에 문과에 급제하여 홍문관 교리, 사헌부 지평, 의정부 겸상(이상 정3품), 청송 부사(종3품) 등을 지냈다. 연산군에게 바른 정치를 촉구하다가 장형 40대를 맞고 동해안 영덕으로 유배되기도 했던 정붕은 중종반정 공신 성희안과 절친한 사이였는데, 영의정에 오른 성희안이 "청송은 잣과 꿀의 명산지 아닌가. 조금만 보내주게. 맛 좀 보세"라는 서한을 보내오자 "栢在高岑頂上 蜜在民間蜂桶中 爲太守者何由得之", 즉 '잣은 높은 산꼭대기에 있고 꿀

은 민간의 벌통 속에 있으니 태수된 자가 어찌 얻을 수가 있겠소?'라는 답서를 보낸 일화로 유명하다. 그의 이 일화는 청렴과 공사 구분을 복무의 주요 덕목으로 삼아야 하는 공직자의 올바른 자세를 보여준 사례로 인정되어 우리나라 고등학교 한문 교과서에 게재됨으로써 일반 대중에게도 널리 알려져 왔다. 정붕은 또 성리학의 수신修身 논리를 일목요연하게 집대성한 《안상도》를 집필함으로써 자신의 출중한 학문 수준을 입증하였는데(조선왕조실록, 이황 등) 도설圖說은 임진왜란 중에 유실되고 문자도文字圖만 전해진다.

22) 김대준은 현진건보다 3년 늦은 1903년 전주에서 태어났다. 시인으로서의 이름은 김해강金海剛이다. 아버지가 천도교 전주교구 종리원장이었던 관계로 천도교 설립 창동학교를 거쳐 현진건보다 한 해 뒤인 1916년 서울 보성학교에 입학했다. 당시 보성학교 교장 최린이 그의 고모부였다. 김대준은 3 · 1운동에 참여했다가 수배를 피해 귀향했고, 그 이후 전주신흥학교를 졸업했다. 1925년과 1926년 《조선문단》과 《동아일보》를 통해 문단에 등단했으며, 1930년대까지 줄기차게 저항적 면모를 지닌 시를 창작했다. 그러나 1940년대에 들어 친일시를 발표한 탓에 역사적으로는 친일문학가로 분류된다.

23) 동아일보 1925년 11월 3일치에 소개되어 있는 〈朝鮮美人寶鑑에 소개된 원문〉은 '무릇명기보는법이 여러 가지니 먼저 용태를 볼것이요 둘재재조를 볼것이라 한남권번현계옥은 용태도 풍만하야반뎜경박함이 업고 재조도민첩하야 일분둔태함이업스니 이른바명기라할지라 일즉부를여히고 어린아우 계향월향과 우애잇게지나며 십칠세시에 비로소대 구조합에들어 예기가되엿다가 십구세시에 다시 상경하야 동조합에 일흠을실엇는데 풍류가무는 쌍이업슬것이며 겸하야 한문에망매치아니 하더라 여러동무와 한남권번을 창립할제 운주유악에 발종지시한 공로는가히일으되 녀중지망이라 한남권번의긔

린각첫자리를차지할만하도다'인데 이 소설에서는 현대문으로 바꾸면서 약간 알아보기 쉽게 변용했음.

24) 윤장근, 《대구 문단 인물사》, 대구서부도서관, 2010년, 35~36쪽 : (현진건이) 자신의 자의식을 표현하고 있는 〈빈처〉는 가난에 시달리는 아내를 등장시키고 있으나 (현진건의) 실생활이 그런 것은 아니었다. 빙허가 서울로 올라오고 난 뒤에도 대구의 처가에서 물질적 지원을 아끼지 않았음은 물론 심지어는 가정부까지 주선해 주었다. 거기다 양가로부터 물려받은 재산도 적지 않아서 경제적으로 궁색한 편은 아니었다. 그래서 빙허의 관훈동 집에는 《백조》 동인들인 나도향, 박종화, 안석영, 박영희를 비롯 고향 친구 이장희, 이상화, 백기만 등이 끊임없이 드나들었다. 특히 목우 백기만은 1923년 동경에서 돌아와 1년 가까이 빙허 집 식객 노릇을 한 적도 있지만 그의 양모와 부인이 한 번도 싫은 표정을 짓지 않았다.

25) 김우종, 〈'빈처'의 분석적 연구〉, 《현진건 연구'》, 새문사, 1981, Ⅰ-19~20쪽 : 개화기와 함께 한국문학 속에 남녀평등의 사상이 나타나기는 했지만 아내는 오히려 더욱 설움받는 위치로 전락된 경우마저 나타나게 되었다. 자유연애결혼이라는 새로운 시대적 변화가 기혼 남성의 딴 여인과의 연애를 정당화시키기 시작했기 때문이다. (중략) 이로 말미암아 조강지처는 남편으로부터 소박맞는 희생자가 되고 있으며, 또 이 당시에는 개화 청년들 사이에서 실제로 이같은 사실들이 벌어지고 있었다. 이광수가 동경 유학시절에 허영숙과 연애하고 본처와 이혼한 것이나, 당시의 개화된 기혼 남성들이 이혼클럽을 만들어 본처를 버리고 새로운 연애결혼을 시도했다는 일화(이희승 씨의 회고담)도 이에 해당된다.

26) 이은상, 〈허위의 행적과 사상〉, 《왕산 허위의 사상과 구국 의병 항쟁》, 금오공과대학교 선주문화연구소, 1995, 151쪽.

27) 연합뉴스, 2010년 8월 18일, "고종, 강제병합 직전

'러' 망명 시도" : 고종이 한일강제병합 직전인 1910년 6월 러시아 블라디보스토크로 망명하려 했던 사실이 러시아 외교문서를 통해 드러났다. 또 고종이 한국을 일본 세력권으로 인정하는 내용의 러일 간 협정 체결에 반대한다는 뜻을 러시아 황제에게 사전 전달하려 했던 사실도 공개됐다. 러시아 과학아카데미 동방학연구소가 2008년 펴낸 한국학총서 '러시아인에 비친 조선' 중 상하이 주재 러시아 상무관 고이에르의 1910년 6월 22일자 보고서에 따르면 고종은 신하와 의병 등의 도움을 받아 한국을 벗어난 다음 블라디보스토크에 머무르며 항일투쟁 거점을 만들고자 했다. (중략) 이 보고서에 따르면 고이에르는 같은 달 중순께 자신을 찾아와 고종의 친서를 러시아 황제에게 전달해달라고 부탁한 한국군 대위 현상건과 애국계몽단체인 서북학회 간부 이갑에게 망명 계획을 들었다고 썼다. (중략) 보고서는 고종이 가명으로 해외에 예치한 거액의 비자금에 대해서도 "고종이 해외 체재 자금 마련을 위해 가명으로 예치했으나 인출에 애를 먹고 있다"고 언급했다.

28) 조동걸, 《한말 의병 전쟁》, 독립기념관, 1992, 184쪽 : (제 14헌병대는 약 2천 명의 헌병과 6천 명의 보조원을 거느리고 전국에 493개소에 분견소를 두고 있었는데) 여기의 보조원은 거의 일진회 출신이며, 후일 일제하의 경찰로 성장한 반민족 행위의 선두 부대인 것이다. ★ 《1918년 조선총독부 통계연보》에 따르면, 조선총독부와 소속 관서의 직원 수는 촉탁과 고용원을 포함해 모두 2만1302명이었는데 그 중 일본인이 1만2865명, 조선인이 8437명이었다. 조선인이 약 40%를 차지하지만, 실제로는 말단 순사를 보조하는 순사보가 3067명, 그 비슷한 헌병보조원이 4747명(합 7816명)으로 최하급 종사자가 대부분이었다.

29) 국가보훈처 누리집 2012년 12월 '이달의 독립운동가 현정건' : 현정건은 1917년 2월 현상건의 집을 나와 따로 상

해의 구강로에 거주하였다. 이듬해에 그는 아우 현진건을 상해로 불러 1년여 동안 함께 지내는 귀중한 시간을 가졌다.

30) 네이버, 《기관단체 사전》, 〈동제사〉 : 1912년 중국 상하이에서 조직된 한국인 독립운동단체.· 설립 시기 – 1912년 7월 4일 · 설립 목적 – 국권회복운동 · 주요 활동 – 청년 대상 교육, 한인사회 결속 · 소재지 – 중국 상하이

31) 국가보훈처 누리집, 앞의 게시물 : 30세가 넘어 읍민揖民이라는 호를 썼다. 때문에 가끔 그의 별명이 '현읍민'으로 나오기도 한다.

32) 문화콘텐츠닷컴, 〈여성 사회주의자 사상기생 정금죽丁錦竹〉 : 1910년 3월 1일은 일제의 침략통치에 대한 반대운동이었던 자주독립을 외치던 날이다. 온 민족 모두가 민족의 독립에 대한 열망으로 뜨거웠던 이 시기의 기생 또한 누구 못지않은 열렬한 독립운동가였다. 진주 기생들을 포함한 전국의 기생들은 자신들이 논개의 후손임을 내세우며 만세운동에 적극 참여했을 뿐 아니라 요릿집 손님들에게 독립사상을 설파하느라 여념이 없었다. 따라서 3·1운동 때에 독립운동에 가담한 것은 당연한 결과이기도 했다. (중략) 3·1운동 진압의 명목으로 한국에 파견되었던 일본 경찰의 한 고위 간부(천엽료千葉了)는 일본인들이 기생집에 놀러 가면 기생들은 웃지도 않고 이야기도 하지 않고 술잔을 내밀면 묵묵히 술만 따르고 노래나 춤을 청하면 제대로 응하지 않아 마치 지옥에서 유령과 술을 마시는 기분이라고 하였다는 말이 전해질 정도였으니 당시의 분위기를 읽을 수 있겠다. 사람들은 이를 가리켜 사상 기생이라 불렀는데, 뒷날 대표적인 사회주의 여성운동가로 이름 높았던 정칠성도 그 중 한 명이었다.

33) 동아일보 1925년 11월 4일치 〈6년간 소식 없는 현계옥 내력〉 제 3회의 '의외의곳에서 이반가운동지를엇게된현어풍의 깃붐도깃붐이려니와그의 여러동지들도이색다른일꾼을 새로히어든것을매우깃거워하야 장차올시국의변동을서로서로 토설하며사람이만히다니는 기생집에도리혀경찰의주목이 적다

하야 당시인사동에잇든 그의집에모히어모든것을의론하게됨애 지나는사람이손까락질하고 다니든한개의기생집이완연히 연燕 나라조趙나라습흔노래를 부르고다니든사람들이모히든국맹劇孟 의집모양으로 인사동거리에는얼골에 피끼잇는청년의래왕이 빈번하엿다함니다'의 내용을 반영한 표현임.

34) 천재학습백과, 《고등교서 한국사》, 〈대동단결선언(1917)〉 : 대동단결선언의 공화주의 이념은 이후 대한민국임시정부에 계승되어 삼권분립에 입각한 민주공화정을 수립하였다. / 한국학중앙연구원, 《한국민족문화 대백과사전》, 〈대동단결선언〉 : 국민주권설을 정립함으로써 독립운동의 이념을 확립하였을 뿐 아니라, 정부의 통할 체제를 계획하는 등 1917년까지 다양하던 독립운동의 이론을 결집하였다는 점에서 중요한 의의를 가지고 있다. (중략) 1919년 임시정부 수립의 모체가 되었다.

35) 한국학중앙연구원의 《한국민족문화 대백과사전》은 〈대한독립선언서(무오독립선언서)〉를 "1918년 11월 만주·노령을 중심으로 당시 해외에 나가 있던 저명인사 39명이 한국의 독립을 선포한 선언서"라고 '요약'해서 설명하면서 "1918년 무오년에 선포되었다 하여 '무오독립선언서'라고도 하며, 작성자는 조소앙趙素昻이라고 한다"라고 기술하고 있다. 그런데 그 뒤에는 "조소앙은 '1919년 정월, 선언서의 초안을 서두르게 되었다'라고 하였고, 《지산외유일지》에는 '3월 11일에 선언서를 인쇄하였다'라는 기록이 있다. 따라서 무오독립선언서라는 이름은 명백히 잘못된 것이라는 주장이 제기되었다. 무오독립선언은 무오(1918)년에 발표된 선언서가 아니었으며, 1919년 3월 1일 이후에 발표되었다고 보아야 한다는 견해가 제기되었다"라는 부연이 붙어 있다. / 그런가 하면 같은 《한국민족문화 대백과사전》의 〈2·8독립선언〉은 "3·1운동 전후에 발표된 독립선언서는 모두 셋이다. 첫째는 1918년 11월 만주·러시아령에서 발표한 '무오독립선언서', 둘째

는 '2·8독립선언서', 셋째는 1919년 3월 1일 서울에서 발표된 '3·1독립선언서'이다"라고 기술하고 있다. / 김정인은 《새롭게 쓴 한국독립운동사강의》(한울, 2020)에 수록된 〈3·1운동〉 148쪽에서 '1919년 3월 11일경 중국 지린에서 독립운동가들이 발표한 대한독립선언서'라고 단언한 반면, 김인기·조왕호의 《청소년을 위한 한국 근현대사》(두리미디어, 2006) 139쪽에는 '1918년 말에는 만주 길림에서 이상룡, 안창호, 박은식 등 39인이 모여 대한독립선언서를 발표'하였다고 소개하고 있다. 이 소설은 독립기념관, 《한국독립운동 인명사전》, 〈신규식〉의 "1919년 2월 1일(1918년 11월, 음력) 만주·러시아 지역 독립운동가들 39명과 함께 최초로 한국의 독립을 선언한 대한독립선언서(일명 무오독립선언서)를 발표하였다"를 따른다. 선언서의 끝에도 '단군 기원 4252년 2월 일'로 명기되어 있다.

36) 국가보훈처 누리집 〈2019년 3월 '이달의 독립운동가' 손병희〉 : 우리가 만세를 부른다고 당장 독립이 되는 것은 아니오. 그러나 겨레의 가슴에 독립정신을 일깨워 주어야 하기 때문에 이번 기회에 꼭 만세를 불러야겠소.

37) 다음백과, 〈선우혁〉 : 서병호와 함께 국내에 파견되어 주로 평안도 지방에서 양전백·이승훈·길선주 등 기독교 목사와 천도교의 지도자들을 만나 3·1운동의 기틀을 마련하는 한편 군자금을 모집해 다시 상하이로 돌아갔다. 1919년 3·1운동이 일어나자 상하이 프랑스 조계 보창로에 독립사무소를 설치하고 국내외 각지에서 모여 온 지사들과 대한민국임시정부를 수립하는 데 참여했다.

38) 고헌박상진의사추모사업회, 〈우이견 신문조서(제 3회)〉, 《광복회 100주년 자료집 Ⅰ》, 2014, 386쪽 : 문 - 피고가 채기중에게 건네준 권총은 언제 어디에서 누구로부터 손에 넣었는가? 답 - 연월일은 잊었으나 길림으로 갔을 때에 손일민에게 부탁하여 사서 받은 것이다. 동인(손일민)은 길림성 내의 모 중국인으로부터 매수했다고 하면서 권총 2정을

구해 주었다. 그리고 1정은 30원이고, (다른) 1정은 50원이었다.

39) 중국에서 선박을 이용하여 인천으로 입항하는 사람에 대한 일제 경찰의 검색은 김성민, 《나석주》, 역사공간, 2017, 94~95쪽에 자세히 묘사되어 있다. 이 책의 해당 부분은 나석주 지사의 입국 장면을 원용하여 묘사했다.

40) 윤마태, 〈민족과 함께 하는 교회〉, 한국기독공보, 2018년 1월 24일 : 민족대표 33인 중에 천도교도 15명, 불교도는 2명에 불과했으나 기독교 신자는 16명에 달했는데, 이 점은 당시 교회가 이 민족의 지도적 위치에 있었음을 반영하고 있다. 기독교 인사 16명은 직업별로는 목사 10명, 전도사 3명, 장로 2명, 집사 1명이었는데, 연령 면에서는 40대 목사들이 주축을 이루고 있었다. 10명의 목사들은 당시 한국의 목사 257명 중 4%에 해당한다. 전국적인 지명도를 가진 목사 4인, 지역 지도자급 소장 목사 6인, 청년지도자 4인, 그리고 민족운동가 출신의 지도자 2인으로 구성되었다. 삼일운동 당시의 조선 인구는 1714만 명이었다(통계청 자료). 기독교인은 22만 명 정도였다(기독교인 비율 1.2%). 국사편찬위원회가 발행한 '일제 침략하 한국 36년사'를 보면 3·1독립운동에 참가한 인구를 종교별로 보면 기독교가 22%, 천도교가 15%, 기타 종교가 2%, 무종교가 61%였다.

41) 신민회는 양기탁, 안창호, 신채호, 이동녕, 김구, 박은식, 이회영, 이시영, 이상재, 윤치호 등 독립협회 청년회원들이 중심이 되어 1901년에 결성했다. 신민회는 입헌군주국을 지향한 독립협회와 달리 공화정 체제를 추구했다. 1910년에 이르러 국내 주요 애국계몽운동가들이 대부분 가입할 만큼 신민회는 조직이 커졌다. 신민회는 평양 대성학교 등 수많은 학교를 세우고, 독립운동 거점 마련을 위해 만주에 신흥무관학교(삼원보에서 개교한 1911년에는 신흥강습소였고, 1913년 합니하로 이전할 때는 신흥중학, 1919년 만세운동 이후 학생 급증로 고산자로 이전하면서 신흥무관학교라 했다)를 설

립했다. 두고만 볼 수 없었던 일제 총독부는 1911년 데라우치 마사타케寺內正毅 총독 암살 미수 사건을 조작하여 신민회 회원 600여 명을 체포, 그 중 105인을 투옥했다. 결국 이 사건으로 신민회는 해체되고, 회장 윤치호가 친일 경향으로 돌아섰다. 그러나 이 와중에 많은 지사들이 해외로 망명하면서 국외 독립운동이 활발해지는 계기가 되었다.

42) 2019년 3월 1일 한국천주교주교회의 의장 김회중 대주교가 〈3·1운동 정신의 완성은 참평화〉라는 제목의 담화문을 발표했다. 담화문에서 김 대주교는 "백 년 전에 많은 종교인이 독립운동에 나선 역사적 사실을 우리는 기억합니다. 그러나 그 역사의 현장에서 천주교회가 제구실을 다하지 못하였"다면서 "외국 선교사들로 이루어진 한국 천주교 지도부는 일제의 강제 병합에 따른 민족의 고통과 아픔에도, 교회를 보존하고 신자들을 보호해야 한다는 정교분리 정책을 내세워 해방을 선포해야 할 사명을 외면한 채 신자들의 독립운동 참여를 금지하였습니다. 나중에는 신자들에게 일제의 침략 전쟁에 참여할 것과 신사 참배를 권고하기까지 했습니다"라고 "고백"하였다. 이 담화문은 한국 천주교가 과거사에 대해 구체적 사실을 언급하면서 최초로 사과한 공개 행동이었다.

43) 김정인, 〈3·1운동〉, 《새롭게 쓴 한국독립운동사 강의》, 한울, 2020, 130쪽 : (제1차 세계대전) 종전 무렵 민족자결주의가 부상하면서 다시 독립의 희망이 싹텄다. 블라디미르 레닌은 1917년 11월 러시아혁명을 일으키고 혁명정부를 세운 후 러시아 내 100여 개 소수민족에 대해 민족자결을 원칙으로 하는 '러시아 제민족 권리선언'을 선포했다. 1918년 1월에는 미국 대통령 우드로 윌슨이 전후 식민지 문제 처리 방안으로 민족자결주의를 내놓았다. 민족자결주의에 대한 기대는 제1차 세계대전을 마무리하는 파리강화회의에 대표를 파견하려는 움직임으로 이어졌다. 상하이에서 활동하던 여운

형은 윌슨 미국 대통령의 친구이자 후원자 찰스 크레인에게 윌슨과 파리강화회의에 한국인의 독립운동에 대한 후원을 요청하는 청원서를 제출해 줄 것을 부탁했다. 이때 조직된 신한청년당은 김규식을 대표로 파리강화회의에 파견했다. 국내에는 김규식의 파견 소식을 알리고 독립운동 자금을 얻기 위해 밀사들을 보냈다.

44) 상춘원은 1915년에 천도교가 매입했다. 3·1혁명 이후 3년을 언도받아 투옥되었던 손병희는 반신불수 상태에서 형 집행정지가 되어 출소하지만 얼마 후인 1922년 5월 19일 상춘원에서 세상을 떠났다.

45) 한겨레신문, 〈천도교 손병희 교주, 독립선언 준비 지시〉, 2019년 1월 30일.

46) 신국주, 〈3·1독립선언〉, 《한민족독립운동사(국사편찬위원회, 누리집)》 3권 : 3·1운동에 대한 최초의 논의는 1919년 1월 20일경이었다. 이날 최린, 오세창, 권동진 등 3인은 손병희를 찾아가 세계정세와 국내정세에 대하여 토의하면서 3·1운동에 대한 개괄적인 논의를 하였다. ★ 이보다 상당히 이전에 무오독립선언이 있었고, 국내에서도 학생들 사이에 대규모 독립운동 논의가 있었으므로 인용문의 '3·1운동에 대한 최초의 논의'라는 표현은 1919년 3월 1일에 시작된 3·1운동을 체계적·종합적으로 조직화하기 시작한 때가 1월 20일이라는 의미로 보면 될 듯하다.

47) 한국학중앙연구원, 《한국민족문화 대백과사전》, 〈손병희〉 : 손병희는 천도교 측의 대표로 3·1운동의 주동체로 참가, 그 해 1월 20일경 권동진·오세창·최린 등과 독립운동은 대중화해야 하고, 일원화해야 하며, 비폭력으로 진행하기로 합의하였다.

48) 국가보훈처 누리집 공훈록 2019년 3월 '이달의 독립운동가 손병희' : 처음에 선생(손병희)은 행정 자치를 청원하는 방식의 운동을 모색하다가 1919년 1월 동경 유학생의 2·8 독립선언계획, 신한청년당 및 기독교계의 독립운동 계획을

듣고 독립선언 방식의 운동을 벌이기로 결정하였다. 즉 선생은 독립선언서를 발표하고 시위를 전개함으로써 독립에 대한 열망을 알리고, 일본의 정부와 귀족원·중의원, 조선총독부·파리강화회의의 열국의 대표에게 한국의 독립에 대한 의견서와 청원서를 보내기로 하였다. ★ 신규식이 중심이 되어 1912년 7월 4일 상하이 최초의 독립운동단체로 동제사가 결성되었는데, 동제사의 김규식·여운형·서병호·장덕수·김구·이광수·한진교·선우혁 등 청년 회원 50여 명은 '대한독립, 사회개량, 세계대동'의 3대 강령을 내걸고 1918년 신한청년당을 창립했다.

49) 3·1운동 후 상해로 망명, 1924년 이후 임시의정원 의원, 인성학교 교장 등을 역임한 독립운동가로, 1945년 독립 이후에는 북한에서 북조선인민회의 의장 등을 지냈다. 한글학자로도 유명하며, 경남 동래(현 부산) 출신이다.

50) 〈짝짝궁(윤석중 작사)〉, 〈형제별(방정환 작사)〉 등을 남긴 작곡가로 1901년 충북 옥천에서 태어났다. '빛나는 졸업장을 타신 언니께~'로 시작하는 〈졸업식 노래(윤석중 작사)〉도 그가 작곡했다. 6·25 때 납북되어 그 후 이력은 확인되지 않는다. http://www.jsc2008.org

51) 한국학중앙연구원, 《한국민족문화 대백과사전》, 〈한남권번〉 : 1917년 경상도·전라도·충청도 삼남 출신 기생들이 남도 가무를 장기로 결성한 한남기생조합이 1918년에 한남권번으로 개칭되었다. / 네이버 백과, 《한겨레음악사전》에 따르면 대구기생조합은 1910년에 결성되어 1928년 총독부 지시에 따라 대구권번으로 이름이 바뀌었다.

52) 다음백과, 〈2·8독립선언〉 : 송계백으로부터 일본 유학생들의 거사 계획을 들은 정노식은 전답을 팔아 도쿄에서의 운동자금으로 희사했다.

53) 다음백과, 〈인력거〉 : 1894년(고종 31) 일본인 하나야마花山帳場가 처음으로 10대를 수입해 서울에서 영업을 시작했다. 초기의 인력거꾼과 인력거의 이용 승객은 거의 일본

인이었으나 점차 한국인도 늘어났으며, 특히 관리 · 중산층 · 기생 등이 많이 이용했다. 1911년 말 전국의 인력거는 1,217대였다. 1912년 임대 승용차(택시)가 등장했지만, 1923년 4,647대로 절정을 이루다가 점차 감소해서 1931년에는 2,631대로 떨어졌으며 8 · 15해방 무렵에는 거의 자취를 감추었다.

54) 이호우 시조 〈개화〉 원용 : 꽃이 피네, 한 잎 한 잎 / 한 하늘이 열리고 있네 / 마침내 남은 한 잎이 마지막 떨고 있는 고비 / 바람도 햇빛도 숨을 죽이네 나도 가만 눈을 감네

55) 한국학중앙연구원, 《한국민족문화 대백과사전》, 〈기생조합만세운동〉에 나오는 명단임.

56) 손성진, 〈'광교기생조합' 광고〉(서울신문 2020년 6월 29일)에 따르면 1909년 창립된 한성기생조합은 1910년 4월 원각사에서 '경성 고아원 경비 보조 자선 연구회'를 개최했다. 한성기생조합은 1913년 광교기생조합, 1918년 한성권번으로 이름이 바뀌었다.

57) 김인기 · 조왕호의 《청소년을 위한 한국 근현대사》(두리미디어, 2006) 140쪽은 '왜 3월 1일인가?'라고 물으면서 "본래는 고종의 인산일인 3월 3일로 계획하였으나, 바로 그 날은 피하는 것이 좋겠다는 여론이 있었고, 3월 2일은 일요일이었기 때문에 3월 1일로 거사 날짜가 정해졌다'라고 기술하고 있다. / 김정인, 앞의 글, 133쪽 : 천도교와 개신교의 연대가 성사된 것은 2월 24일이었다. 양측은 3월 1일 오후 2시에 탑골공원에서 독립선언식을 거행하기로 합의했다. 천도교에서 독립선언서를 인쇄하고, 천도교와 개신교가 함께 전국에 배포하기로 했다. 서울의 독립선언 일시에 맞춰 지방의 천도교회와 개신교회에도 '독립선언서'를 배포하며 독립선언식을 갖도록 독려하기로 했다. 또한 민족대표는 천도교와 개신교에서 각각 선정하되, 불교와도 연대하기로 결정했다.

58) 동아일보 1925년 11월 4일치 〈6년간 소식 없는 현계

옥 내력〉 제 3회의 '애타게그리든남편을맛난 현계옥은그남편 의계획을알고저 주야로졸랏스나 정세한현어풍은 여러동지와 계획하는중대한경영을 일개녀자에게아르킬수업다하야 끝끝태 비밀을직히는것을보고 그는비로소자긔의가슴을헛치며사랑하 는남편에게 압일을말하는동시에그결심을말하기위하야 하여오 든모든준비를 보이고다만 애인으로혹은한개의녀자로만자긔를 사랑하지말고 가튼동지로까지친하여 달라고애원하엿더람니다' 참조.

59) 윤동주는 생전에 시를 발표한 적이 없었다. 그의 유고가 독립 이후 〈하늘과 바람과 별과 시〉라는 제목의 시집으로 출간될 때 정지용은 서문에 "무시무시한 고독 속에서 죽었구나! 29세가 되도록 시를 발표하여 본 적도 없이"라는 표현을 남겼다.

60) 다쓰시로 시즈노達城靜雄는 서정주의 창씨개명한 이름이다. 일제는 1940년 2월부터 창씨개명을 강요했다. 일본식으로 성씨와 이름을 바꾸라고 강요한 것은 전쟁에 조선인을 동원하기 위한 정책의 일환이었다. 다음백과의 〈창씨개명〉에 따르면 "조선총독부는 1940년 2월부터 (중략) 6개월 동안 창씨계출 신고를 하도록 했는데 3개월 동안의 계출호수는 7.6%에 불과했다. 총독부는 법의 수정, 유명인의 이용, 권력기구를 동원한 강제 등을 통해 8월까지 창씨율을 79.3%로 끌어올렸다." 조선총독부는 창씨개명을 "내선일체의 완성"이라고 자화자찬했지만 한국인들의 자발적 참여가 낮자 "①자녀에 대해서는 각급 학교의 입학과 진학을 거부한다. ②아동들을 이유없이 질책·구타하여 아동들의 애원으로 부모들의 창씨를 강제한다. ③공·사 기관에 채용하지 않으며 현직자도 점차 해고조치를 취한다. ④행정기관에서 다루는 모든 민원사무를 취급하지 않는다. ⑤창씨하지 않은 사람은 비국민·불령선인으로 단정하여 경찰수첩에 기입해서 사찰을 철저히 한다. ⑥우선적인 노무징용 대상자로 지명한다. ⑦식

량 및 물자의 배급대상에서 제외한다. ⑧철도 수송화물의 명패에 조선인의 이름이 쓰인 것은 취급하지 않는다" 등의 탄압을 실시했다. 현진건은 끝까지 창씨개명을 하지 않았다.

61) 윤장근, 앞의 책, 43쪽 : 정건은 축구선수로도 이름나 있었고, 어학에도 뛰어난 인물이었으나 일경에 피검된 후 옥사하자 윤치호의 7촌질녀인 부인마저 뒤따라 순사하고 말았다. 그리고 여기에 겹쳐 일어난 것이 1936년 8월의 일장기 말소 사건이었다. 이 사건으로 동아일보는 9개월 간의 정간 처분을 받았을 뿐만 아니라 현진건과 체육기자 이길용, 사진기자 백운선, 사진을 수정한 삽화가 이상범 등 8명이 검거되었다. / 김두한 편, 《백기만 전집》, 대일, 1998, 152쪽 : 그는 축구 선수로도 이름이 있었고

62) 3·1운동 및 대한민국임시정부 수립 100주년 기념사업추진위원회 : 우리는 오늘 조선이 독립한 나라이며, 조선인이 이 나라의 주인임을 선언한다. 우리는 이를 세계 모든 나라에 알려 인류가 모두 평등하다는 큰 뜻을 분명히 하고, 우리 후손이 민족 스스로 살아갈 정당한 권리를 영원히 누리게 할 것이다.

이 선언은 오천 년 동안 이어 온 우리 역사의 힘으로 하는 것이며, 이천만 민중의 정성을 모은 것이다. 우리 민족이 영원히 자유롭게 발전하려는 것이며, 인류가 양심에 따라 만들어가는 세계 변화의 큰 흐름에 발맞추려는 것이다. 이것은 하늘의 뜻이고 시대의 흐름이며, 전 인류가 함께 살아갈 정당한 권리에서 나온 것이다. 이 세상 어떤 것도 우리 독립을 가로막지 못한다.

[원문] 宣言書

吾等은玆에我朝鮮의獨立國임과朝鮮人의自主民임을宣言하노라此로써世界萬邦에告하야人類平等의大義를克明하며此로써子孫萬代에誥하야民族自存의正權을永有케하노라半萬年歷史의權威를仗하야此를宣言함이며二千萬民衆의誠忠을合하야此를佈

明함이며民族의恒久如一한自由發展을爲하야此를主張함이며人類的良心의發露에基因한世界改造의大機運에順應幷進하기爲하야此를提起함이니是ㅣ天의明命이며時代의大勢ㅣ며全人類共存同生權의正當한發動이라天下何物이던지此를沮止抑制치못할지니라 (중략)

조선을 세운 지 4252년 3월 1일 조선 민족 대표

손병희 길선주 이필주 백용성 김완규 김병조 김창준 권동진 권병덕 나용환 나인협 양전백 양한묵 유여대 이갑성 이명룡 이승훈 이종훈 이종일 임예환 박준승 박희도 박동완 신홍식 신석구 오세창 오화영 정춘수 최성모 최린 한용운 홍병기 홍기조

[원문] 朝鮮建國四千二百五十二年三月 日 朝鮮民族代表

孫秉熙 吉善宙 李弼柱 白龍城 金完圭 金秉祚 金昌俊 權東鎭 權秉悳 羅龍煥 羅仁協 梁甸伯 梁漢默 劉如大 李甲成 李明龍 李昇薰 李鍾勳 李鍾一 林禮煥 朴準承 朴熙道 朴東完 申洪植 申錫九 吳世昌 吳華英 鄭春洙 崔聖模 崔麟 韓龍雲 洪秉箕 洪基兆

63) 한국콘텐츠진흥원, 《문화원형백과》, 〈서울 문화재 기념표석들의 스토리텔링 개발 : 보성사 터〉 : 1919년 2월 27일 이미 해는 졌지만, 천도교에서 설립한 인쇄소인 보성사 안에서는 인쇄로 정신이 없다. 사장 이종일, 공장 감독 김홍규, 총무 장효근이 바쁘게 인쇄하고 있는 것은 내일 배부할 독립선언서이다. 독립선언서는 최남선이 집필하고, 그것을 기초로 하여 신문관에서 조판을 한 뒤 보성사인 이곳으로 옮겨진 것이다. 27일 밤에 비밀리에 인쇄할 때 종로경찰서의 악명높은 한인韓人 고등계형사 신승희申勝熙가 근처를 지나다가 밤중에 창문까지 굳게 닫힌 인쇄소에서 인쇄기가 돌아가는 소리를 듣고 들이닥쳤다. 사태를 알아차린 그에게 이종일 사장은 "이것만은 막지 못합니다. 하루만 봐주시오. 의암 선생님한테 갑시다" 하고 애원했다. 그러자 뜻밖에도 그는 "당신이 갔다 오시오"라고 하였다. 이종일은 단숨에 의암성사

(손병희)에게 달려가 위급을 고하자 의암성사는 선뜻 5천 원 뭉치를 주면서 가져다주라고 하였다. 거금을 받아 쥔 신승희는 아무에게도 말하지 말라며 사라졌다. 다행히 위기를 넘긴 이종일은 인쇄를 마친 후 이병헌李炳憲 · 신숙申肅 · 인종익印鍾益으로 하여금 독립선언서를 운반케 하였다. 독립선언서를 리어카에 싣고 재동齋洞파출소 앞을 지나갈 때 검문을 당했으나 마침 정전停電으로 가로등이 꺼져 있어 족보라고 속여 무사히 넘길 수 있었다. 이종일은 당시 신축 중인 경운동 대교당 마당 구석에 있는 창고 같은 집에 임시 기거하고 있었는데 독립선언서를 이곳으로 옮겨 비밀리에 보관하였다. ★ 이 소설에서는 신승희를 다쓰시로 시즈노로 개명하여 등장시켰다. 실제의 신승희는 독립선언서 인쇄를 눈감아준 것이 드러나 피체되었다 죽었는데 고문을 당해서, 또는 자결로 생을 마쳤다는 내용이 다른 두 설이 전해진다.

64) 이양호, 〈3·1운동은 누가, 어떻게 일으켰을까〉, 오마이뉴스, 2018년 3월 20일 : 당시 조선총독 하세가와 요시미치는 "추호의 가차 도 없이 엄중 처단한다" 하며 시위대를 향해 발포 명령을 내렸고, 4월 들어서는 경고 없이 실탄 사격을 하도록 지침을 하달했다. 이로 인해 전국에서 살육과 고문, 방화 등 야만적인 탄압이 이뤄졌다. (중략) 5월 말까지 한국인은 7,500명이 피살되고, 4만6,000명이 체포됐으며, 1만6,000명이 부상당했다.

65) 현길언, 《문학과 사랑과 이데올로기》, 〈현진건 연보〉, 태학사, 2000년, 348쪽 : 1919. 6. 19. 상해에서 귀국.

66) 국가보훈처 누리집 공훈록 2018년 4월 '이달의 독립운동가 윤현진' : 처음에 선생은 1919년 3월 21일 동지들과 함께 상하이로 가기 위해 고국을 떠났다. ★ 앞에 인용한 '이달의 독립운동가 현정건'에는 "나라가 망한 1910년에 현정건은 2세 연하인 윤덕경과 결혼하였다. 이후 자연스럽게 현영운의 집에서 분가하게 되었다. 그런데 그는 결혼 직후에 신혼의 아내를 홀로 남겨놓고 중국 상해로 갔다"라고 적혀 있

고, '이달의 독립운동가 윤현진'에는 "선생은 1919년 3월 20일 동생 덕경의 혼례를 치르고"로 기술되어 있다. 이 소설에서는 현정건 부분을 따른다.

67) 현진건 소설 〈타락자〉 중 다음 부분 원용 : 나도 공부할 적에는 모범적 학생, 유망한 청년이란 칭찬을 들었다. 기실 그것이 허예虛譽(실속 없는 명예)가 아니었다. 남은 히비야日比谷 운동장에서 뛰고 천초구淺草區 놀이터에서 정신을 잃을 때에도 나는 한 자라도 알려 하며 두 자라도 배우려 하였다. 나는 공일도 모르고 휴일에도 쉬지 않았었다. 나의 유일한 벗은 서적뿐이었다. 나에게 위안을 주고 오락을 주는 것은 오직 지식뿐이었다.

68) 올레포트, 〈양주동 박사의 향가 연구의 회억〉 중 '내가 혁명가가 못 되어 총칼을 들고 저들에게 대들지는 못하나 어려서부터 학문과 문자에는 약간의 天分이 있어 맘속 깊이 願도 熱도 있는 터이니 그것을 무기로 하여 그 빼앗긴 문화유산을 학문적으로나마 결사적으로 戰取 奪還해야 하겠다는, 내딴에 사뭇 비장한 발원과 결의를 했다' 부분을 변용함.

69) 현진건, 〈조선혼과 현대정신의 파악〉(《개벽》 1926년 1월호) 중 '시간과 장소를 떠나서는 아모 것도 존재치 못하는 것이다. 달나라의 逍遙도 그만둘 일이다. 구름바다의 유희로 그칠 일이다. 조선문학인 다음에야 조선의 땅을 든든히 띠고 서야 될 줄 안다. 현대문학인 다음에야 현대의 정신을 힘 있게 흐름해야 될 줄 안다.'에서 인용.

70) 1921년 7월 25일 '2만원 협박 사건(당시 동아일보의 기사 제목)'이 일어났는데, 기사의 요지는 한국인 독립운동가가 권총으로 협박하여 2만원을 강탈하려 했는데, 이때 사용된 권총은 나카지마中島라는 일본인이 명치정 소재 다키가와滝川의 총포화약상에서 구입하여 독립운동가들에게 건네진 것이라는 내용이다.

71) 국가보훈처 누리집, 1995년 6월 '이달의 독립운동가 장진홍' : 1927년 4월경에 경북 경산군 경산시장에서 매약상

에 종사하고 있던 의사는 광복단의 동지인 이내성李乃城의 소개로 일본인 굴절무삼랑掘切茂三郞을 만났다. 굴절은 일본인이면서도 한국의 독립을 염원하는 사람으로 폭탄에 대한 전문가였다. (중략) 굴절은 (중략) 다이너마이트와 뇌관 각 4개, 도화선을 보여주며 함석관에 넣고 그 주위에 다수의 철편을 채워야 한다는 폭탄 제조법을 가르쳐 주었다.

72) 김영범은 《한국근대민족운동과 의열단》(창작과비평사, 1997) 47쪽에 국사편찬위원회의 《독립운동사자료집 제11집》 662쪽의 기술에 의거하여 '1919년 6월에 이들은 비밀결사를 조직하여 "급격한 직접 행동"을 취할 것에 대한 의견일치를 보았다'라고 기술하고 있다.

73) 님 웨일즈, 조우화 옮김, 《아리랑》, 동녘, 1988, 107쪽 : 아가씨들은 멀리서 그를 동경했다. 그가 빼어난 미남이고 로맨틱한 용모를 가졌기 때문이다.

74) 김영범, 앞의 책, 47~48쪽.

75) 대한민국임시정부기념사업회, 《백년 편지》, 삼우반, 2019, 497쪽 : 만오(홍진, 대한민국임시정부 국무령 역임) 선생님, 인사부터 여쭙겠습니다. 채현국이올습니다. 일제가 패망하자 선생님이 임정요원들과 도착한 상하이에서, 학병들 숙식을 도맡고 귀국을 주선하느라 분주하던 채기엽의 아들입니다. 이상정 장군을 따라 찾아뵈었을 것이라 짐작합니다. 이상정 장군의 부인이자 전투기 조종사로 이름을 날린 여성 독립운동가 권기옥 여사의 집을 아버지가 마련해드렸으니까요. 그때 아버지는 채종기라는 이름을 썼습니다. ★ 이 소설에서는 채기엽이 현정건과 현계옥의 집을 사준 것으로 바꾸어 썼다.

76) 김중순, 〈근대화의 담지자 기생 II〉, 《한국학논집》 47집, 2012, 349쪽.

77) 강대민, 〈소해 장건상의 생애와 민족독립운동〉, 경성대 향토문화연구소 《문화전통논집》 창간호, 1993, 498쪽.

78) 김희곤, 《이육사》, 역사공간, 2017, 114쪽.

79) 김희곤, 위의 미주와 같음.
80) 김영범, 《윤세주》, 역사공간, 2013, 37쪽.
81) 박태원, 《약산과 의열단》, 깊은샘, 2015, 127쪽.
82) 김미화, 〈1920~30년대 류자명의 의열투쟁 이념 정립과 실천〉, (충북대 석사논문, 2018) 27쪽에 따르면, 1923년 1월에 발표된 〈조선혁명선언(일명 의열단선언)〉은 '민중 직접 폭력 혁명을 공개적으로 처음으로 표명한 선언'이었다. 신채호는 3·1운동이 민중적 단결은 있었지만 폭력혁명이 아니었기에 실패했다고 평가했다. 그는 민중과 폭력 중 어느 하나만 빠져도 혁명은 실패할 수밖에 없다고 단언한 후, 조선 이천 만 민중은 반드시 일치단결하여 폭력·파괴의 길로 나아가야 한다고 피력했다.
83) 김영범, 앞의 책, 103쪽.
84) 한국 의사 100년 기념 재단, 《열사가 된 의사들》, 2017, 62쪽.
85) 박태원, 앞의 책, 134쪽.
86) 박태원, 앞의 책, 135쪽.
87) 독립기념관 소장 미간행본 《유석현 증언록》에 나오는 기록으로, 황용건, 〈나혜석과 황옥 사건〉, 《나혜석 연구》(나혜석학회, 2015), 118쪽에서 재인용했음. 이 소설의 황옥 사건은 별도의 미주가 없는 부분은 황용건 앞의 논문, 황용건 〈항일투쟁기 황옥의 양면적 행적 연구〉(안동대 석사논문, 2008), 김영범 앞의 책, 김용달 《김지섭》(역사공간, 2017)을 종합적으로 참고하여 재구성했음.
88) 김영범, 앞의 책, 90쪽.
89) 이송희, 〈신여성 나혜석의 민족의식과 민족운동〉, 《여성연구논집》 17집, 2006, 193쪽.
90) 박태원, 앞의 책, 167쪽.
91) 황용건, 〈나혜석과 황옥 사건〉, 《나혜석 연구》, 나혜석학회, 2015, 115쪽.
92) 이송희, 앞의 논문, 192쪽.

93) 황용건, 앞의 논문, 126쪽.
94) 류자명, 《류자명 수기, 한 혁명자의 회억록》, 국학자료원, 1999, 125~127쪽. (황용건, 앞의 논문, 134쪽에서 재인용)
95) 김영범, 앞의 책, 92쪽.
96) 김영범, 앞의 책, 96~97쪽 : 의열단 간부진 특히 김원봉은 제1차 거사 계획이 실패한 것을 지나치게 의식하여 재거사의 성공에만 집착한 나머지 총독부 경찰당국의 첩보공작과 거사 저지공작에 능숙하게 대처하지 못하고 그 계책에 기만당한 것이라고 할 수 있다. 이는 1922년의 국내 모금과 폭탄 거사 계획이 김태석을 활용한 일제 경찰당국의 사전 공작으로 실패하고 만 전철을 그대로 되밟은 것이나 마찬가지였다.
97) 이 표는 박태원, 앞의 책, 184쪽의 것임.

정만진 저서 소개

2019년 대구시 선정 '올해의 책'
대구 독립운동유적 100곳 답사여행

○ "역사를 잊은 민족에게는 미래가 없다"
대한제국 의열 독립운동사

○ 우리나라 유일 독립지사 전용 국립묘지
신암 선열 공원

○ 역사공부와 현장답사 체험 겸용
삼국사기로 떠나는 **경주여행**

| 소설로 쓴
무장 의열
독립 운동
45년史사 | ○ 1910년대 최고 비밀결사 광복회
소설 광복회
○ 1920년대 최고 비밀결사 의열단
소설 의열단 |

○ 1930년대 최고 비밀결사 한인애국단 **소설 한인애국단**

★ 모든 책의 상세 내용은 <u>교보문고 누리집</u> 참조
★ 각권 15,000~18,000원 (대구독립운동유적 100곳 24,000원)

○ 정붕과 이순신을 모델로 한 청렴 장편소설
잣과 꿀, 그리고 오동나무

○ 사회발전의 기반은 남녀평등 장편소설 **딸아, 울지 마라**

○ 남북 최접경에서 바라본 통일 문제 장편소설 **백령도**

○ "**내가 쓸 책을 정 선생이 썼군!**"
　　─ 역사학자 이이화 선생님 추천
전국 임진왜란 유적 답사여행 총서 (전 10권)

부산 김해 임진왜란 유적 / **남해안** 임진왜란 유적
동해안 임진왜란 유적 / **대구** 임진왜란 유적
경북 서부 북부 임진왜란 유적 / **경남 서부** 임진왜란 유적
충청남도 임진왜란 유적 / **충청북도** 임진왜란 유적
전라도 내륙 임진왜란 유적 / **수도권 강원** 임진왜란 유적

1926년 3월 20일 현진건은 〈빈처〉, 〈술 권하는 사회〉, 〈운수 좋은 날〉, 〈고향〉, 〈할머니의 죽음〉, 〈B사감과 러브레터〉 등을 묶어 창작집을 펴낼 때 책 이름을 《조선의 얼골》이라 하였습니다. 단편 〈고향〉의 "나는 그의 눈물 가운데 음산하고 비참한 조선의 얼굴을 똑똑히 본 듯싶었다"라는 표현에서 따온 제목이었습니다. 그 후 총독부는 이 책에 판매 금지 조치를 내렸습니다.

정만진은 현진건의 주요 단편 6편의 2021년~2061년 버전을 창작하여 《한국의 얼굴》이라 제목 붙였습니다. 그리고 두 소설가의 작품을 묶어

《조선의 얼골·한국의 얼굴》

1·2 두 권으로 펴냅니다. 현진건 소설에 등장하는, 요즘 별로 사용하지 않는 어휘들에는 하나하나 풀이를 붙여 읽기 쉽도록 했습니다.

* 1권 / 정만진 작·빈처 2〈국화 피는 날〉·술 권하는 사회 2〈살가운 형제들〉·운수 좋은 날 2〈불안 사회〉* // 현진건 작〈빈처〉·〈술 권하는 사회〉·〈운수 좋은 날〉·〈희생화〉

* 2권 / 정만진 작·B사감과 러브레터 2〈러브레터 날리는 싸이〉·고향 2〈하늘로 가는 기차〉·할머니의 죽음 2〈이웃 2촌〉// 현진건 작〈B사감과 러브레터〉·〈고향〉·〈할머니의 죽음〉·〈불〉·〈신문지와 철창〉·〈정조와 약가〉·〈사립 정신병원장〉// 현진건의 문학세계 해설〈현진건을 위한 변명〉

일장기를 지워라 1

지은이 정만진
출판 국토
펴낸날 2021년 12월 1일
연락처 clean053@naver.com
FAX 053.526.3144 / 010.5151.9696
　　세트 ISBN 9791188701230 04810 값 30,000원
　　제1권 ISBN 9791188701247 04810 값 15,000원